Etwas überrascht ist Kommissarin Anastasija Kamenskaja schon, als sich ihr sonst so nachlässiger Halbbruder Alexander plötzlich bei ihr meldet und ihren Rat sucht. Eigentlich hat sie auch zu viel Arbeit, um sich um Familienangelegenheiten zu kümmern – eine merkwürdige Reihe ungeklärter Morde wurde ihr zur Bearbeitung übergeben. Und zu Hause beklagt sich ihr langjähriger Freund Ljoschka über mangelnde Zuwendung.

Doch was Alexander dann erzählt, weckt Anastasijas professionelle Neugier: Er hat seine Geliebte Dascha in Verdacht, gemeinsamen Freunden die Pässe gestohlen zu haben, und bittet Anastasija, die junge Frau unauffällig zu überprüfen. Eine Kleinigkeit angesichts der Arbeit, die im Kommissariat wartet – doch die Nebensächlichkeit entpuppt sich bald als hochbrisanter Fall ... Und selbst der analytisch so brillanten Kommissarin gelingt es diesmal erst im letzten Moment, das komplexe Geflecht von Beziehungen unter den Verdächtigen zu durchschauen und Dascha zu retten.

Alexandra Marinina (Pseudonym für Marina Aleksejeva) wurde 1957 in der Nähe des heutigen St. Petersburg geboren. Die promovierte Juristin arbeitete zwanzig Jahre lang am Moskauer Juristischen Institut des Innenministeriums, zuletzt im Rang eines Oberstleutnants der Miliz. Seit 1992 schreibt sie Kriminalromane, die bislang in mehr als 15 Millionen Exemplaren verkauft wurden. Seitdem gilt sie als die erfolgreichste russische Autorin der Gegenwart. Im Frühjahr 1998 hat sie sich aus dem Beruf zurückgezogen, um sich ganz dem Schreiben widmen zu können.

Ihre Romane sind auf deutsch lieferbar im Fischer Taschenbuch Verlag: ›Auf fremdem Terrain‹ (Bd. 14313), ›Der Rest war Schweigen‹ (Bd. 14311), ›Mit verdeckten Karten‹ (Bd. 14312), ›Tod und ein bißchen Liebe‹ (Bd. 14314), ›Die Stunde des Henkers‹ (Bd. 14315 – Dezember 2002).

Unsere Adresse im Internet: www.fischer-tb.de

Alexandra Marinina

Der Rest war Schweigen

Roman

Aus dem Russischen von
Natascha Wodin

Fischer Taschenbuch Verlag

5. Auflage: Mai 2002

Veröffentlicht im Fischer Taschenbuch Verlag,
ein Unternehmen der S. Fischer Verlag GmbH,
Frankfurt am Main, Januar 2001

Lizenzausgabe mit Genehmigung des Argon Verlags, Berlin
Die russische Originalausgabe erschien unter dem Titel
»Ubijza poncvole« im Verlag ZAO Izdatelstvo EKSMO, Moskau
© Alexandra Marinina 1997
Deutschsprachige Ausgabe:
© Argon Verlag GmbH, Berlin 1999
Satz: LVD GmbH, Berlin
Druck und Bindung: Clausen & Bosse, Leck
Printed in Germany
ISBN 3-596-14311-X

DER REST WAR SCHWEIGEN

ERSTES KAPITEL

1

Das schwarze Kleid umschloß eng die schlanke Figur, betonte vorteilhaft die schönen Brüste und die schmale Taille.
»Na, wie sehe ich aus?« Nastja drehte eine kapriziöse Pirouette, in dem langen Schlitz des Kleides blinkte ein verführerischer Oberschenkel in einem hautfarbenen Strumpf auf.
»Atemberaubend!« Ljoscha Tschistjakow war ehrlich begeistert. Er hatte seine Freundin im Lauf langer Jahre selten anders gesehen als in Jeans, Pullover und Turnschuhen.
»Und wie gefällt dir das Kleid?«
»Es ist phantastisch. Ich danke dir, mein Schatz.«
»Ich habe lange gesucht, um das Richtige für dich zu finden. Schließlich ist es ja ein Ereignis ...«
»Was für ein Ereignis?«
»Du hast dich zum ersten Mal entschlossen, mich zu einem Bankett zu begleiten. Das will etwas heißen.«
Nastjas Gesicht verdüsterte sich.
»Willst du damit sagen, daß ich heute abend in diesem Aufzug ...?«
»Aber sicher. Dafür habe ich das Kleid gekauft.«
»Ljoschenka, Liebster«, protestierte sie sanft, »das wird eine Folter für mich. Den ganzen Abend in diesen hochhackigen Schuhen, stundenlang in steifer, verkrampfter Haltung auf einem Stuhl sitzen – das halte ich nicht aus. Laß mich eine Hose anziehen und ein Paar bequeme Schuhe.«
»Aber es handelt sich immerhin um ein Bankett, Nastja«,

empörte sich Tschistjakow. »Was denn für eine Hose? Hast du den Verstand verloren?«

»Ich habe eine Hose, die aussieht wie von Pierre Cardin, du wirst staunen. Dazu ziehe ich einen hübschen Pulli an. Bitte, Ljoschenka!«

Sie umarmte Ljoscha zärtlich und rieb ihre Nase an seiner Schulter. Ljoscha winkte verbittert ab und rückte von ihr weg.

»Ich habe mir Mühe gegeben«, sagte er enttäuscht, »bin von Pontius zu Pilatus gelaufen, um genau dieses Kleid für dich zu finden, in deiner Lieblingsfarbe schwarz. Ich habe davon geträumt, daß du es heute anziehst. Und jetzt soll alles umsonst gewesen sein?«

Nastja sah in sein verdrossenes Gesicht und bekam Schuldgefühle. Er hatte sich wirklich Mühe gegeben, wollte ihr eine Freude machen... und sie? Andererseits war die Aussicht auf einen Abend in einem Kleid für sechshundert Dollar und in Schuhen mit solchen Absätzen wirklich nicht rosig. Nach kurzer Zeit würde sie Rückenschmerzen bekommen und geschwollene Füße.

»Vielleicht hast du recht«, sagte sie kurz entschlossen, »einmal im Leben könnte ich tatsächlich in anständiger Aufmachung unter die Leute gehen. Ich zaubere mir eine Frisur, male mir das Gesicht an, und vorwärts, in die Arena.«

Ljoscha umfaßte sie mit beiden Armen und wirbelte sie im Zimmer herum.

»Nastja, du wirst auf diesem Fest die Schönste von allen sein. Alle Männer werden vor Neid auf mich erblassen.«

Während Nastja Kamenskaja unter der Dusche stand und ihr langes, helles Haar shampoonierte, kam sie zu dem Schluß, daß das Opfer, das sie brachte, gar nicht so groß war in Anbetracht dessen, was Tschistjakow seit Jahren für sie tat. Er umsorgte sie, wenn sie krank war, schleppte riesige Taschen mit Einkäufen an, kochte ihr schmackhafte Mahlzeiten, ertrug klaglos ihren kategorischen Unwillen, ihn zu heiraten, wartete geduldig ab, bis ihre Anfälle von schlechter Laune vorübergingen. Er hatte es weiß Gott verdient, daß seine Freundin ihn wenigstens ein einziges Mal zu einem Bankett begleitete, zumal alle seine Kollegen seit Jahren von der Existenz dieser Freundin wußten, ohne sie je gesehen zu haben. Man machte bereits Witze über Tschistjakow. Warum er seine »Milizionärsdame« vor den Augen der Öffentlichkeit verberge, ob sie vielleicht einen Hinkefuß und einen Buckel hätte. Natürlich wäre es höchst eindrucksvoll gewesen, wenn der junge Professor, angesehener Doktor der Mathematik und im Besitz zahlreicher internationaler Auszeichnungen, mit einer atemberaubenden Blondine am Arm auf einem Bankett erschienen wäre. Nastja mußte grinsen, während sie dieses Bild vor sich sah, dann hielt sie es nicht mehr aus und lachte los. Sie war eine unscheinbare graue Maus mit einem ausdruckslosen Gesicht, nur Ljoscha mit seiner rührenden, hingebungsvollen Liebe konnte in ihr eine Schönheit erblicken. Obwohl sie durchaus etwas aus sich machen konnte, wenn sie sich Mühe gab. Mit einem gekonnt aufgelegten Make-up sah sie sehr hübsch aus, sogar schön. Und was die Figur anging, so hatte die Natur es ohnehin gut mit ihr gemeint. Und dann noch in einem schwarzen Kleid für sechshundert Dollar ...

Hinter der Badezimmertür ertönte Ljoschas Stimme.

»Nastja, Gordejew ist am Telefon. Willst du ihn sprechen, oder soll ich sagen, daß du später zurückrufst?«

Viktor Alexejewitsch Gordejew war Nastjas Chef. Wenn er am Samstag bei ihr zu Hause anrief, bedeutete das nichts Gutes. In ihr meldete sich die leise Hoffnung, daß sie zum Dienst gerufen und so auch diesmal wieder um das verhaßte Bankett herumkommen würde. Jede Art von Menschenansammlungen und geselligen Zusammenkünften war ihr zuwider.

»Bring das Telefon herein«, rief sie durch die Tür.

Ljoscha öffnete die Tür und reichte ihr den Apparat, durch den Türspalt strömte ein kalter Lufthauch ins dampfige Badezimmer. Sie vernahm Gordejews Stimme in der Leitung.

»Anastasija, ich glaube, ich muß dir wieder mal das Wochenende verderben. Hast du schon von dem gemeinsamen Beschluß des Innenministeriums und der Generalstaatsanwaltschaft gehört? Es geht um unsere schlechten Ergebnisse bei der Aufklärung von Mordfällen.«

»Natürlich, ich habe den Beschluß sogar gelesen.«

Sie suchte sich eine bequemere Haltung und hielt ihren schmerzenden Rücken unter den heißen Wasserstrahl.

»Dann weißt du ja Bescheid. Wir müssen dringend eine Auswertung der unaufgeklärten Mordfälle der letzten fünf Jahre machen und einen Bericht abliefern. Ist dir die Aufgabenstellung klar?«

»Klarer geht's nicht«, seufzte sie. »Und der Termin?«

»Natürlich vorgestern. Wie lange wirst du brauchen?«

»Na ja«, Nastja zögerte. »Eine Woche, wenn ich dranbleiben kann.«

»Was denn?« knurrte Gordejew, »glaubst du wirklich, daß ich dir erlauben werde, eine ganze Woche nichts anderes zu tun? Hör zu. Nimm dir soviel Zeit, wie du brauchst, aber der Bericht muß so werden, daß wir stolz darauf sein können. Mit denen dort oben werde ich schon irgendwie fertig, wenn sie Druck machen. Aber zieh die Sache nicht in die Länge, abgemacht?«

»Danke, Viktor Alexejewitsch. Ich werde mir die größte Mühe geben.«

Eingehüllt in einen warmen Bademantel, die nassen Haare mit einem Handtuch umwickelt, trat Nastja aus dem Bad und stieß auf dem Flur sofort mit Ljoscha zusammen. Er sah sie mit traurigen Augen an.

»Es wird also wieder nichts?«

Sie nickte wortlos, zerrissen zwischen Mitleid mit Ljoscha und ihrer Abneigung gegen das Bankett. Schließlich siegte das Mitleid.

»Ich schlage einen Kompromiß vor«, sagte sie. »Wir gehen zu dem Bankett, anschließend fahren wir bei dir zu Hause vorbei, holen deinen Computer und stellen ihn vorübergehend hier auf. Für zwei Wochen, nicht mehr. Auf dem Computer schaffe ich den Bericht sehr viel schneller. Andernfalls müßte ich mich jetzt sofort an die Arbeit machen.«

»Aber wie soll ich so lange ohne meinen Computer auskommen?« fragte Ljoscha verwirrt.

»Du hast die Wahl. Zwei Wochen ohne Computer oder heute abend auf dem Bankett ohne mich.«

»Kann ich in diesen zwei Wochen hier wohnen und den Computer tagsüber benutzen, wenn du nicht da bist?«

»Natürlich, mein Schatz. Und wenn du schon hier bist, kannst du auch die Einkäufe machen und für mich kochen.«

»Nastja, du bist eine schamlose Egoistin. Der Himmel weiß, warum ich dich liebe.«

»Nur aus Faulheit«, entgegnete sie. »Verlieben kann man sich in einer Sekunde, das geht blitzschnell, aber sich wieder entlieben – das ist Schwerstarbeit. Warum wird die unerwiderte Liebe zu einer Tragödie? Weil die meisten Leute nicht fähig sind, diese Schwerstarbeit zu leisten und sich wieder zu entlieben.«

Sie setzte sich auf einen Stuhl in der Küche, steckte den Fön ein und begann, sich die Haare zu trocknen.

»Stell dir vor, was für Qualen das sind. Du weißt, daß deine Liebe für einen anderen eine Last ist, daß sie ihn unglücklich macht. Du versuchst, sie dir aus dem Leib zu reißen, aus deinem lebendigen Fleisch, aber je mehr du blutest, desto mehr liebst du, und mit der Zeit verlierst du den Verstand ...«

Nastjas Stimme war plötzlich schrill geworden, ihre Wangen hatten sich gerötet, ihre grauen Augen hatten die Farbe gewechselt und waren stechend blau geworden. Sie begriff, daß sie zu weit gegangen war. Sie hatte sich an einen längst vergessenen Schmerz erinnert und ihm ungewollt die Schleusen geöffnet, und das in Ljoschas Anwesenheit. Du bist ein herzloses Miststück, sagte sie sich. Aber es war bereits zu spät. Auch Ljoscha war die alte Geschichte wieder eingefallen, und wahrscheinlich schmerzte ihn das mehr als sie selbst.

»Ich koche Kaffee«, sagte er mit gewollt gleichgültiger Stimme und öffnete den Schrank, um die Kaffeemühle zu holen.

Nastja fönte sich mit übertriebener Sorgfalt das Haar,

Ljoscha widmete sich mit ebensolcher Gewissenhaftigkeit der Prozedur des Kaffeekochens, peinlich auf alle vorschriftsmäßigen Feinheiten bedacht. Keiner von beiden hatte Lust zu reden, es war ohnehin alles klar.

»Was meinst du, welche Ohrringe passen am besten zu dem neuen Kleid?« fragte Nastja vorsichtig, als das Haar trocken, der Kaffee ausgetrunken und es höchste Zeit war, endlich etwas zu sagen, um nicht endgültig in der Peinlichkeit des eingetretenen Schweigens steckenzubleiben.

»Das überlasse ich dir«, sagte Ljoscha reserviert und wich ihrem Blick aus.

Ich habe es ja gewußt, dachte Nastja, er ist gekränkt. Die Natur hat mich zweifellos mit ungewöhnlicher Sensibilität ausgestattet. Zuerst wollte ich das Kleid nicht anziehen und dann dieses blödsinnige Geschwätz ... Ausgerechnet an dem Tag, an dem das internationale Symposium zu Ende geht, in das er so viel Kraft und Nerven investiert hat. Man hat ihn als Begründer einer neuen wissenschaftlichen Schule gefeiert, ihm wieder einmal eine unglaublich hohe Auszeichnung verliehen und ihn zum Mitglied irgendeiner Akademie gewählt. Aber selbst den Namen dieser Akademie habe ich vergessen. Mein Gott, ich benehme mich wirklich unmöglich. Ich muß dringend etwas tun, um die Lage zu retten.

Die Rettung der Lage nahm fast eine Stunde Zeit in Anspruch, deshalb mußte Nastja sich in Rekordgeschwindigkeit anziehen und zurechtmachen. Sie stand mit der Tasche in der Hand auf dem Flur und warf einen letzten prüfenden Blick in den Spiegel.

»Die Augen«, fiel ihr plötzlich ein, »ich habe die Augen vergessen.«

»Die Augen?« fragte Tschistjakow verständnislos. Er war noch etwas betäubt, wie immer nach der Liebe.

»Ich habe vergessen, die Linsen einzusetzen«, erklärte Nastja und stürzte noch einmal ins Bad, wo sie den Behälter mit den grünen Haftschalen öffnete. Die Farbe der Augen mußte zu den Smaragdohrringen passen, die sie trug. Und sie hatte ein Make-up aufgelegt, das für grüne Augen gedacht war und nicht für nichtssagend farblose.

Sie kam mit grün schimmernden Katzenaugen aus dem Bad, schön und elegant, das Haar hoch über dem Nacken zu einem geheimnisvollen Knoten verschlungen. Ja, Nastja Kamenskaja war jetzt sehr schön. Sie wußte, daß die geschminkten Lider spätestens nach einer halben Stunde zu brennen und zu jucken anfangen würden, ihre Füße würden anschwellen und unerträglich zu schmerzen beginnen in den engen modischen Schuhen, und nach zwei Stunden würde es ihr vorkommen, als hätte sie mit Salzsäure getränkten Sand in den Augen, weil die smaragdgrünen Linsen keinen Sauerstoff durchließen. Der Abend würde qualvoll sein, aber Ljoscha hatte sich sein Fest verdient, und er würde es bekommen.

2

Lisa schaltete das Bügeleisen ab und betrachtete befriedigt die gebügelten Kleidungsstücke. Auf den Blusen war kein einziges Fältchen mehr zu sehen.

»Mama«, rief sie, »welche Bluse ziehst du an?«

Jelena betrat in einem langen Morgenmantel die Küche und machte sich nörgelnd an den Blusen zu schaffen, die akkurat über den Stuhllehnen hingen. Ihre stattliche, etwas füllig gewordene Figur stand in auffallendem Kontrast zu dem hohlwangigen, faltigen Gesicht mit den seltsam erstarrten, getrübten Augen, die einer halb verrückten Greisin zu gehören schienen. Ihre Wahl fiel auf eine goldfarbene Baumwollbluse mit langen Ärmeln und besticktem Kragen.

»Häng die anderen in den Schrank«, befahl sie ihrer Tochter und ging aus der Küche.

Lisa zuckte stumm mit den Achseln, klappte das Bügelbrett zusammen und hängte die Blusen in den Schrank, sorgsam darauf bedacht, sie nicht wieder zu zerknittern. Die Wahl, die ihre Mutter getroffen hatte, gefiel ihr nicht. Sie hatte eine festliche Bluse ausgesucht, und das bedeutete, daß sie den heutigen Tag nicht für einen gewöhnlichen Samstag hielt.

»Heute ist der zweite Jahrestag unseres ersten Feiertags«, hatte Jelena am Morgen feierlich verkündet, eine Dose mit rotem Kaviar geöffnet und die Frühstücksbrote damit belegt. »Ich hoffe, daß auch der vierte Feiertag nicht mehr lange auf sich warten läßt.«

Lisa hatte bemerkt, wie der Vater bei diesen Worten zusammenzuckte und erbleichte. Insgeheim war sie mit der Mutter einverstanden, doch dem Vater waren solche Gespräche immer sehr unangenehm, und das Mädchen hatte aufrichtiges Mitgefühl mit ihm. Natürlich hatte die Mutter in allem recht, ihre Forderungen waren absolut berechtigt und mußten widerspruchslos erfüllt werden. Trotzdem waren ihre demonstrativen Äußerungen nicht sehr feinfühlig gegenüber ihrem Ehemann. Nun hatte sie also eine festliche Bluse für den Abend gewählt, und wenn es zum Frühstück Kaviar gegeben hatte, dann würde das Abendessen nicht weniger aufwendig sein, damit ja niemand in der Familie den »zweiten Jahrestag« vergaß. Vielleicht würde die Mutter heute abend sogar lächeln, und der Vater würde nachts nicht in seinem Arbeitszimmer schlafen, wie gewöhnlich, sondern im Zimmer seiner Frau.

Lisa vernahm die Stimme der Mutter.

»Hast du heute Andrjuschas Zimmer gelüftet?«

»Ja, Mama.«

»Und auch abgestaubt?«

»Ja, ich habe alles gemacht, sei unbesorgt.«

Jelena steckte den Kopf durch die Küchentür, hinter der ihre Tochter das Geschirr spülte.

»Ich gehe jetzt zur Patentante«, sagte sie, »und zünde eine Kerze an. Ich bin bald wieder zurück.«

»Bitte zünde auch von mir eine an«, bat Lisa.

Als die Wohnungstür hinter der Mutter ins Schloß gefallen war, ließ Lisa das noch unabgewaschene Geschirr in der Spüle liegen, trocknete sich hastig die Hände ab, öffnete das Fenster und holte eine Schachtel Zigaretten aus der Tasche ihrer Schlafanzughose. Die Mutter verbot ihr kategorisch, in der Wohnung zu rauchen, aber sie hatte keine Lust, sich anzuziehen und ins Treppenhaus hinauszugehen. Obwohl es schon Nachmittag war, lief sie immer noch im Schlafanzug herum, ungewaschen und ungekämmt. Was war aus ihrem Leben geworden! Mit fünfundzwanzig Jahren hatte sie immer noch keine interessante Arbeit, keine Liebe, keine Freunde. Ihr Herz war nur erfüllt von Haß und einem unersättlichen Verlangen nach Rache. Alle Hoffnungen, die sie in ihren Bruder gesetzt hatte, waren für immer dahin. Ach, Andrjuscha, Andrjuschenka ...

Lisa zerdrückte die halb gerauchte Zigarette im Aschenbecher und brach in haltloses Schluchzen aus.

3

Igor Jerochin liebte die Moskauer Metro. Vor allem in den Stoßzeiten war es fast ausgeschlossen, in dem nie abreißenden, chaotischen Menschenstrom auf jemanden zu stoßen, den man kannte. Und wenn es doch einmal geschah, war es ein leichtes, blitzschnell im Menschengewühl unterzutauchen und zu verschwinden.

Er nahm den vereinbarten Posten ein, von dem aus man die Bank neben dem Übergang zur anderen Station im Blick hatte. Neben dieser Bank würde das Treffen stattfinden, das nur einige Sekunden dauern und eine halbe Million Dollar einbringen würde. Igors Anteil an der Beute würde nur zwanzigtausend Dollar betragen, aber das war gerecht und außerdem gar nicht schlecht in Anbetracht der Tatsache, daß dies nicht das erste Treffen dieser Art war und, so Gott wollte, auch nicht das letzte. Wie das Sprichwort sagte: Kleinvieh macht auch Mist.

Bis zur verabredeten Zeit waren es nur noch wenige Minuten. Igor überblickte gewohnheitsmäßig den überfüllten Bahnsteig. An der Säule gegenüber entdeckte er einen jungen Mann mit auffallend gleichgültigem Gesichtsausdruck, er flanierte allein am Bahnsteig entlang. Alles wie geplant, konstatierte Igor, gleich wird Artjom erscheinen und zehn Sekunden später Johnny. Der wirkliche Name des amerikanischen Partners war ihm unbekannt, es waren jedesmal andere Männer, die zu dem Treffen kamen, und für Igor hießen sie alle Johnny.

Er erblickte Artjom schon von weitem in der Menschenmenge. Er trug einen unauffälligen hellbraunen Regenmantel, wie tausend andere Moskauer auch. Ohne Eile näherte er sich der Bank, stellte seinen Aktenkoffer darauf ab, öffnete ihn und begann, etwas zu suchen. Er machte eine ungeschickte Bewegung, und im nächsten Moment ergoß sich der gesamte Inhalt des Aktenkoffers auf den Bahnsteig. Artjom bückte sich schwerfällig und begann, die herumliegenden Kugelschreiber, in Klarsichthüllen verpackten Papierstücke und anderen Kram aufzusammeln. Er hatte sich die linke Hand verbrüht und ließ sie deshalb in der Manteltasche, der dicke, häßliche Verband hätte Aufmerksamkeit erregen können. Ein Vorübergehender bückte sich, hob das ebenfalls zu Boden gefallene Feuerzeug auf und reichte es Artjom. Dieser dankte mit einem freundlichen Nicken. Das war's. Das Treffen hatte stattgefunden. Nur war diesmal etwas Unvorhergesehenes passiert. Genau in dem Moment, in dem das Feuerzeug überreicht wurde, war neben Artjom und Johnny eine unbekannte Frau aufgetaucht. Ihr Blick hatte sich buchstäblich an den Händen der beiden festgesaugt und war dann langsam nach oben gewandert, zu Artjoms Gesicht. Die Frau entfernte sich jetzt, doch an der unsicheren Bewegung, die Artjom machte, war zu erkennen, daß er den Zwischenfall bemerkt hatte. Igor löste sich langsam, scheinbar unwillig, von der Wand, an der er lehnte und folgte der Unbekannten. Sie nahm den Weg über die Rolltreppe, die zum Übergang auf die andere Station führte. Igor ging hinter ihr und ließ sie nicht aus den Augen. Mit einem Seitenblick erkannte er Surik, der unauffällig über den Bahnsteig schlenderte. Das bedeutete, daß Artjom tatsächlich beunruhigt war und für alle Fälle einen zweiten Mann auf die Unbekannte angesetzt hatte. Sie ging schnellen, aber ruhigen Schrittes, ohne sich umzusehen. Als sie die andere Station erreicht hatte, kam gerade eine Bahn, doch aus irgendeinem Grund stieg sie nicht ein, sondern blieb stehen und begann, in ihrer Handtasche zu wühlen. Die Metro entfernte sich wieder, und Igor erkannte, daß auf dem leeren Bahnsteig außer der Unbekannten, Surik und ihm selbst noch eine weitere Person zurückgeblieben war. Das gefiel Jerochin ganz und gar nicht. Der blasse, dunkelhaarige Typ hielt ein Buch in der Hand, er stand unbeweglich, mit angestrengtem Gesichtsausdruck, da und fixierte die Unbekannte aus einiger Entfernung.

Der Bahnsteig füllte sich augenblicklich wieder mit Menschen, der verdächtige Typ näherte sich vorsichtig der Frau, die ihn ganz offensichtlich nicht bemerken sollte. Eine neue Bahn fuhr ein, und während die Unbekannte im Begriff war, in einen der Wagen einzusteigen, war der Fremde plötzlich dicht hinter ihr. Sie drehte sich um und warf ihm mit wutverzerrtem Gesicht irgendeine knappe Bemerkung hin. Der Mann betrat hinter ihr den Wagen und quetschte sich durch die Menschenmenge nach rechts, in die Nähe der zweiten Tür, während die Frau, in einer Ecke des Wagens stehend, einen Notizblock aus ihrer Handtasche holte und hastig etwas aufzuschreiben begann. Immer wieder hob sie den Kopf und warf dem Mann mit dem Buch in der Hand böse Blicke zu. Igor drehte sich um, er entdeckte seinen Komplizen und nickte ihm unauffällig zu. An der nächsten Haltestelle stieg der verdächtige Typ aus, und Surik folgte ihm. Jerochin blieb mit der Unbekannten im Wagen zurück.

Interessant, dachte er, während er sie von der Seite betrachtete. Sie arbeitet also nicht allein, sondern zusammen mit diesem Bücherfreund. Offenbar hat er einen Fehler gemacht, indem er vorhin zu dicht an sie herangekommen ist, und sie hat ihn zurechtgewiesen. Scheint eine ganz schöne Kanaille zu sein. Was sie wohl so eifrig in ihren Block schreibt? Man müßte wissen, ob sie ein Bullenweib ist oder ob sich die Konkurrenz eingemischt hat. Es gibt ja haufenweise Leute, die scharf darauf sind, ihre Ware an die amerikanischen Johnnys zu verschachern, aber so einfach ist das nicht. Da muß man schon so einer sein wie Artjom. Der hat Köpfchen und beherrscht etliche Fremdsprachen. Doch die Konkurrenz weiß nicht, wie sie an die schlauen Johnnys herankommen soll, und versucht, unsere Kontakte anzuzapfen. Aber die werden sich die Finger verbrennen.

Die Unbekannte stieg an der Station »Taganskaja« aus, und nachdem sie die Rolltreppe verlassen hatte, ging sie auf einen Milizionär zu, der in der Metro Dienst tat. Sie sprach ein paar Worte mit ihm und reichte ihm den Zettel, den sie bereits im Wagen aus ihrem Block gerissen hatte. Igor wurde es kalt im Nacken. Also doch ein Bullenweib. Der Milizionär steckte den Zettel in die Jackentasche und nickte ihr beiläufig zu.

Jerochin folgte ihr auf die Straße. Sie blickte sich um und lief zu einem parkenden Auto. Igor prägte sich die Nummer ein, ging zurück zur Metro und stürzte zum öffentlichen Telefon.

»Sie ist in ein Auto gestiegen und weggefahren, aber vorher hat sie einem Milizionär einen Zettel zugesteckt«, berichtete er atemlos. »Sie hat einen Partner, aber ich habe ihn rechtzeitig bemerkt und Surik auf ihn angesetzt.«

»Wir brauchen diesen Zettel, besorge ihn, egal wie«, befahl die Stimme in der Leitung, »der Bulle darf nicht dazu kommen, ihn weiterzugeben. Verstanden?«

Igor stand am Fahrkartenschalter, beobachtete den Milizionär und überlegte, wie er an den verfluchten Zettel herankommen sollte. Der Uniformierte stand seelenruhig da, offenbar hatte er nicht vor, sofort loszulaufen und den Zettel irgendwo abzugeben. Aber womöglich würde im nächsten Moment jemand kommen und den Wisch bei ihm abholen. Igor mußte sich beeilen. Aber was tun? Sollte er dem Milizionär vielleicht einen Herzanfall vorspielen? Sich im Sturz an ihm festklammern und dann, im Gedränge, den Zettel aus seiner Tasche fischen? Nein, für diese Nummer war Igor nicht geeignet. Dazu gehörte Erfahrung, die Professionalität eines Taschendiebs, und die besaß Igor nicht. Er mußte sich etwas anderes einfallen lassen. Sollte er vielleicht versuchen, sich als der auszugeben, für den der Zettel bestimmt war? Nein, das war zu riskant, das konnte ins Auge gehen. Aber warum sollte er es nicht mit der einfachsten Methode probieren? Der Milizionär war ein noch ganz junges Bürschlein, mit rosigen Wangen, die so aussahen, als hätte er sich erst vor kurzem zum ersten Mal rasiert. Er war unerfahren und natürlich ein armer Schlucker. Mit seinem Gehalt als Polyp kam er nicht weit. Igor hatte etwa fünfhundert Dollar bei sich. So einer Summe würde dieser Milchbart nie und nimmer widerstehen können.

Igor eilte auf die Straße hinaus und sah sich um. Direkt neben der Metrostation entdeckte er eine Baustelle, die mit einem Bretterzaun gesichert war. Das Tor war natürlich abgeschlossen, aber im Nu machte Igor einen Durchschlupf ausfindig. Jemand hatte ein Brett aus dem Zaun herausgerissen, die Lücke war groß genug, um hindurchzuschlüpfen. Jerochin ging zurück zur Metro und sprach den jungen Milizionär an.

»Genosse Sergeant«, sagte er mit gespielter Aufregung, »dort auf der Baustelle versucht man, einen Menschen umzubringen. Und auf der Straße ist kein einziger Milizionär zu sehen! Kommen Sie, schnell.«

Der Milizionär glaubte ihm sofort. Igor hatte nicht erwartet, daß es so einfach sein würde.

»Wo denn?« Der Milizionär war vor dem Bauzaun stehengeblieben und blickte fragend auf das eiserne Tor mit dem eindrucksvollen Schloß davor.

»Dort ist eine Lücke im Zaun, da können wir durchsteigen.« Igor zeigte mit der Hand nach rechts und zog den Milizionär am Ärmel mit sich.

Der Milizionär stieg als erster durch die Lücke, und nachdem auch der breitschultrige Igor sich hindurchgezwängt hatte, sah der Uniformierte sich verwundert auf der leeren Baustelle um.

»Hier ist niemand, Sie müssen sich geirrt haben.«

Igor zückte wortlos seine Brieftasche und entnahm ihr fünf Hundert-Dollar-Scheine.

»Hier, Sergeant, das ist für dich.«

»Wofür?« fragte der Milizionär überrascht und sah sein Gegenüber mit einem Blick an, der plötzlich stechend geworden war.

»Du hast einen Zettel in der Tasche. Gib ihn mir, und wir haben einander nie gesehen. Okay?«

»Ich muß Sie bitten, mir Ihre Papiere zu zeigen«, sagte der Milizionär in strengem Tonfall.

»Aber wozu denn, Sergeant?! Hier sind fünfhundert Dollar. Weißt du überhaupt, wieviel das ist? Soviel verdienst du nie wieder in fünf Minuten. Nie wird jemand etwas davon erfahren, und du hast zwei Millionen Rubel in der Tasche. Hier, nimm. Gib mir den Zettel, und wir sind quitt.«

Igor begriff, daß die Sache den Bach hinunterging, aber noch gab er nicht auf. Er versuchte, den Grünschnabel unter Druck zu setzen, zu überrumpeln, ihm keine Zeit zum Nachdenken zu lassen, ihn mit der unerhörten Summe zu blenden. Er konnte nicht zulassen, daß ihm dieses läppische Bürschlein alles verdarb. Es ging schließlich um viel Geld, um zweimal zwanzig Riesen pro Monat. Und das war noch lange nicht alles. Igors Anteil an dem Geschäft war einer der geringsten, es gab Leute, die zweimal monatlich das Zehnfache bekamen. Und diese Leute würden ihm sein Versagen niemals verzeihen.

»Kommen Sie, Genosse!« befahl der Milizionär. Er hielt plötzlich eine Pistole in der Hand.

»Das wird dir noch leid tun«, erwiderte Igor mit ruhiger Stimme. Er drehte sich mit dem Rücken zu dem Uniformierten, streckte die Hand nach dem Brett aus, das, gehalten von

Nägeln, am Zaun baumelte und bückte sich, als wolle er durch die Lücke schlüpfen.

Das war einer der berühmten Tricks von Igor Jerochin. Es dauerte nur eine Sekunde, und die Pistole hatte den Besitzer gewechselt.

»Zum letzten Mal ... fünfhundert Dollar für den Fetzen in deiner Tasche«, sagte er mit drohender Stimme und preßte den Lauf der Pistole gegen die Uniformjacke des Milizionärs, genau an die Stelle, wo das Herz war. Das Bürschchen klebte jetzt am Bauzaun, mit Igors mächtiger Hand an der Gurgel. Es versuchte, sich loszureißen, aber im selben Moment ertönte ganz in der Nähe das Geräusch einer Baumaschine.

Der Teufel soll ihn holen, schoß es Igor durch den Kopf, und ohne nachzudenken drückte er auf den Abzug. Den Schuß hatte niemand gehört.

Schnell durchsuchte er die Taschen des auf dem Boden liegenden Milizionärs und nahm den Zettel an sich. Er las, was auf dem vierfach gefalteten, karierten Blatt stand.

»Mann im Alter von 35 bis 38, Größe ca. 180 cm, hellbrauner Regenmantel, hält die linke Hand in der Manteltasche.«

Sie hatten also Artjoms Spur aufgenommen. Gut, daß der Zettel jetzt in Sicherheit war.

Igor entnahm der Hosentasche des Milizionärs ein Taschentuch, wischte damit sorgfältig die Pistole ab und steckte sie mit dem Lauf nach vorn wieder in die Hand des Toten.

4

Suren Udunjan, von seinen Freunden einfach Surik genannt, öffnete weit seine ungewöhnlich schönen Augen, wodurch sein Gesicht den Ausdruck wahrhaft kindlicher Unschuld annahm.

»Ich wollte ihn doch nicht umbringen«, sagte er im Tonfall eines gekränkten Kindes. »Vielleicht ist er überhaupt nicht tot, sondern hat nur das Bewußtsein verloren.«

»Du hast selbst gesagt, daß er tot ist«, versetzte Artjom Resnikow unwirsch und strich mechanisch über den Verband an seiner linken Hand. Die mit kochendem Wasser verbrühte Hand tat immer noch weh, doch er versuchte, den Schmerz nicht zu beachten.

»Es ist mir so vorgekommen«, entgegnete Surik ungerührt, während er die riesigen, mandelförmigen Augen noch weiter aufriß, die Spitzen seiner langen, dichten Wimpern berührten fast die schön geformten Augenbrauen.

»Ich bin doch kein Arzt, ich kann mich getäuscht haben. Aber ich glaube, er hatte keinen Puls mehr.«

»Du glaubst, du glaubst«, fuhr Artjom ihn an. »Was hast du denn mit ihm gemacht?«

»Gar nichts. Alles war wie immer: Ich hab ihn mit einer Hand von hinten an der Gurgel gepackt, ihm die andere Hand in die Tasche geschoben und dann den Beinhebel angewendet. Die übliche Methode, alles still und geräuschlos. Aber der hat plötzlich so seltsam geröchelt und ist in sich zusammengesackt. Weiß der Teufel.«

Surik senkte langsam die Lider, blendete gleichsam das weiche, strahlende Licht seiner Augen aus, das seinem Gesicht Reinheit und Unschuld verlieh. Die Lippen preßten sich fest aufeinander, die Konturen der Mundwinkel traten schärfer hervor. Jetzt saß vor Artjom ein zynischer, eiskalter Mörder.

»Hast du ihm etwas abgenommen?«

»Warum hätte ich das tun sollen?« erwiderte Surik mit gesenkten Lidern. »Es war eine gute Stelle, still, dunkel, keine Menschenseele weit und breit. Ich habe die Papiere schnell abgelichtet und wieder in seine Tasche gesteckt.«

»Hast du Spuren hinterlassen?«

»Wo denkst du hin?!« Die Wimpern hoben sich wieder, die strahlend hellen Augen blickten Artjom gekränkt an.

»Lassen wir's gut sein. Was steht denn Schönes in den Papieren?«

»Berkowitsch, Stanislaw Nikolajewitsch, 1957 in Moskau

geboren, ledig, Versuchsleiter in irgendeinem schlauen Konstruktionsbüro. Weiß der Teufel, wer er ist.«

»Du Esel«, preßte Artjom wütend zwischen den Zähnen hervor. »Hast du es dir nicht gemerkt?«

»Warum hätte ich das tun sollen?« erwiderte Surik mit seinem Lieblingssatz und zuckte ungerührt mit den Schultern. »Ich hab dir die Aufnahmen mitgebracht. Sieh selbst nach.«

»Gib her«, Artjom streckte die Hand aus.

»Sofort, ich laufe, ich falle auf die Knie.«

»Was willst du?«

»Ich will, daß du dich bei mir entschuldigst, Artjom-Khan«, flötete Surik mit gedehnter, widerlich öliger Stimme, seinen armenischen Akzent absichtlich überspitzend.

»Wofür?« fragte Artjom verwundert.

»Für den Esel, Artjom-Khan, für den Esel. Du bezahlst mich für meine Arbeit und nicht dafür, daß du mich beleidigen darfst. Beleidigungen müssen nach Sondertarif bezahlt werden.«

Suriks Wimpern senkten sich, und Artjom sah wieder das erschreckend eiskalte Mördergesicht vor sich.

Igor Jerochin saß rechts von Surik, kaute auf seinem Schaschlik herum und beobachtete die beiden. Man sieht gleich, daß Artjom einer von der besseren Sorte ist, dachte er, hat nie ein Lager gesehen, keine Pritsche gerochen und hat keine Ahnung, was er da gesagt hat. Dabei hat Surik noch sehr zurückhaltend reagiert. Ein anderer an seiner Stelle wäre aufgesprungen und hätte den Tisch umgestoßen. Aber Surik sitzt da und lächelt.

Igor begriff, daß es an der Zeit war, sich einzumischen. Artjom kapierte nicht, was er angerichtet hatte, und Surik würde die Beleidigung niemals auf sich sitzen lassen, obwohl er wußte, daß Artjom den Ehrenkodex seiner Kreise nicht kannte. Aber der Dünkel juckte ihn wie ein Geschwür im Arsch. Igor winkte den Kellner herbei.

»Tausch bitte diese zwei Teller aus, das Fleisch ist kalt geworden.«

»Zu Diensten«, gab der Kellner beflissen zurück. »Möchten Sie auch eine neue Portion?«

»Schaschlik möchte ich nicht mehr. Bring mir etwas Leichtes, Fisch oder Gemüse.«

»Sofort.« Der Kellner flog fast in Richtung Küche, um die Bestellung aufzugeben. Die drei waren ständige Gäste, man mußte sie mit Glacéhandschuhen anfassen, zumal sie sich mit dem Trinkgeld nicht lumpen ließen.

Igor warf einen Blick auf die Uhr.

»Surik, es könnte sein, daß am Eingang jemand auf uns wartet. Geh doch mal bitte nachsehen.«

Udunjan erhob sich wortlos und ging. Resnikow warf ihm einen nachdenklichen Blick hinterher und wandte sich an Igor.

»Was ist los?«

»Du wirst dich entschuldigen müssen, Artjom. Esel nennt man im Lager Männer, die als Lustsklaven benutzt werden. Surik muß jetzt entweder Farbe bekennen oder die Beleidigung mit Blut von sich abwaschen. Etwas Drittes gibt es nicht. Du willst doch nicht etwa, daß der Beweis mit Blut erbracht wird? Mit deinem natürlich«, erklärte Jerochin fachkundig, während er sich das letzte Stück Fleisch in den Mund schob.

»Das sind ja schöne Sitten...« Artjom schüttelte den Kopf und verzog ein wenig das Gesicht, weil die verbrühte Hand schmerzte. »Wir sind hier doch nicht im Lager.«

»So ist es«, antwortete Igor. »Deshalb ist Surik ja auch bereit, den Konflikt beizulegen, wenn du dich entschuldigst.«

Surik kehrte zurück, er übergab Igor ein Stück zusammengefaltetes Papier, setzte sich wortlos wieder auf seinen Stuhl und sah Resnikow erwartungsvoll an.

»Entschuldige, Suren Schalikojewitsch«, sagte Artjom versöhnlich. »Ich habe das aus Dummheit gesagt, ohne böse Absicht. Igor hat mir erklärt, daß das eine schreckliche Beleidigung für dich war. Ich nehme meine Worte zurück und bitte dich noch einmal um Verzeihung.«

Nicht schlecht, dachte Igor befriedigt. Je länger, desto besser gefällt mir dieser Resnikow. Er hat ein Ziel und verfolgt es gemessen und überlegt, streng nach Plan. Er ist vorsichtig, aber er übertreibt es nicht damit. Auf dem Weg zum Ziel verschwendet er keine Energien für sinnlose, dünkelhafte Rechthabereien. Er entschuldigt sich bei diesem rotznasigen Ganoven, höflich und würdevoll, obwohl dieser Surik samt seinen Eingeweiden nicht einmal das Schwarze unter seinem Nagel wert ist.

Surik hörte sich die Entschuldigung leise lächelnd an, dann holte er ein Kuvert aus der Jackentasche und legte es vor Artjom auf den Tisch. Der sah sich die Ablichtungen flüchtig an, runzelte die Stirn und sagte nichts.

»Was ist das?« fragte er Igor und deutete mit dem Kopf auf das gefaltete Papierstück, das Surik gebracht hatte.

»Die Daten des Mannes, in dessen Wagen die Unbekannte eingestiegen ist.«

»Gut, laßt uns also rekapitulieren, was wir haben. Im Moment des Treffens nimmt eine unbekannte Frau unsere Spur auf. Sie arbeitet mit einem Mann zusammen, der im Labor eines für uns interessanten Zweiges der Wissenschaft und Technik beschäftigt ist. Die Frau notiert meine äußeren Kennzeichen und übergibt die Notiz einem Milizionär, der diese Notiz zu unserem Glück, aus Dummheit oder Nachlässigkeit, nicht weitergibt. Der Milizionär existiert nicht mehr, die offene Frage ist der Versuchsleiter namens Berkowitsch. Ich schicke jemanden zu seiner Adresse, um herauszufinden, ob er noch lebt. Bleibt die Frau, über die wir nichts wissen, aber wir können versuchen, sie über den Besitzer des Wagens zu finden. Es sieht so aus, als hätten wir es tatsächlich mit potentiellen Konkurrenten zu tun, die dieselbe Ware besitzen wie wir, aber nicht wissen, wie sie an solvente Käufer herankommen sollen. Sie versuchen, uns und unsere Partner aufzuspüren, dann verraten sie uns an die Miliz und nehmen unseren Platz ein. Die Frau arbeitet ganz offensichtlich für unsere Konkurrenten, für die Miliz oder für beide gleichzeitig. Die

Bullen wollen auch essen, durchaus möglich, daß sie mit unseren Konkurrenten gemeinsame Sache machen. Sie werden dafür sorgen, daß wir von der Bildfläche verschwinden und dann fifty-fifty machen. Habe ich recht?«

Artjom sprach langsam, überlegt, ohne den Faden zu verlieren. Igor und Surik hörten aufmerksam zu, es war immer sehr interessant für sie, Artjoms Ausführungen zu folgen. Vor ihrem geistigen Auge setzten sich die scheinbar unzusammenhängenden Fakten zu einem klaren und verständlichen Bild zusammen. Artjom war zwar nur ein Amateur, aber er hatte Köpfchen, das mußte man ihm lassen.

»Da jetzt der Mord an einem Milizionär und vielleicht auch der Mord an Berkowitsch auf unser Konto gehen, schlage ich vor, daß wir uns eine Zeitlang aus dem Geschäft zurückziehen. Unsere Klienten werden Verständnis für unsere Lage aufbringen, wie ich hoffe. Von heute an müssen wir unsere ganze Aufmerksamkeit der unbekannten Frau widmen, um herauszufinden, wer unsere Konkurrenten sind. Dann werden wir weitersehen.«

ZWEITES KAPITEL

1

Nastja Kamenskaja betrachtete voller Neugier ihren Gast. Sieh an, dachte sie belustigt, das unbekannte Brüderlein erweist mir die Ehre. Ich wette, er hat irgendeine dumme Geschichte am Hals. Soviel ihr bekannt war, war er Direktor oder sogar Präsident einer Aktiengesellschaft, offenbar einer der jungen russischen *businessmen*. Wahrscheinlich ging es um irgendwelche erpresserischen Machenschaften oder um einen Kreditbetrug.

Als Nastjas Eltern sich scheiden ließen, war sie gerade ein Jahr alt. Ihr eigentlicher Vater war der zweite Mann ihrer Mutter, schon als Kind liebte sie ihn heiß und innig und sagte Papa zu ihm. Mit ihrem leiblichen Vater telefonierte sie in regelmäßigen Abständen, aber sie sah ihn nur selten. Als Sascha geboren wurde, der Sohn des Vaters aus zweiter Ehe, war Nastja acht Jahre alt. Sie hatte sich nie für ihren Halbbruder interessiert, hatte ihn nie im Leben gesehen und den Vater immer nur aus Höflichkeit nach ihm gefragt. Und heute hatte er sie plötzlich angerufen und gefragt, ob er sie besuchen dürfe.

Er war ein hochgewachsener, hagerer Mann mit blonden Haaren, hellen Augen und einem rötlichen Schnurrbart in dem farblosen, unscheinbaren Gesicht. Er trug einen teuren, dreiteiligen Anzug und wirkte sehr selbstbewußt. Ein sichtbar arrivierter, wahrscheinlich sogar reicher Mann. Im Grunde hatte Nastja keine Zeit für ihn, schon seit zwei Wochen plagte sie sich mit der Auswertung der unaufgeklärten Mordfälle herum, die Arbeit war sehr umfangreich und ging nur stockend voran.

Der Besuch des Verwandten erschien ihr unangemessen und machte sie nervös. Doch sie hatte ihn auch nicht abweisen können. Vielleicht brauchte er ja wirklich ihre Hilfe. Immerhin war er ihr Halbbruder.

»Wir sehen uns ziemlich ähnlich«, sagte sie lächelnd, um die Peinlichkeit der ersten Minuten zu überbrücken. »Offenbar kommen wir beide nach dem Vater. Du bist allerdings um einiges jünger als ich. Sechsundzwanzig, stimmt's?«

»Ja, seit letztem Monat.«

»Bist du verheiratet?«

»Schon fast vier Jahre.«

»Kinder?«

»Ein Mädchen, Katenka«, erwiderte er sanft lächelnd, und Nastja begriff sofort, wie sehr er seine Katenka liebte. Sie fand, daß sie genug Höflichkeiten ausgetauscht hatten.

»Entschuldige, Sascha, aber ich habe nicht viel Zeit. Deshalb laß uns gleich zur Sache kommen«, schlug sie ohne Umschweife vor.

»Ja, ja, natürlich.«

Sascha verstummte plötzlich, ganz offensichtlich wußte er nicht, wie er anfangen sollte. Seine Finger strichen nervös über die Krawatte, wanderten über die Jackettknöpfe und erstarben in einer verschnörkelten Haltung.

»Also, was ist das Problem?«

»Ich habe eine Freundin«, platzte er heraus.

»Und weiter?«

»Ich glaube, daß mit ihr etwas nicht in Ordnung ist.«

»Inwiefern?« Nastja runzelte die Stirn. Sie war darauf gefaßt, sich irgendeinen herzzerreißenden Blödsinn anhören zu müssen, der nichts mit den Aufgaben der Miliz zu tun hatte.

»Ich fange am besten ganz von vorne an. Ich habe sie vor etwa zwei Monaten kennengelernt. Und in der letzten Zeit sind den Leuten, die sie durch mich kennengelernt hat, plötzlich unangenehme Dinge passiert. Ich fürchte, daß das mit ihr zusammenhängt.«

»Nein, mein Freund, das ist nicht von vorn angefangen«,

sagte Nastja schmunzelnd. »Laß mich mal versuchen. Hat deine Freundin einen Namen?«

»Sie heißt Dascha Sundijewa.«

»Wie alt?«

»Neunzehn, fast zwanzig.«

»Was macht sie?«

»Sie ist Verkäuferin in der Damenabteilung des ›Orion‹. Außerdem studiert sie. Sie möchte Visagistin werden.«

»Donnerwetter, ein sehr modischer Beruf. Wo hast du sie denn kennengelernt?«

»Im ›Orion‹, als ich ein Kostüm für meine Frau kaufte.«

»Banal wie Zahnschmerzen«, kommentierte Nastja. »Wie ging es weiter?«

»Wie gewöhnlich. Ich lud sie zum Mittagessen ein, am nächsten Tag zum Abendessen ...«

»Und am dritten Tag habt ihr bereits zusammen gefrühstückt. Hast du sie von Anfang an mitgenommen zu deinen Freunden?«

»Nein, erst nach zwei, drei Wochen.«

»Und warum nicht gleich?« erkundigte sich Nastja, während sie das Gas unter dem Wasserkessel abstellte und eine Kaffeedose öffnete.

»Ich habe erst einmal abgewartet, um sicher zu sein, daß es nach zwei, drei Wochen nicht schon wieder aus ist. Ich mag es nicht, wenn man von mir als einem redet, der von seiner Puppe sitzengelassen wurde.«

»Ist sie denn eine Puppe?« wollte Nastja wissen, während sie eine Packung Kekse mit dem Messer aufschnitt. Hinter der Wand, aus dem Nebenzimmer, wurde das summende Geräusch des Druckers hörbar. Ljoscha saß am Computer und arbeitete, während sie ihre Zeit mit irgendwelchen Hirngespinsten verplemperte. Er mochte es also nicht, wenn er von seiner Puppe sitzengelassen wurde, hört, hört. Wer sich nicht mit Puppen einließ, der wurde auch nicht sitzengelassen.

»Dascha ist sehr schön«, sagte er, ungerührt von Nastjas sarkastischem Tonfall.

»Laß uns die Daten konkretisieren. Wann genau habt ihr euch kennengelernt?«

»Ende August.«

»Genauer weißt du es nicht?«

»Meine Frau hat am dreiundzwanzigsten Geburtstag. Es muß demnach so um den neunzehnten oder zwanzigsten herum gewesen sein.«

»Wann hast du sie zum ersten Mal zu Freunden mitgenommen?«

»Etwa Mitte September.«

»›Etwa‹ genügt mir nicht. Ich muß es genau wissen. Und warum hast du sie überhaupt mitgenommen zu deinen Freunden?«

»Eines Tages, als wir uns trafen, stellte sich heraus, daß die Wohnung, mit der ich gerechnet hatte, nicht zur Verfügung stand. Ich wußte nicht, wohin mit ihr, rief einen Freund an und lud uns zum Kaffee ein.«

»Und der Freund hat sich als diskret erwiesen?«

»Natürlich.«

Sascha wurde nicht im geringsten verlegen. Er benahm sich in etwa so wie bei einem Arztgespräch, bei dem es keine peinlichen oder unanständigen Dinge gibt.

»Habt ihr während des Kaffeetrinkens den Fernseher angestellt?«

»Ja, der Fernseher stand in der Küche.«

»Und was wurde gezeigt?«

»Ich weiß es nicht mehr. Irgendein Film, glaube ich.«

»Was für ein Film?« bohrte Nastja weiter. Sie wußte selbst nicht, warum sie plötzlich diese Pedanterie an den Tag legte. Bis jetzt sah sie keinerlei Straftatbestand, aber etwas zwang sie, sich sogar mit so einem Firlefanz wie den Liebesangelegenheiten ihres Halbbruders ernsthaft auseinanderzusetzen.

»Ich erinnere mich nicht.« Sascha zuckte mit den Schultern. »Wir haben den Film ja nicht von Anfang an gesehen, und eigentlich haben wir überhaupt nicht hingeschaut, sondern uns unterhalten.«

»Versuche, dich wenigstens an irgend etwas zu erinnern, an einen Schauspieler oder an eine andere Einzelheit.«

»Ich glaube, Belmondo hat mitgespielt«, sagte Sascha unsicher, »etwas in der Art einer Kriminalkomödie.«

»Alles klar. Einen Moment.«

Nastja ging hinaus in den Flur, holte von der Zwischendecke einen Stapel Zeitungen herunter und brachte ihn in die Küche.

»Hier«, sagte sie, warf die Zeitungen auf den Tisch und ließ sich wieder auf den Hocker fallen. »Such die Seiten mit den Fernsehprogrammen für September.«

Nach etwa einer Viertelstunde hatten sie herausgefunden, daß der Besuch in der Wohnung des Freundes am 14. September stattgefunden hatte.

»Das hätten wir. Und was passierte danach?« fragte Nastja etwas erschöpft und zunehmend gelangweilt von der Erfüllung ihrer schwesterlichen Pflicht.

»Danach besuchten wir noch mehrmals andere Freunde. Und bei ihnen begannen kurz darauf die Unannehmlichkeiten.«

»Welche Unannehmlichkeiten?«

»Diebstahl«, antwortete Sascha leise und sah zur Seite.

»Etwas konkreter bitte.« In Nastja erwachte für einen Moment der Jagdinstinkt.

»Als einer von ihnen eines Tages von der Arbeit nach Hause kam, war die Tür aufgebrochen.«

»Und was war verschwunden?«

»Im Grunde gar nichts.«

»Gar nichts? Was soll das heißen?« fragte Nastja überrascht.

»Nur die Papiere. Aber die fand mein Freund am nächsten Tag im Briefkasten wieder.«

»Habt ihr die Miliz gerufen?«

»Nein, wozu? Es war ja nichts gestohlen worden. Nur die Tür war beschädigt. Und mit der Miliz bekommt man bekanntlich nur Ärger. Verzeih!« Sascha fiel ein, wer seine Halbschwester war.

»Schon gut«, winkte sie ab. »Im letzten Jahr wurde bei mir auch eingebrochen. Und ich habe die Miliz ebenfalls nicht verständigt, aus denselben Gründen.«
»Nicht möglich! Hat man dich etwa auch beraubt?«
»Nein, man hat versucht, mich zu erpressen. Aber lenk nicht ab, Sascha, erzähl weiter.«
»Kurz darauf wurde ein zweiter Freund direkt im Hauseingang überfallen.«
»Und?«
»Man hat ihm ebenfalls die Papiere abgenommen. Und am nächsten Tag lagen sie auch bei ihm wieder im Briefkasten.«
»Großartig!« Aus irgendeinem Grund kehrte plötzlich Nastjas gute Laune zurück. »Erzähl weiter.«
»Dann verschwanden bei einem Dritten und bei einem Vierten die Papiere aus der Wohnung. Und ich fürchte, daß Dascha die Komplizin der Bande ist. Daß sie für irgendwelche Mafiosi arbeitet, die gefälschte Papiere brauchen. Die Papiere irgendeines Hinz oder Kunz sind für ihre Machenschaften nicht geeignet, deshalb spüren sie Leute mit entsprechendem Status auf. Und mein Bekanntenkreis besteht hauptsächlich aus Unternehmern, Bankiers, Börsenmaklern, kurz, aus angesehenen, solventen Leuten.«

Das Brüderchen hat recht, dachte Nastja. Natürlich ist es viel ungefährlicher, gefälschte Papiere zu verwenden als gestohlene Originale. Sie machen eine Kopie, und nach der stellen sie die Fälschung her. Das Papier und der Druck – kein Problem. Auf diesem Gebiet haben wir heute hochkarätige Profis. Von solchen träumt nicht einmal das staatliche Münzamt. Im Fall einer Kontrolle besteht keine Gefahr, denn das Dokument ist nicht als gestohlen gemeldet. Alles stimmt. Der Name, die Paßnummer, das Datum, die ausstellende Behörde. Nur das Foto wurde ausgetauscht. Es ist nicht ausgeschlossen, daß diese Schönheit von Dascha für eine Bande arbeitet, die dieses Talmi am Fließband herstellt. Das kriminelle Handwerk hat sich bei uns inzwischen spezialisiert.

»Wie oft habt ihr zusammen Freunde besucht?« fragte sie

und goß sich eine zweite Tasse Kaffee ein. Ihr Halbbruder hatte die Tasse Tee, die vor ihm stand, nicht angerührt. Obwohl er äußerlich selbstbewußt und gelassen wirkte, fiel ihm das Gespräch ganz offensichtlich nicht leicht.

»Sechsmal.«

»Daran erinnerst du dich genau?«

»Nastja, ich habe dich schließlich nicht gleich angerufen. Ich habe die Sache lange beobachtet, mir Gedanken gemacht, mich immer wieder gefragt, ob der Verdacht begründet ist. Aber die Überfälle und Diebstähle sind immer drei, vier Tage nach unseren Besuchen passiert.«

»Ihr wart in sechs verschiedenen Wohnungen?«

»Ja, wir haben dieselben Leute nie zweimal besucht.«

»Aber bestohlen wurden nur vier Leute?«

»Nur vier«, bestätigte Sascha.

»Gibt es dafür irgendeine Erklärung?«

»Nein, ich verstehe es nicht.«

»Wann hat der erste Diebstahl stattgefunden?«

»Am vierten Oktober, an einem Dienstag. Am Samstag davor hatten wir die Leute besucht.«

»Und vor euren gemeinsamen Besuchen wurden deine Bekannten nie beraubt?«

»Nein, das ist es ja eben. Bei den zwei Freunden, die wir im September besucht haben, ist nichts passiert. Alles begann im Oktober. Ich denke, sie hat erst einmal abgewartet und sich davon überzeugt, daß meine Bekannten die Leute mit den passenden Papieren sind.«

»Das alles klingt logisch. Aber glaubst du es auch? Was sagt dein Herz?«

Sascha verstummte für einen Moment und rührte den Zucker in seinem kalten Tee um.

»Ich kann das schwer beurteilen, Nastja« sagte er unschlüssig. »Dascha ist ein ungewöhnliches Mädchen. Das läßt sich mit Worten nicht ausdrücken. Ich bringe es einfach nicht fertig, sie auf die Sache anzusprechen. Das wäre genauso, als würde man einen Strauß frischer Blumen kaufen und ihn dann auf den Müll werfen. Das sagt das Herz. Aber der Verstand sagt etwas anderes.«

»Was zum Beispiel?«

»Was will sie von mir? Ich sehe nicht sehr gut aus und bin alles andere als ein Supermann. Mit einem Liebhaber wie mir kann man keinen Staat machen. Ich habe zwar Geld, und das nicht gerade wenig, aber davon sieht und hört Dascha nichts, das bringt ihr keine Vorteile. Als künftiger Ehemann komme ich ebenfalls nicht in Frage, denn ich werde mich unter keinen Umständen scheiden lassen, und das weiß sie. Was also hat sie von mir? Es kann nur so sein, daß sie irgendwelche eigennützigen Ziele verfolgt.«

»Und die Liebe?« fragte Nastja spottlustig, »von der Liebe hältst du wohl gar nichts?«

»Die Liebe?« Er sah seine Halbschwester betreten an und begann laut zu lachen. »Wie könnte mich jemand lieben? Du hast Ideen, Schwesterherz! Mich hat noch nie im Leben jemand geliebt. Ich war immer schon das Bleichgesicht, der Trottel, schon als Kind hat man mich verspottet, als Spulwurm und Kakerlake. Ich bin nicht schön und habe einen abstoßenden Charakter. Frauen habe ich mir immer nur gekauft. Auch meine Frau liebt mich nicht. Sie ist eine gute Ehefrau, wir sind Freunde, aber sie liebt mich nicht. Sie hat mein Geld geheiratet, die Perspektiven, die ich ihr biete, aber nicht mich.«

»Und warum hast du sie dann geheiratet?«

»Ich habe nicht geheiratet. Ich habe mir eine Mutter für mein Kind gekauft. Und ich bin dem Schicksal dankbar, daß sie nicht nur die Mutter meiner Tochter, sondern auch meine Freundin geworden ist. Damit hatte ich nicht gerechnet.«

»Moment mal, du hast doch gesagt, daß du für Dascha kein Geld ausgibst. Sie hast du also nicht gekauft?«

»Ich habe versucht, ihr die üblichen teuren Geschenke zu machen, aber sie hat sie nicht angenommen. Genau das macht mich mißtrauisch. Was will sie von mir?«

»Entschuldige bitte, aber du redest Schwachsinn«, sagte Nastja verärgert. »Warum sollte man dich nicht lieben können? Das hast du dir alles irgendwie ausgedacht. Redest dir wer weiß was ein über dich selbst und das Mädchen.«

»Und die Diebstähle?« fragte Sascha mit trauriger Stimme. Man sah, daß ihm seine Verdächtigungen selbst zusetzten.

»Ja, die Diebstähle«, sagte Nastja nachdenklich. »Darüber müssen wir uns Gedanken machen. Ich schlage vor, daß ich mir deine Dascha selbst einmal anschaue. Arbeitet sie morgen?«

»Ja, sie hat Nachmittagsschicht. Von drei bis acht. Weißt du, wo das ›Orion‹ ist?«

»Ja, weiß ich. Hast du ihr etwas von mir erzählt?«

»Nein.«

»Gut, morgen nehme ich sie unter die Lupe.«

Sascha lächelte unverhofft und holte seine Brieftasche aus dem Jackett.

»Nimm das«, sagte er und hielt Nastja ein abgepacktes Bündel Geldscheine hin.

»Wofür denn?« fragte sie überrascht.

»Kauf dir irgendwas zum Schein. Im ›Orion‹ ist alles sehr teuer.«

Damit hat er nicht unrecht, dachte sie. Ich werde mindestens zehn Kleider anprobieren müssen, um mir die Dame näher anschauen zu können, und wenn ich schließlich mit leeren Händen aus dem Geschäft gehe, könnte das Verdacht erregen. Mein Bruderherz scheint kein Dummkopf zu sein. Obwohl er eine ganz schöne Macke hat.

Nachdem Nastja die Tür hinter Sascha geschlossen hatte, ging sie in das Zimmer, in dem Ljoscha am Computer saß und arbeitete.

»Weißt du, Ljoschenka, ich habe einen sehr interessanten Verwandten«, sagte sie und umarmte ihn von hinten. »Er ist davon überzeugt, daß ihn niemand liebt.«

»Ach ja?« bemerkte Tschistjakow zerstreut, ohne von der Arbeit aufzusehen. »Warum denn?«

»Er ist häßlich und hat einen schlechten Charakter.«

»Das ist alles? Wenn der Ärmste wüßte, was für einen Charakter seine Halbschwester hat! Und doch gibt es auf der Welt einen Dummkopf, der sie liebt. Du willst sicher an den Computer. Ich bin gleich fertig.«

»Danke, Ljoschenka. Was haben wir denn fürs Abendessen?«

»Ich glaube, es sind noch ein paar Frikadellen da.«

»Und ich glaube, wir haben sie schon aufgegessen«, argwöhnte Nastja.

Ljoscha schloß die Datei und erhob sich.

»Nimm Platz, du Koryphäe des Kampfes gegen das Verbrechen. Ich habe endlich begriffen, warum du mich nicht heiraten willst.«

»Warum?« fragte sie neugierig, während sie ihre Datei anklickte. »Sag es mir, dann weiß ich es wenigstens.«

»Weil du faul bist und nichts von der Hauswirtschaft verstehst. Solange ich um deine Hand anhalte, was ich bereits seit über zehn Jahren tue, bin ich quasi von dir abhängig, und du machst mit mir, was du willst. Wenn du mich heiratest, verlierst du deine Freiheit und Unabhängigkeit, und wer wird dann für dich kochen?«

»Wenn du nicht für mich kochst, lasse ich mich scheiden«, drohte Nastja, während sie die Linien für eine Tabelle auf dem Bildschirm zog.

»Das glaubst du doch selbst nicht«, brummte Tschistjakow und nahm seine Papiere vom Tisch. »Du bist doch sogar zu faul, ein belegtes Brot zu machen, geschweige denn, dich scheiden zu lassen.«

2

Dmitrij Sotnikow beobachtete lächelnd die sieben Kinder, die sich über ihre Blätter beugten und eifrig Stilleben malten. Obwohl es sich um hochbegabte Kinder handelte, waren es doch Kinder, unbefangen, lebhaft und sehr drollig. Dmitrij liebte die Arbeit mit Kindern und wäre um keinen Preis bereit gewesen, ältere Schüler zu unterrichten. Er arbeitete bereits seit über zehn Jahren an der Kunstschule, die im letzten Jahr den eindrucksvollen Status einer Kunstakademie erlangt hatte.

Der Umgang mit Kindern machte ihm großen Spaß, doch heute wich seine gute Stimmung mehr und mehr einem diffusen Unbehagen. Es war Donnerstag, und an den Donnerstagen kam Lisa zu ihm. Ihn erwarteten die ewigen Gespräche über Andrej, Lisas Erinnerungen an ihn, ihre Tränen, und schließlich würden sie Liebe machen, wie jeden Donnerstag, das war so sicher wie das Amen in der Kirche. Alles das würde sehr bedrückend sein, doch hinterher würde es Lisa etwas besser gehen. Nicht viel, aber doch ein kleines bißchen besser. Das war der einzige Trost.

Auf dem Heimweg kaufte Sotnikow etwas zu essen ein. Lisa würde um acht Uhr erscheinen, und da sie nie mit ihm aß, mußte er es vorher allein tun, um die Zeit mit ihr nicht mit leerem Magen verbringen zu müssen. Außerdem wollte er bis dahin seine Wohnung noch etwas aufräumen.

Zu Hause angekommen, überblickte Dmitrij freudlos seine heruntergekommene Behausung. Das Junggesellenleben hatte deutliche Spuren in ihr hinterlassen, ob der Blick auf die ungeputzten Fenster fiel oder auf die Kochtöpfe mit den abgebrochenen Griffen. Er bemühte sich nach Kräften, seine Wohnung in Ordnung zu halten, er staubte regelmäßig ab und wischte die Böden, aber zum Fensterputzen reichte es nicht, und schon gar nicht kam ihm der Gedanke, sich neues Kochgeschirr anzuschaffen oder den tropfenden Wasserhahn im Bad reparieren zu lassen.

Kurz nachdem die alte Uhr an der Wand achtmal geschlagen hatte, läutete es an der Tür. Lisa trug seit neun Jahren nur Schwarz, auch heute bestand ihre Garderobe aus einer schwarzen Hose und einem weiten schwarzen Pullover. Dmitrij gefiel diese ewige Trauerkleidung nicht, zumal er mit dem für Farbe und Form geschulten Auge des Künstlers sah, daß Lisa schwarz überhaupt nicht stand. Sie war etwas breit, aber gut gebaut, mit ihrer sportlichen Figur, ihren dunkelbraunen Haaren und grauen Augen hätte sie eine vor Lebenslust sprühende junge

Frau sein können, zu ihrem Typ hätten hervorragend weiße Jeans und ein buntes, fröhliches T-Shirt gepaßt. Statt dessen trug Lisa hartnäckig Trauer, sie lächelte selten, das Leiden schien sich für immer in ihr Gesicht eingegraben zu haben.

»Wie hast du den Tag verbracht?« fragte Dmitrij, während er Lisas Jacke an die Garderobe hängte.

»Wie immer. Ich war auf dem Friedhof, habe den Grabstein abgewaschen und Blumen hingestellt.«

»Wann fängst du an zu arbeiten?«

»Wahrscheinlich in einer Woche. Mal sehen, ich weiß noch nicht genau.«

»Und was sagt der Arzt?«

»Was soll er schon Gescheites sagen, dieser Arzt!« gab Lisa geringschätzig zurück. »Er wird genau das sagen, was ich will. Mal sehen«, wiederholte sie, »wenn mir nach Arbeit ist, lasse ich mich gesundschreiben.«

Vor neun Jahren hatte Lisa mitangesehen, wie ihr jüngerer Bruder von vier Jugendlichen erschlagen wurde. Nach dem schweren Schock, den sie damals erlitten hatte, geriet sie immer wieder in psychische Krisen, die sie zu Klinikaufenthalten zwangen. Der Entlassung folgten jedes Mal lange Phasen, in denen sie krankgeschrieben blieb.

»Weißt du was«, sagte sie plötzlich lebhaft, nachdem sie es sich in dem tiefen Sessel bequem gemacht hatte, den Dmitrij zusammen mit der antiken Wanduhr von seiner Urgroßmutter geerbt hatte, »Andrjuscha haben die blauen Chrysanthemen gefallen, die ich ihm letztes Mal gebracht habe. Wenn er die Blumen mag, dann bleiben sie länger frisch, das fällt mir schon seit langem auf. Heute habe ich ihm wieder dieselben gebracht. Was meinst du, gefallen ihm die Chrysanthemen als solche, oder ist es ihre blaue Farbe?«

Es geht also schon wieder los, dachte Sotnikow resigniert. Es ist sinnlos, ihr zu erklären, daß Andrjuscha nichts mehr gefallen kann, weil er seit neun Jahren nicht mehr lebt. Lisa will das nicht zur Kenntnis nehmen, in ihrer Ohnmacht gegenüber der Realität seines Todes hat sie sich in die nebelhafte religiöse Idee von der Unsterblichkeit der Seele verrannt. Mindestens einmal die Woche geht sie zum Friedhof, jeden Tag staubt sie in Andrjuschas Zimmer ab, so als sei er nur zur Schule gegangen und würde in zwei Stunden wiederkommen. Seine Seele ist unter uns, behauptet sie, er sieht und hört alles, wir müssen uns so verhalten, als lebte er noch. Und um die Mutter ist es noch schlimmer bestellt. Sie rennt jeden Tag in die Kirche und hat sich sogar taufen lassen. Die Wohnung gleicht einem Mausoleum, alle Wände sind vollgehängt mit Andrjuschas Bildern und Fotografien, in diesem Mausoleum kultivieren sie ihren Schmerz, auf daß er wachse und gedeihe. Und ich ertrage das alles seit neun Jahren, weil Lisa mir so schrecklich leid tut. Ihr Bruder war ein geniales Kind, er malte nicht nur außerordentliche Bilder, sondern schrieb auch großartige Gedichte. Lisa war die Schwester eines Wunderkindes, und auch dazu braucht man ja Talent. Sie hatte unendliche Geduld im Umgang mit ihrem Bruder, sie wußte, wie sie ihn behandeln mußte, wenn er in einer Krise den Pinsel auf den Boden schleuderte und schrie, er sei nichts weiter als ein jämmerlicher Schmierfink, er würde nie wieder eine Leinwand anrühren. Der Junge war ihr Leben, ihm galten alle ihre Hoffnungen, sie atmete durch ihn, und hätte sie nun der Tatsache zugestimmt, daß er für immer aus der Welt verschwunden war, wäre das gleichbedeutend gewesen mit ihrem eigenen Tod. Arme Lisa, mein armes, verrücktes Mädchen.

»Ich glaube, es geht darum, daß die Blumen blau sind«, fuhr sie fort, ohne zu bemerken, daß Sotnikow ihr kaum zuhörte. »Erinnerst du dich an das Porträt, das Andrjuscha von mir gemalt hat? Auf diesem Porträt trage ich ein Prinzessinnenkostüm mit blauen Blumen darauf. In Wirklichkeit waren die Blumen rosafarben, aber er hat sie blau gemalt, weil es ihm so besser gefiel. Erinnerst du dich?«

»Ich erinnere mich«, sagte Dmitrij mit einem Lächeln. Das Porträt war ein Meisterwerk.

»Auf einer Ausstellung hat irgendein Ausländer das Bild gesehen«, erinnerte sie sich, immer lebhafter werdend, »er wollte es kaufen, aber Andrjuscha hat gesagt, es sei das Porträt seiner Schwester, seiner Prinzessin. Es sei unverkäuflich, weil seine Lisa immer in seiner Nähe bleiben müsse.«

Ihre Stimme begann zu beben, Tränen liefen über ihre Wangen. Dmitrij setzte sich neben sie auf die Sessellehne, umarmte sie und zog ihren Kopf an seine Brust. Er wußte, daß es keinen Sinn hatte, ihr gut zuzureden, man mußte einfach abwarten, bis sie zu weinen aufhörte.

»Erinnerst du dich, wie wir einmal genauso wie jetzt im Atelier saßen«, schluchzte Lisa, »du hast mir übers Haar gestrichen und gesagt, daß Andrjuscha ein außergewöhnliches Talent sei, daß man seine Bilder in Paris ausstellen würde. Und wir würden mit ihm nach Paris fahren, hast du gesagt, und zusammen auf den Champs-Élysées spazierengehen.«

»Natürlich erinnere ich mich«, sagte Sotnikow leise. In Wirklichkeit erinnerte er sich an nichts dergleichen, aber es war gefährlich, Lisa zu widersprechen.

»Ich war sechzehn Jahre alt und bis über beide Ohren in dich verliebt. Aber du hast es nicht bemerkt, stimmt's?«

»Stimmt. Du warst damals ein schrecklich liebes kleines Mädchen, und ich war der Lehrer deines Bruders, mit siebenundzwanzig Jahren war ich im Vergleich zu dir alt und sehr solide.«

»Als du mich umarmt und von Paris gesprochen hast, blieb mir das Herz stehen vor Glück. Es kam mir vor wie ein Märchen. Dima, wann ist dir eigentlich klargeworden, daß du mich liebst?«

Nie, dachte Dmitrij, aber er sagte natürlich etwas ganz anderes.

Sein Verhältnis zu Lisa war sehr kompliziert und verworren. Lange Zeit hatte er sie tatsächlich als Kind betrachtet, und als erfahrener Pädagoge hatte er natürlich bemerkt, daß sie in ihn verliebt war. Doch so etwas passierte allen Lehrern, so etwas nahm man nicht ernst. Lisa begleitete ihren Bruder zum Unterricht, sie saß geduldig abseits und wartete auf das Ende der Stunde, dabei schwatzte sie leise mit Dmitrij. Manchmal bat er sie, Modell zu stehen, und sie tat das mit Begeisterung.

Nach dem Tod ihres elfjährigen Bruders setzte Lisa ihre Besuche bei Sotnikow fort, als sei nichts geschehen. Sie sprach von Andrej, von seinen Bildern und Gedichten. Am Anfang war Dmitrij sicher, daß die Wunde mit der Zeit verheilen, daß Lisa ihre bedrückenden Besuche nach und nach einstellen würde, doch es vergingen Monate, schließlich Jahre, und wenn Lisa nicht gerade in der Klinik war, erschien sie nach wie vor jeden Donnerstag bei ihm in der Schule. Als er begriff, wie es um sie stand, war es schon zu spät. Was hätte er ihr sagen sollen? Daß sie ihn von jetzt an nicht mehr besuchen durfte? So etwas sagte man entweder gleich oder nie. Er war in eine jener typischen Fallen gegangen, die uns das Mitgefühl stellt. Nun blieb ihm nichts anderes übrig, als zu dulden. Lisa tat ihm aufrichtig leid, und er selbst kam sich kalt und herzlos vor, weil er sich nicht zwingen konnte, mit derselben Intensität unter Andrjuschas Tod zu leiden wie sie.

Sie begannen miteinander zu schlafen, als Lisa bereits zwanzig Jahre alt war. Dmitrij empfand nichts dabei, aber Lisa schien ein wenig aufzuleben, wenigstens für kurze Zeit aus der Trauer aufzutauchen, in die sie sich verpuppt hatte. Und Dmitrij Sotnikow sagte sich, daß er, wenn er etwas für sie tun konnte, es auch tun mußte, ungeachtet der anderen Frauen, in die er sich verliebte und mit denen er schlief. Wenn es eine Illusion gab, die Lisa helfen konnte, den Schmerz zu bewältigen, dann hatte er nicht das Recht, diese Illusion zu zerstören. Wenn ihre Liebe zu ihm ihr einen Rückhalt gab, dann durfte er sie nicht um diesen Rückhalt bringen. Diesen Entschluß faßte Dmitrij freilich zu einer Zeit, als er nach dem Scheitern einer kurzzeitigen Ehe sicher war, daß er im Lauf der nächsten drei, vier Jahre sowieso nicht wieder heiraten würde. Wie er sich Lisa gegenüber verhalten würde, falls die Situation sich ändern sollte, wußte er nicht. Der Gedanke, Lisa einen Heiratsantrag zu machen, kam ihm niemals in den Sinn. Er mochte sie sehr gern und war sogar in der Lage, das einmal die Woche im Bett zu beweisen. Aber er liebte sie nicht.

3

Es war kurz vor sechs, Nastja wartete auf ihren Kollegen Lesnikow. Sollte er innerhalb der nächsten zehn Minuten nicht auftauchen, würde sie mit der Metro zum »Orion« fahren müssen.

Sie erinnerte sich nicht, wann es zuletzt vorgekommen war, daß sie bereits um sechs Uhr ihr Büro verlassen hatte. Gewöhnlich brütete sie bis lange nach Arbeitsschluß über den ihr vorgelegten Fällen, sie sammelte Fakten, zeichnete geheimnisvolle Skizzen, machte die unglaublichsten Kombinationen und überlegte sich die schlauesten und originellsten Methoden zur Überprüfung ihrer Schlußfolgerungen. Einmal war sie sogar gezwungen, zur Aufklärung einer Mordserie einige französische und italienische Thriller zu lesen. In der ersten Zeit zuckten Nastjas Kollegen mit den Schultern und grinsten, als ihr Chef, Viktor Alexejewitsch Gordejew, von seinen Untergebenen liebevoll Knüppelchen genannt, verkündete, er habe eine neue Mitarbeiterin eingestellt, die von nun an die Auswertungsarbeit betreiben würde. Sie sahen wenig Sinn in so einem Unterfangen und gingen davon aus, daß ihr Chef sich einfach eine Phantasiestelle für die Tochter eines Freundes ausgedacht hatte, für irgendein junges grünes Ding, das keine Ahnung von praktischer Ermittlungsarbeit hatte und deshalb mit diesen mysteriösen Fallanalysen betraut wurde. Das erschien auch deshalb naheliegend, weil Nastjas Stiefvater, Leonid Petrowitsch, ein Vierteljahrhundert bei der Kripo gearbeitet hatte und ein guter Freund des Chefs war.

Das war schon fast zehn Jahre her. Damals hatte einige Zeit verstreichen müssen, bis in der Abteilung zur Bekämpfung schwerer Gewaltverbrechen die bösen Witze über die neue Mitarbeiterin allmählich vestummten. Nastja arbeitete für alle in der Abteilung, erfüllte jede Bitte, jeden Auftrag. Man konnte zu ihr kommen und sagen: Die Kombination, die ich gemacht habe, geht nicht auf. Hier und hier stimmt etwas nicht. Darauf schloß sich die Kamenskaja in ihrem Büro ein, holte ihre berühmten Arbeitsblätter aus der Schublade, malte rätselhafte Pfeile und Kringel aufs Papier, und nach zwei Stunden lieferte sie die schlüssige Begründung dafür, warum die Kombination nicht funktionierte. Sie verfügte über ein präzises, mathematisches Denken, es gab für sie nichts, was es nicht gab. Sie zog alle Versionen und Möglichkeiten in Betracht, so unwahrscheinlich diese auf den ersten Blick auch erscheinen mochten, sie verfügte über ein ausgezeichnetes Gedächtnis für Fakten und stellte sie in Kombinationen dar, die den Fall gelegentlich in einem völlig neuen Licht erscheinen ließen.

Heute wollte Nastja das Versprechen erfüllen, das sie ihrem Halbbruder gegeben hatte, und dieser seltsamen Dascha Sundijewa auf den Zahn fühlen. Zu diesem Zweck erschien es ihr angebracht, in einem teuren Auto vorzufahren. Deshalb wartete sie ungeduldig auf ihren Kollegen Igor Lesnikow, der einen funkelnden BMW fuhr. Sie hatte ihn bereits am Morgen um diesen Dienst gebeten, und der immer strenge, ernste Lesnikow hatte nur schweigend genickt und war in seinen eigenen Angelegenheiten davongestürmt.

Als die Zeiger der Uhr auf zwei Minuten vor sechs standen, begann Nastja, sich anzuziehen. Sie konnte nicht länger warten, da das Geschäft um acht Uhr schloß und sie davon ausging, daß sie mindestens eine Stunde Zeit brauchen würde, um ihre Aufgabe zu erfüllen. Als sie bereits die Tür ihres Büros abschloß, erblickte sie am anderen Ende des Korridors Lesnikow, der im Schlenderschritt auf sie zukam.

»Wo willst du denn hin ohne mich? Hast du deine Pläne etwa geändert?« erkundigte er sich seelenruhig.

»Nein, ich habe einfach die Hoffung aufgegeben, daß du noch auftauchst.«

»Aber ich habe es dir doch versprochen«, antwortete Lesnikow ungerührt. »Wäre mir etwas dazwischengekommen, hätte ich dich auf jeden Fall angerufen.«

Über Igor Lesnikows Zuverlässigkeit und Pünktlichkeit kursierten in der Kripo Legenden, die sich gelegentlich in Anekdoten verwandelten. Einen solideren und ernsthafteren Menschen hatte die Petrowka 38 wahrscheinlich seit ihrem Bestehen nicht gesehen. Außerdem war er ein sehr gut aussehender Mann, mindestens die Hälfte der weiblichen Mitarbeiter schickte ihm heimliche Seufzer nach. Doch Lesnikow war ein mustergültiger, glücklicher Familienvater, er liebte seine Frau und seine Kinder, noch nie hatte eine Mitarbeiterin der Petrowka ein Zeichen seiner besonderen Aufmerksamkeit für sich verbuchen können.

Sie näherten sich dem »Orion«.

»Stell dein Auto bitte so ab«, sagte Nastja, »daß man es aus dem Inneren des Geschäftes sehen kann. Ich gehe hinein, komme nach etwa zehn Minuten wieder heraus, spreche kurz mit dir, und dann kannst du fahren.«

»Ist gut«, sagte Igor, während er den Wagen an entsprechender Stelle parkte.

In letzter Zeit habe ich ständig mit dem Reichtum zu tun, dachte Nastja amüsiert. Zuerst Ljoscha mit seinem Sechshundertdollarkleid, dann mein Bruder der Millionär und jetzt dieses Geschäft, wo die Preise sogar in Valuta astronomisch sind.

Nastja sah Dascha Sundijewa auf den ersten Blick. In einem so teuren Geschäft waren natürlich nur wenige Kunden, und in der Abteilung für Damenkonfektion war überhaupt niemand. Ihr Halbbruder hatte nicht übertrieben, Dascha war wirklich eine Schönheit, wenn auch eine mit kleinen Fehlern, wie Nastja auf den zweiten Blick bemerkte. Ihre Gesichtszüge waren nicht ganz stimmig, sie hatte keine sehr gute Haut, und die Beine hätten etwas länger sein können. Dafür hatte sie prachtvolles honigfarbenes Haar, das in dichten Wellen auf die Schultern herabfiel, leuchtend blaue Augen und zauberhafte Grübchen auf den mit zartem Rouge geschminkten Wangen. Doch vor allem fiel ihr Gesicht durch seine Offenheit auf, durch einen außerordentlich liebenswürdigen, gewinnenden Ausdruck. Wahrscheinlich hätte man dieses Gesicht auch dann als schön empfunden, wenn es eigentlich häßlich gewesen wäre.

Nastja blieb vor einem Konfektionsständer stehen und betrachtete die verschiedenen Kleidungsstücke. Sofort war die Verkäuferin neben ihr.

»Guten Abend. Kann ich Ihnen helfen?« fragte sie mit einem eingeübten professionellen Lächeln.

»Vielleicht«, antwortete Nastja hintersinnig, »ich habe ein ziemlich schwieriges Problem.«

Sie erwartete, daß sie Dascha mit diesen Worten die Laune verderben würde, doch sie irrte sich. Das Mädchen reagierte mit lebhaftem Interesse.

»Ich hoffe, daß wir dieses Problem gemeinsam lösen werden, wie schwierig es auch sein mag.«

Ein Punkt für dich, dachte Nastja, du liebst deine Arbeit. Gleich werden wir sehen, wie intelligent du das machst, was du liebst.

»Ich brauche ein Kostüm fürs Büro. Aber es muß eine ganze Menge Bedingungen erfüllen: Erstens darf der Rock nicht zu kurz sein, zweitens muß das Kostüm einen bequemen Schnitt haben, drittens möchte ich Schuhe ohne Absätze dazu tragen können, viertens darf es nicht zu bunt und auffallend sein, fünftens muß es bügelfrei sein und darf nicht knittern. Und sechstens muß es mir natürlich stehen. Das ist wahrscheinlich der schwierigste Punkt. Was meinen Sie, werden wir eine Lösung finden?«

Dascha lächelte fröhlich.

»Je schwieriger eine Aufgabe, desto interessanter ist es, sie zu lösen. Finden Sie nicht auch?«

»Nun ja ... im Prinzip schon.« Nastja war irritiert. Sie hatte aus dem Mund des Mädchens ihre eigenen Lieblingsworte gehört. Eine bemerkenswerte Person, diese Dascha Sundijewa, dachte sie. Hat sich mühelos einen zweiten Punkt verdient.

»Beginnen wir mit dem Wichtigsten. Finden wir zuerst heraus, welche Kostüme Ihnen stehen, dann überprüfen wir, welche von ihnen Ihre anderen Bedingungen erfüllen.«

»Das ganze Problem besteht darin, daß mir Kostüme grundsätzlich nicht stehen, darum habe ich keine Ahnung, was ich überhaupt will. Ich bin nur einfach gezwungen, im Büro ein Kostüm zu tragen, obwohl ich andere Kleidung bevorzuge.«

Dascha trat ein paar Schritte zurück und begann, die Erscheinung ihrer Kundin aufmerksam zu studieren.

»Bitte drehen Sie sich um. Ja, gut so. Öffnen Sie bitte Ihre Jacke, am besten Sie ziehen sie ganz aus. Oberweite vierundneunzig bis sechsundneunzig, Taille dreiundsechzig, Hüftumfang achtundachtzig, Größe etwa 1,78. Kein Wunder, daß Ihnen nichts paßt.«

»Warum?« fragte Nastja verblüfft. Sie hatte sich über diese Dinge noch nie Gedanken gemacht, weil sie sich praktisch nie etwas zum Anziehen kaufte. Sie besaß eine durchaus annehmbare Garderobe, weil ihre Mutter, die ständig ins Ausland reiste und sich jeweils lange Zeit dort aufhielt, ihr regelmäßig teure, modische Klamotten schickte, die Nastja allerdings so gut wie nie trug, weil sie Jeans, T-Shirts, Pullover und bequeme Turnschuhe bevorzugte.

»Aus zwei Gründen. Kleidungsstücke, die Ihnen unten passen, sind über der Brust zu eng, und solche, die oben passen, rutschen Ihnen über die Hüften. Im Grunde entspricht Ihre Figur der Kleidergröße 40. Aber Sie sind für Ihre Größe zu dünn. Haben Sie gesundheitliche Probleme?«

»Nein, ich ernähre mich nur falsch und habe außerdem einen nervenaufreibenden Beruf«, erklärte Nastja, die drauf und dran war, sich zu Vertraulichkeiten gegenüber diesem fremden, verdächtigen Mädchen hinreißen zu lassen. Offenbar hatte dieses Geschöpf die Gabe, Menschen für sich einzunehmen.

»Das zweite Problem besteht darin, daß Ihrer äußeren Erscheinung die Individualität fehlt. Aus irgendeinem Grund verstecken Sie Ihre Individualität oder verleihen ihr keinen Ausdruck. Deshalb steht Ihnen nichts.«

»Das verstehe ich nicht«, sagte Nastja stirnrunzelnd. In Wirklichkeit hatte sie bestens verstanden und mußte zugeben, daß das Mädchen ins Schwarze getroffen hatte. Sie war klug, besaß eine rasche Auffassungsgabe und konnte sich sehr gut ausdrücken, präzise und diskret. Sie verfügte über einen erfahrenen, professionellen Blick, natürlichen Charme, über die Fähigkeit, Vertrauen im anderen zu erwecken und ihn zum Sprechen zu bringen. Nicht schlecht, Dascha Sundijewa, dachte Nastja. Ich gebe dir sechs Punkte. Kein Wunder, daß mein Brüderchen sich Hals über Kopf in dich verliebt hat. Aber wenn sein Verdacht sich bestätigen sollte, bist du gerade aufgrund deiner Qualitäten eine verdammt gefährliche Kriminelle.

»Ich werde versuchen, es Ihnen zu erklären«, fuhr die Verkäuferin fort. »Was meinen wir, wenn wir sagen, daß uns ein Kleid steht oder nicht steht? Zunächst müssen die Farben der Kleidung mit der Farbe der Augen und der Haare harmonieren und sie vorteilhaft betonen. Ferner müssen Schnitt und Stil der Kleidung zum äußeren Bild der Frau passen. Zu ihrer Frisur, ihrem Make-up, ihrem Schmuck, ihrer Körperhaltung, zu ihrem Gang, zu ihrer Gestik und Mimik, sogar zu ihrer Sprache. Verstehen Sie jetzt?«

Nastja nickte.

»Fahren Sie bitte fort. Das ist sehr interessant.«

»Geben Sie zu, eine Frau in ausgewaschenen Jeans und einem karierten Hemd würde befremdlich aussehen mit einem aufwendigen Make-up, einer festlichen Frisur, behängt mit Brillanten. Ebenso befremdlich würden an einer Frau, die ein teures Kostüm trägt, eine schlechte Frisur und billiger Schmuck wirken. Oder stellen Sie sich eine Frau in einem Abendkleid vor, die plötzlich mit rauher Stimme zu sprechen und zu fluchen beginnt wie ein Pferdeknecht. Das Bild muß einheitlich sein, verstehen Sie?«

»Ja, natürlich.«

»Um Ihnen ein passendes Kostüm anbieten zu können, muß ich erst Ihren Typ bestimmen. Aber da ist nichts bei Ihnen.«

»Wollen Sie damit sagen, daß ich gar nichts bin?«

»Sie machen nichts aus sich«, widersprach Dascha heftig. »Wenn man so aussieht wie Sie, hat man alle Möglichkeiten. Aber aus irgendeinem Grund wollen Sie nichts aus sich machen, oder Sie können es nicht. Deshalb lassen Sie uns erst entscheiden, wer Sie sein wollen, dann sehen wir weiter.«

Sieben Punkte, dachte Nastja insgeheim. Als erster hatte ihr ihr Stiefvater vor vielen Jahren die naturgegebenen Merkmale ihrer äußeren Erscheinung offenbart, als er ihr erklärte, ihr farbloses, nichtssagendes Gesicht sei wie eine Leinwand, auf die man ein beliebiges Bild malen könne, abgrundtief häßlich oder blendend schön. Man konnte sich schminken, die Haare färben, sich neue Frisuren ausdenken, die Augenfarbe wechseln, den Gang, die Stimme, die Gestik. Das alles wußte Nastja, das hatte sie schon in früher Jugend gelernt, und ihre Mutter schickte ihr aus dem Ausland verschiedenfarbene Kontaktlinsen und alle Arten von Kosmetik. Insofern beherrschte sie die Kunst, sich ein äußeres Image zu schaffen, nicht schlechter als Dascha, die angehende Visagistin. Nur daß sie diese Kunst im Alltag so gut wie nie anwandte, weil es ihr völlig gleichgültig war, wie sie aussah und ob sie den Männern gefiel. Ihr Interesse galt kniffligen Kriminalfällen.

Nastja warf einen Blick auf ihre Armbanduhr, dann sah sie durch das Schaufenster nach draußen. Lesnikows funkelnder BMW stand ganz in der Nähe und war gut zu sehen.

»Ich habe das Gefühl, daß unsere Unterredung sich noch länger hinziehen wird«, sagte sie. »Ich werde meinem Chauffeur sagen, daß er nach Hause fahren kann, und komme gleich wieder.«

Nastja ging zum Auto und öffnete die Beifahrertür.

»Danke, Igor, du hast mir sehr geholfen. Sieh bitte mal über meine Schulter ins Schaufenster. Siehst du das Mädchen?«

»Die Blonde? Ja, die sehe ich.«

»Schaut sie zu uns herüber?«

»Nein, sie steht mit dem Rücken zu uns.«

»Steig doch bitte einen Augenblick aus«, bat Nastja, »ich kann nicht in gebückter Haltung stehen, mein Rücken tut weh.«

»Du könntest dich auch neben mich ins Auto setzen.«

»Nein, ich möchte, daß sie mich zusammen mit dir und dem Auto sieht. Ich spiele eine wohlhabende, etwas wunderliche Dame.«

Igor stieg aus und blickte zum Schaufenster.

»Wie findest du sie?« fragte Nastja neugierig. Sie wollte so schnell wie möglich in das Geschäft zurückkehren und ihr Experiment mit dem undurchsichtigen, verdächtigen Mädchen fortsetzen.

»Sie ist in die andere Abteilung hinübergegangen, jetzt spricht sie mit einer anderen Verkäuferin, geht zu den Schaufensterpuppen«, kommentierte Lesnikow mit gedämpfter Stimme. »Sie nimmt den Schaufensterpuppen die Perücken ab, eine, zwei, drei, vier, spricht wieder mit ihrer Kollegin, geht zurück in ihre Abteilung, legt die Perücken auf den Tisch. Jetzt hat sie sich umgedreht und sieht zu uns her.«

»Bist du sicher?«

»Ja. Sie lächelt.«

»Lächelt sie dir etwa zu?«

»Nein, irgendwelchen eigenen Gedanken. Sie sieht sehr versonnen aus.«

»Beobachtet sie uns immer noch?«

»Ja. Ich glaube, sie studiert dich von Kopf bis Fuß.«

»Gut, es reicht«, beschloß Nastja. »Das schöne Auto mit dem schönen Fahrer hat sie gesehen, jetzt kann ich wieder hineingehen. Mach's gut, Igor!«

Als Nastja ins Geschäft zurückkehrte, sah sie sofort, daß auf dem Ständer neben dem Verkaufstisch verschiedene Kostüme hingen. Sie erinnerte sich genau, daß dieser Ständer vorher leer gewesen war.

»Alles in Ordnung?« erkundigte sich die Verkäuferin mit einem freundlichen Lächeln. »Dann machen wir jetzt weiter, falls Sie es sich nicht anders überlegt haben. Ich habe ein paar Kostüme und Perücken für Sie ausgesucht, damit wir ausprobieren können, welchen Typ Sie darstellen wollen. Ich schlage Ihnen einen platinblonden Typ in Verbindung mit olivgrünen Farbtönen vor oder einen mittelbraunen in Verbindung mit grauen und blaßlila Tönen.

»Worin besteht der Unterschied?« fragte Nastja wie bei einem Examen. Sie wußte bestens, worin der Unterschied bestand, aber sie wollte Daschas Antwort hören.

»Eine Blondine in Verbindung mit olivgrünen Farbtönen stellt den Typus einer Frau mit Vergangenheit dar, einer Frau, die geliebt und gelitten hat, die nach außen kühl und beherrscht wirkt, aber im Innern voller Leidenschaft ist. Mittelbraunes Haar in Kombination mit grauen und blaßlila Tönen ergibt das Bild einer weichen, umgänglichen, gutherzigen, häuslichen Frau mit offenem, sanftem Charakter. Wählen Sie.«

Nach einer Stunde verließ Nastja das »Orion« mit einem Kostüm aus olivgrüner Seide und dem dumpfen Gefühl, daß die blauäugige, goldhaarige Dascha Sundijewa ein sehr viel komplexeres Geschöpf war, als selbst der voreingenommenste und argwöhnischste Richter hätte annehmen können. Kluge und scharfsinnige Menschen waren selten offenherzig und ausgesprochen liebenswürdig, weil solche Menschen immer hinter die Fassade blickten und die unausgesprochenen Gedanken des anderen erahnten. Und das setzte ihrer Liebenswürdigkeit automatisch Grenzen. So etwas wie Dascha gab es eigentlich gar nicht. Nastja war davon überzeugt, daß sie sich verstellte. Und da es unmöglich war, Intelligenz, Professionalität und Scharfsinn vorzutäuschen, blieb nur die Annahme, daß die Liebenswürdigkeit und Offenheit unecht waren. Es sieht ganz so aus, Bruderherz, als hättest du dich nicht getäuscht, dachte Nastja. Irgendwas stimmt mit deiner Freundin ganz entschieden nicht.

Kaum hatte Nastja die Tür zu ihrer Wohnung aufgeschlossen, hörte sie das Läuten des Telefons.

»Geh mal ran!« rief ihr Tschistjakow aus dem Innern der Wohnung zu. »Das ist bestimmt wieder dein Halbbruder, er ruft schon zum zehnten Mal an.«

Am Apparat war tatsächlich Alexander Kamenskij, der voller Unruhe erwartete, was Nastja ihm zu berichten hatte.

»Vorläufig kann ich nichts Genaues sagen«, erklärte sie ihm. »Es sieht so aus, als hättest du recht, aber ganz sicher bin ich noch nicht.«

»Und was soll ich jetzt machen?« fragte er verwirrt.

»Reg dich nicht auf. Verhalte dich so, wie immer, triff dich weiterhin mit ihr, nur nimm sie nicht mehr mit zu deinen Freunden. In ein paar Tagen gehe ich noch einmal ins ›Orion‹. Vielleicht sehe ich dann klarer.«

»Entschuldige, Schwesterherz, daß ich dir Umstände mache.« Sascha bedankte sich und legte den Hörer auf.

4

Er steuerte den weißen Shiguli, vom Flughafen Scheremetjewo kommend, über die Leningrader Chaussee in Richtung Innenstadt. Ein Blick auf die Tankuhr sagte ihm, daß das Benzin gerade noch reichen würde, um bis nach Hause zu kommen. Der Tag war anstrengend gewesen, Igor Jerochin war kreuz und quer durch die Stadt gefahren, doch während Jerochin mehrmals das Auto gewechselt hatte, stand seinem Verfolger immer nur derselbe Wagen zur Verfügung, so daß das Benzin nun, am Ende des Tages, fast verbraucht war.

Er beschattete Igor Jerochin seit etwa drei Monaten, in dieser Zeit war er mindestens zehnmal am Flughafen gewesen. Mal flog Igor selbst weg, mal brachte er jemanden zu seiner Maschine, mal holte er Leute ab, die mit zahlreichen Koffern und Taschen ankamen. Der Mann in dem weißen Shiguli wußte genau, was er wollte, er verfolgte Igor beharrlich in jeder freien Stunde, registrierte genau die Orte, die er aufsuchte, was er machte, mit wem er sich traf, auf welchen Strecken er abends nach Hause fuhr. Der Verfolger war ein geduldiger Mensch, er konnte warten, übertriebener Tatendrang war ihm fremd.

In den letzten Tagen hatte der Mann bemerkt, daß Igor irgendeine junge Frau beschattete. Er machte das nicht allein, sondern wechselte sich mit irgendwelchen Kumpanen ab. Die Geschichte mit der jungen Frau amüsierte ihn. Er verfolgte eine Verfolgung. Die Frau interessierte ihn nicht, er versuchte nicht herauszufinden, wer sie war und warum sie beschattet wurde. Dem Mann in dem weißen Shiguli ging es um etwas ganz anderes.

Der Kleinbus, in dem Igor saß, fuhr in einen Hof hinein und hielt vor einem Hauseingang. Mit Jerochin stiegen drei weitere Männer aus dem Wagen und begannen, riesige Koffer und überdimensionale Taschen auszuladen. Der Fremde war ihnen nicht in den Hof gefolgt, er hatte diesen Vorgang schon mehrmals beobachtet und wußte, daß die Gepäckstücke Lederwaren und Pelze aus der Türkei und aus Griechenland enthielten. Die Ware wurde von sogenannten Weberschiffchen, wie die hin und her pendelnden Zulieferer der Schwarzhändler hießen, über die Grenze gebracht und würde am nächsten Tag auf dem Markt von Lushniki oder Konkowo zum Verkauf angeboten werden. Das war ohne jede Bedeutung für den Fremden.

Nachdem die Ware ausgeladen und ins Haus gebracht war, setzte sich Igor wieder ans Steuer des Kleinbusses und fuhr zu seinem Haus. Dort stieg er in seinen eigenen Audi um und lenkte ihn ins Stadtzentrum, auf den Twerskoj Boulevard, wo er den Wagen neben dem Dolgorukij-Denkmal parkte. Er stieg aus, ging auf einen jungen Mann mit kaukasischem Aussehen zu und wechselte einige Worte mit ihm, woraufhin der Kaukasier sich entfernte. Danach kehrte Jerochin zu seinem Auto zurück, stieg ein und blieb unbeweglich hinter dem Steuer sitzen. Der Mann im Shiguli wußte bereits, daß Jerochin jetzt auf das Erscheinen der jungen Frau wartete, um ihr anschließend so lange auf den Fersen zu bleiben, bis sie spät abends in ihrem Haus verschwinden würde. Auch das interessierte den Fremden nicht. Er wußte bereits, wo die Frau wohnte, und die Strecke, die Igor anschließend zu seiner Wohnung zurückfahren würde, war ihm ebenfalls bekannt. Auf dieser Strecke boten sich keine Möglichkeiten.

Er warf einen Blick auf seine Armbanduhr, blickte noch einmal auf die Benzinanzeige, wendete den Wagen entschlossen und fuhr zur Tankstelle. Für heute gab es nichts mehr zu tun.

DRITTES KAPITEL

1

Als Nastja sich zum zweiten Mal auf den Weg ins »Orion« machte, wußte sie in etwa, was sie tun und wie sie sich verhalten mußte, um sich ein präziseres Bild von Dascha Sundijewa zu verschaffen. Sie hatte sich aktenkundig gemacht und festgestellt, daß gegen das Mädchen nichts vorlag; es hatte sich nie strafbar gemacht, ein makelloser, geradezu vorbildlicher Lebenslauf. Alles, was Dascha Alexander Kamenskij über sich erzählte hatte, entsprach der Wahrheit.

Und gleichzeitig konnte Nastja nicht glauben, daß sie wirklich so war, wie sie zu sein schien. Es war unvorstellbar, daß am Ende des zwanzigsten Jahrhunderts im gepeinigten, chaotischen, krisengeschüttelten Rußland ein Wesen existierte, das über eine hohe Intelligenz, über Professionalität und Scharfblick verfügte und gleichzeitig von so rührender Naivität, Warmherzigkeit und Hilfsbereitschaft war. Vielleicht, wenn Dascha nicht hier geboren und eine andere Erziehung genossen hätte, doch ihre Papiere wiesen sie eindeutig als gebürtige Moskauerin aus. Vielleicht war sie einfach eine perfekte Schauspielerin, aber dann stellte sich die unangenehme Frage, wozu dieses ganze Theater gut sein sollte.

Nastja sollte nicht dazu kommen, das von ihr geplante Experiment mit der rätselhaften Verkäuferin zu machen. Dascha begrüßte sie wie eine nahe Verwandte, erkundigte sich danach, welchen Eindruck das neue Kostüm auf die Arbeitskollegen gemacht hatte, und zeigte große Bereitschaft, die begonnene Arbeit am Image der reichen, unattraktiven Kundin fortzusetzen, um das Aschenbrödel in eine Prinzessin zu verwandeln. Nastja beschloß, probeweise eine höhere Karte auszuspielen.

»Ich habe eine ziemlich umfangreiche Garderobe, man bringt mir oft Sachen aus dem Ausland mit, doch sie sind alle ganz verschieden im Stil, und ich weiß auch gar nicht, wie man so etwas trägt«, sagte sie scheinbar beiläufig, während sie den Reißverschluß der engen Hose zuzog, die Dascha ihr angeboten hatte, und einen langen, eleganten Blazer überzog.

»Wenn Sie möchten, komme ich zu Ihnen nach Hause und schaue mir Ihre Garderobe einmal an«, erwiderte Dascha ohne zu zögern, während sie Nastja ein neues Kostüm in die Umkleidekabine reichte. »Vielleicht gelingt es uns ja, Ihnen ein Image zu schaffen, zu dem ein Großteil ihrer Sachen paßt. Es ist doch schade, wenn Ihre Kleider einfach nur im Schrank hängen.«

»Wäre es denn keine zu große Strapaze für Sie, wegen irgendeiner zufälligen Kundin bis an den Stadtrand zu fahren?« fragte Nastja verwundert, während sie die Hose abstreifte und nach dem Rock griff, den Dascha ihr reichte.

»Aber nein, keinesfalls, das mache ich gern!« erwiderte sie freudig. »Es gehört doch zu meinem Beruf.«

Diese Wendung im Geschehen gefiel Nastja nicht. Das war zuviel der Freundlichkeit und Hilfsbereitschaft. Entweder übersteigerte Dascha jetzt ihre Rolle, oder sie war überhaupt nicht von dieser Welt. Aber der nächstliegende Schluß war natürlich, daß es ihr darum ging, an Nastjas Papiere heranzukommen. Eine reiche Dame mit einem teuren Wagen und einem schönen jungen Chauffeur – das war verführerisch. Dascha wollte ausspionieren, wie diese Dame lebte, ob sie wirklich zu jener hochkarätigen Klientel gehörte, deren Papiere interessant waren für ihre Auftraggeber. Nein, das alles gefiel Nastja ganz entschieden nicht. Sie war bereits dabei, den nächsten Schritt zu tun, um der Sache noch näher zu kommen, als sie plötzlich bemerkte, daß Daschas Gesicht sich verändert hatte.

»Was ist mit Ihnen?« erkundigte sie sich beunruhigt, »fühlen Sie sich nicht wohl?«

Dascha schüttelte den Kopf, ohne ihren verschreckten Blick vom Schaufenster abzuwenden. Nastja folgte der Richtung ihrer Augen und erblickte einen jungen Mann in einer braunen Lederjacke. Er stand neben dem Imbißstand, kaute an einem Hamburger herum und hielt einen Plastikbecher mit einem heißen, dampfenden Getränk in der Hand.

»Kennen Sie diesen Mann?« fragte Nastja.

Dascha schüttelte erneut den Kopf, es war, als sei ihr die Zunge am Gaumen festgewachsen.

»Warum sind Sie dann so erschrocken? Sie sind ja kreidebleich, mein Täubchen. Man könnte meinen, Sie fallen jeden Augenblick in Ohnmacht.«

»Ich habe Angst vor ihm«, flüsterte Dascha. Aus ihrem reizenden Gesichtchen war tatsächlich alle Farbe gewichen, selbst ihre Lippen waren fahl geworden.

»Warum haben Sie Angst? Was ist Besonderes an diesem Mann?«

»Er verfolgt mich.«

Du lieber Gott, stöhnte Nastja innerlich auf. Fehlt nur noch, daß sie an einem Verfolgungswahn leidet! Ich zerbreche mir den Kopf über die Merkwürdigkeiten ihres Charakters, aber in Wirklichkeit ist sie vielleicht ganz einfach geistesgestört. Ein schöner Witz!

»Wie kommen Sie darauf?« fragte Nastja mit gespielter Anteilnahme.

»Er taucht überall auf, wo ich bin. Hier vor dem Geschäft, vor meinem Haus, vor der Universität, wenn ich abends nach Hause gehe.«

»Vielleicht kommt es Ihnen nur so vor. Schauen Sie sich einmal genau an, wie er angezogen ist. Eine typische Lederjacke, eine typische Hose, ein typischer Haarschnitt, ein Allerweltsgesicht. Sehen Sie, der Mann dort drüben trägt eine ähnliche Lederjacke und der andere dort sogar genau die gleiche, halb Moskau läuft so herum, in diesen Jacken und Hosen. Ich bin sicher, daß es jedes Mal verschiedene Männer sind, die Sie für ein und denselben halten.«

Dascha wandte ihren Blick von dem Schaufenster ab und sah Nastja aufmerksam an.

»Halten Sie mich für verrückt?« fragte sie mit leiser, aber deutlicher Stimme. »Dieser Mann hat rechts über der Oberlippe ein kleines Muttermal und zwei weitere auf der linken Wange, direkt neben dem Ohr. Am Kragen seiner Jacke trägt er einen kleinen blau-roten Sticker. Die Brusttasche der Jacke ist oben ein wenig eingerissen. Ich habe diesen Mann schon mehrmals gesehen und mir diese Einzelheiten genau eingeprägt.«

Nastja versuchte, kaltblütig zu bleiben.

»Aber das heißt doch noch lange nicht, daß er Sie verfolgt! Vielleicht ist er einfach oft hier und wartet auf jemanden, zum Beispiel auf seine Freundin, die irgendwo nebenan arbeitet. Vor der Universität können sie ihn zufällig getroffen haben, daran wäre nichts Außerwöhnliches. Und vor Ihrem Haus haben Sie irgendeinen anderen Mann vor lauter Angst für diesen gehalten. Glauben Sie nicht, daß es so gewesen sein könnte?«

»Nein. Ich habe Angst vor ihm.«

»Verfolgt er Sie schon lange?«

»Seit etwa zwei Wochen.«

Dascha erzitterte ein wenig und stützte sich mit den Ellenbogen auf dem Ladentisch ab.

»Und warum verfolgt er Sie nach Ihrer Meinung?«

»Ich habe keine Ahnung. Sie können sich gar nicht vorstellen, wie ich mich vor ihm fürchte.«

»Warum wenden Sie sich nicht an die Miliz, wenn Sie sich so schrecklich fürchten?« fragte Nastja, die die Befürchtungen des Mädchens immer noch nicht ernst nahm.

»An die Miliz?« Dascha gelang es, sich ein kleines, mitleidiges Lächeln abzuringen. »Die halten mich doch für verrückt, die werden sagen, ich leide an Verfolgungswahn.«

Offenbar kann sie auch Gedanken lesen, dachte Nastja verwirrt, sie errät meine Gedanken schneller, als ich sie denke. Was ist das für eine Geschichte mit der angeblichen Beschattung? Wenn sie lügt, gibt es zwei Möglichkeiten: entweder kennt sie diesen Mann und hat nicht etwa deshalb Angst vor ihm, weil er sie beschattet, sondern aus ganz anderen Gründen. Oder sie kennt ihn nicht und denkt sich die Sache mit der Beschattung aus. In diesem Fall muß ich dringend darüber nachdenken, wozu sie das nötig hat. Aber was, wenn sie doch nicht lügt? Die Geschichte wird immer verworrener. Ich muß dringend etwas unternehmen, sonst verheddere ich mich ganz und gar und komme mit diesem Mädchen nie auf einen grünen Zweig.

»Sie sollten nicht so schlecht über die Miliz denken«, sagte Nastja gelassen, während sie eine schwarze Hose und einen weiten sumpfgrünen Blazer vom Bügel nahm. »Was kostet diese Kombination?« fragte sie, »ich möchte sie kaufen.«

Sie verließ das Geschäft und ging in Richtung Metro. Nach etwa zweihundert Metern machte sie abrupt kehrt und ging langsam zurück zum »Orion«. Als sie den Mann in der braunen Lederjacke erblickte, blieb sie stehen und sah sich um. Nur ein paar Schritte entfernt standen sich ein Tabak-Kiosk und ein Blumenstand im rechten Winkel gegenüber, der eine blickte auf den Twerskoj Boulevard, der andere auf den Platz. Nastja kaufte eine Schachtel Zigaretten und wollte sich in dem gemütlichen Eckchen zwischen den beiden Ständen einrichten. Niemand, der sie dort sah, würde auf die Idee kommen, daß sie sich versteckte oder jemanden beobachtete.

Sie begann, in ihrer Handtasche nach einem Feuerzeug zu kramen, doch die Tüte mit den neuen Kleidern behinderte sie, ständig entglitt ihr die Handtasche, in der ihre Finger zwischen der Vielzahl anderer Utensilien erfolglos nach dem Feuerzeug tasteten. Sie blickte sich hilfesuchend um und begegnete den Augen eines hochgewachsenen, etwa fünfzigjährigen Mannes, der rauchend an einer Wand des Blumenstandes lehnte und sie mit einem belustigten Lächeln beobachtete. Er nahm sofort ein Feuerzeug aus seiner Jackentasche und bot ihr Feuer an.

»Danke«, murmelte Nastja, während sie mit dem verklemmten Reißverschluß an ihrer Handtasche beschäftigt war und gleichzeitig damit, die ihr entgleitende Tüte festzuhalten.

Zehn nach acht trat Dascha Sundijewa aus dem »Orion«, zusammen mit der Verkäuferin aus der Souvenirabteilung. Die beiden entfernten sich in Richtung Bushaltestelle, der Mann in der braunen Lederjacke ging gemächlich zu seinem Audi, den er in der Nähe geparkt hatte. Er ließ den Wagen an und fuhr im Schrittempo am Gehsteig entlang. Nastja konnte sehen, wie die zwei Mädchen in den Bus einstiegen, wie der Bus anfuhr und wie der Audi ihm folgte. Und das alles gefiel Nastja Kamenskaja, Majorin der Miliz, ganz und gar nicht.

2

Er schob das Feuerzeug zurück in die Hosentasche und lehnte sich wieder an die Kioskwand. Jerochin würde also wieder diese kleine Blondine vor dem Geschäft abfangen. Das bedeutete, daß sich auch am heutigen Abend nichts ergeben würde. Igor würde der Frau bis an die Stelle folgen, wo sie sich mit ihrem Verehrer traf, er würde die beiden weiter verfolgen bis zu dem Lokal, in dem sie zu Abend essen würden, danach würde der Verehrer die kleine Blondine nach Hause fahren, und dann würde auch Igor selbst nach Hause fahren, wie immer. Auf diesen Strecken bot sich nirgends eine günstige Gelegenheit.

Der Mann sah zu Jerochin hinüber, der bereits den dritten Hamburger innerhalb einer Stunde verzehrte und dachte mit der üblichen Verwunderung daran, daß dieser junge, erst dreiundzwanzigjährige Bursche in seinem kurzen Leben bereits zwei Menschen umgebracht und drei weitere ins Verderben gestürzt hatte. Dabei sah er aus wie ein ganz gewöhnlicher, nicht einmal unsympathischer Mensch, an dem nichts Besonderes auffiel. Ob er selbst wenigstens wußte, wieviel Böses er in seinem kurzen Leben bereits angerichtet hatte? Nein, wahrscheinlich verschwendete er keinen Gedanken an diese Frage.

Der Mann streifte mit einem kurzen Blick die junge Frau, der er Feuer gegeben hatte. Sie stand in Jeans und einer blauen Windjacke in einem Winkel zwischen zwei Kioskwänden und wartete offenbar auf jemanden. Ihr Gesicht drückte grenzenlose Geduld aus, die Bereitschaft, hier so lange zu stehen, wie es nötig war, und ohne jedes Anzeichen von Unruhe oder Verärgerung zu warten. Er grinste. Ein solches Mauerblümchen konnte sich natürlich keine Widerspenstigkeiten leisten, sie würde auch bis morgen früh hier stehen und klaglos auf ihren Freund warten, und sie würde es nie wagen, ihm einen Vorwurf wegen seiner Verspätung zu machen. Nach ihrer Haltung und ihrem Gesichtsausdruck zu urteilen, war sie das Warten gewöhnt.

Der Mann löste sich von der Kioskwand und ging zu seinem weißen Shiguli. Früher oder später würde Igor aufhören, seine ganze freie Zeit der Beschattung der blonden Verkäuferin zu opfern, und an den Abenden wieder zu seiner Freundin fahren, die an einem sehr günstigen Ort wohnte. In der Nähe ihres Hauses befand sich ein wüstes, unbebautes Gelände. Jerochin bangte immer um seinen Audi und ließ ihn über Nacht nie unbeaufsichtigt stehen. Er suchte und fand überall einen bewachten Parkplatz und gab viel Geld für die Wächter aus, damit sie den Wagen über Nacht in ihre Obhut nahmen. Dort, wo Jerochins Freundin wohnte, war der nächste bewachte Parkplatz ziemlich weit entfernt. Um den Weg abzukürzen, mußte man über das dunkle, unbebaute Gelände gehen. Der Mann wartete auf den Tag, an dem Igor zeitig morgens über dieses unheilschwangere Terrain zu seinem geliebten Audi eilen würde. Der Morgen war die ungefährlichste Zeit. Die Menschen waren noch schläfrig, unkontrolliert. Und wer schon wach und ganz bei Sinnen war, hatte es um diese Zeit eilig. Das galt sowohl für die Miliz als auch für etwaige Zeugen.

Der Fahrer des weißen Shiguli wollte Igor Jerochin ermorden.

3

Viktor Alexejewitsch Gordejew beendete die morgendliche Einsatzbesprechung.

»Wenn niemand mehr Fragen hat, machen wir für heute Schluß. Anastasija, bleib noch einen Moment.«

Die Mitarbeiter verließen eilig das Büro des Chefs, um ihren unaufschiebbaren Angelegenheiten nachzugehen. Nastja blieb in einer entfernten Ecke sitzen.

»Was versteckst du dich?« brummte Knüppelchen. »Komm näher.«

»Warum?« fragte sie lächelnd. »Wollen Sie mich schlagen?«

»Ich habe Halsschmerzen, ich kann nicht laut sprechen. Es ist, als hätte man mir Schmirgelpapier in den Hals gestopft. Offenbar habe ich eine Angina.«

»Es sieht so aus«, sagte Nastja. »Sie müssen mit einer Lösung aus Jod und Salz gurgeln, das desinfiziert, besonders dann, wenn die Mandeln eitrig sind.«

»Und dieses Mittel ... wie heißt es gleich ... das aus der Fernsehreklame? Vielleicht sollte ich es damit mal versuchen?«

»Sie meinen wahrscheinlich Koldrex oder Panadol. Aber da kann ich Ihnen nicht raten. Ich fürchte mich vor diesen ganzen neuen Medikamenten, weil ich eine Allergie habe.«

»Schon gut, ein Hausmittel tut's auch«, seufzte Knüppelchen.

Es sah so aus, als wäre er wirklich krank. Obwohl es ein kühler Oktobertag war, war seine Glatze von kleinen Schweißperlen bedeckt, die Nase war gerötet, die Augen tränten, die Stimme war im Keller und wurde mit jedem Wort, das er sprach, heiserer.

»Was ist mit dem Auswertungsbericht?« fragte er, »wie lange dauert es noch?«

»Ich bin praktisch schon fertig, ich brauche nur noch Ihren Rat. Genauer, ich brauche zwei Ratschläge«, verbesserte sich Nastja.

»Schieß los«, sagte Viktor Alexejewitsch und machte eine resignierte Handbewegung. »Wenn ich krank bin, sinkt meine

Widerstandskraft, und man kann mir sogar zwei Ratschläge kostenlos abknöpfen. Nutze die Gelegenheit!«

»Ich habe mehrere Mordfälle entdeckt, die ganz offensichtlich zusammenhängen, die man als Mordserien bezeichnen muß, aber die Fälle wurden alle einzeln untersucht, die Frage nach einem Zusammenhang hat man gar nicht gestellt. In meinem Bericht kann ich auf das Vorhandensein der Zusammenhänge einfach nur hinweisen, ich kann aber auch ins Detail gehen, nur müßte ich dann zwangsläufig die Namen derer nennen, die geschlafen haben. Und es gibt noch eine dritte Möglichkeit: In dem Bericht für oben begnüge ich mich mit dem Hinweis auf die Zusammenhänge, und für uns mache ich eine ausführliche interne Auswertung. Kurz, sagen Sie mir, wie ich mich verhalten soll.«

»Sagen Sie mir, sagen Sie mir«, knurrte der Oberst mürrisch, während er seinen Hals mit einem grauen Uniformschal umwickelte. »Ich sage gar nichts, ich bin krank. Es ist dein Bericht, mach, was du für richtig hältst.«

»Viktor Alexejewitsch«, flehte Nastja, »ich will die Jungs doch nicht verpfeifen. Lassen Sie mich die Namen weglassen. Schließlich geht es nicht um personelle Bewertungen, sondern nur darum, typische Fehler und Unterlassungen bei der Ermittlungsarbeit herauszustreichen.«

»Richtig«, stimmte Knüppelchen zu, er flüsterte nur noch. »Wenn du alles selbst weißt, warum fragst du dann?«

»Für alle Fälle, Sie sind immerhin der Chef.«

»Schlecht, Anastasija. Du bist schon ein großes Mädchen, hör auf, dich hinter meinem Rücken zu verstecken, du mußt lernen, selbst Entscheidungen zu treffen. Ich gehe bald in Pension, was machst du dann ohne mich?«

»Ohne Sie bin ich verloren«, antwortete sie mit Bestimmtheit.

»Blödsinn«, raunzte der Oberst mit gerunzelter Stirn, »sieh zu, daß du auf die eigenen Beine kommst, werde mutiger, damit ich ruhigen Gewissens abtreten kann. Einen Rat habe ich dir hiermit gegeben. Was willst du noch?«

»Nun ja, in Anbetracht dessen, was Sie mir eben gesagt haben, erübrigt sich der zweite Rat. Deshalb frage ich Sie nicht, sondern setze Sie in Kenntnis.«

»Wovon?«

»Ich habe vor, zur Klärung einiger Umstände eine operative Überprüfung durchzuführen, und ich werde dafür meine eigenen Möglichkeiten nutzen.«

»Was denn für Möglichkeiten?« Vor Überraschung hatte der Oberst plötzlich seine normale Stimme wiedergefunden. »Du machst seit zehn Jahren Auswertungsarbeit, du hast keinen einzigen Informanten, weder einen bezahlten noch irgendeinen anderen. Was hast du da ausgeheckt? Bekenne Farbe!«

»Ich bekenne gar nichts«, lachte Nastja. »Sie haben mir selbst befohlen, mutiger zu werden und eigene Entscheidungen zu treffen.«

»Der Mut besteht nicht darin, Vorgesetzten zu widersprechen und ihnen Informationen vorzuenthalten.«

»Doch, darin auch«, widersprach Nastja eigensinnig. »Aber ich will nichts vor Ihnen verheimlichen. Ich möchte Denissow um Hilfe bitten.«

»Wen?« Der General verschluckte sich vor Überraschung und begann zu husten.

»Eduard Petrowitsch Denissow«, wiederholte Nastja ungerührt. »Erstens habe ich, wie Sie schon sagten, keine eigenen Informanten, und zweitens ist Eduard Petrowitsch mir etwas schuldig, so daß ich ihn ohne Gewissensbisse um einen Gefallen bitten darf. Und Sie, Viktor Alexejewitsch, bitte ich sehr, mir das nicht zu verbieten, denn ich werde sowieso tun, was ich tun muß, und dann wäre ich gezwungen, Sie zu belügen, was ich auf keinen Fall tun möchte.«

»Wozu brauchst du Denissow?« krächzte der General resigniert, mit beiden Händen seinen Hals umfassend. »Was willst du aufklären?«

»Vorläufig kann ich Ihnen das nicht sagen. Setzen Sie mich bitte nicht unter Druck, Viktor Alexejewitsch, ich kenne die Vorschriften.«

»Gut, mach, was du willst«, erwiderte Knüppelchen überraschend friedfertig. »Du bist ein kluges Mädchen, du wirst nichts ausgesprochen Dummes tun. Aber nimm dich in acht vor Denissow. Dieses erzreaktionäre Krokodil wird dich verschlucken wie eine Fliege und es nicht einmal merken.«

4

Eduard Petrowitsch Denissow war der unumschränkte Herr einer sehr alten Stadt mit einer halben Million Einwohnern. Vor einem Jahr hatte er entdeckt, daß irgendeine kriminelle Bande auf seinem Territorium ihr gesetzloses Unwesen trieb. Eduard Petrowitsch hatte viel Kraft und Energie darauf verwandt, in der STADT eine einheitliche, in sich geschlossene Mafia-Organisation aufzubauen, er duldete keine Konkurrenz in seinem Reich, und die dreiste Einmischung der Fremden empörte ihn aus tiefster Seele. Und eines Tages ereignete sich ein Mordfall im städtischen Sanatorium, der ganz offensichtlich auf das Konto der Bande ging. Die von Denissow gekaufte Miliz konnte nicht viel zur Aufklärung des Falles beitragen. So kam Denissow auf die Idee, die Dienste einer gewissen Kamenskaja in Anspruch zu nehmen, die sich zu dieser Zeit im Sanatorium aufhielt und den Ermordeten sogar kannte.

Für Nastja war die Situation damals ziemlich schwierig. Sie mußte sich die qualvolle Frage beantworten, ob sie sich auf eine Zusammenarbeit mit der Mafia einlassen durfte, wenn es darum ging, einer gefährlichen Mörderbande das Handwerk zu legen und weitere blutige Verbrechen zu verhindern. Außerdem hatte sie schreckliche Angst vor Denissow und seinem kriminellen Verband, denn sie kannte niemanden in der STADT und war sich im klaren darüber, daß sie niemanden um Hilfe würde bitten können, wenn sie in Schwierigkeiten kommen sollte. Auch die Miliz würde ihr in diesem Fall nicht beistehen, denn natürlich war sie bis zum letzten Mann gekauft von der einheitlichen, in sich geschlossenen Mafia-Organisation.

Letztendlich war es ihr aber gelungen, ihre Angst zu überwinden und eine moralische Rechtfertigung für ihre Handlungsweise zu finden. Sie überführte die Mörder, und zwischen ihr und Denissow entstand eine beinah freundschaftliche Beziehung. Sie lehnte es ab, sich für ihre Arbeit bezahlen zu lassen. Sie nahm nur eine Zugfahrkarte nach Moskau an, und Eduard Petrowitsch sagte beim Abschied:

»Ich bin schon über sechzig, Anastasija, vielleicht schlägt schon morgen mein Stündchen. Und ich möchte nicht als Schuldner sterben. Verstehen Sie mich richtig. Versprechen Sie mir, daß Sie mich anrufen, wenn Sie etwas brauchen, was immer es sei. Sie kennen mich inzwischen ganz gut und wissen, daß es nichts gibt, was ich nicht tun könnte. Und für Sie tue ich sogar das, was unmöglich ist.«

Seither war ein Jahr vergangen, und nun war tatsächlich der Fall eingetreten, daß sie Denissow brauchte. Er war der einzige, der ihr helfen konnte.

Sie wählte seine zehnstellige Telefonnummer. Vielleicht hatte Denissow sie und sein Versprechen längst vergessen. Vielleicht war er inzwischen gestorben. Oder man hatte ihn verhaftet. Obwohl das unmöglich war. Es gab niemanden, der Eduard Petrowitsch verhaften konnte. Und es lag auch kein Grund vor. Ideologische Herrschaft war kein krimineller Tatbestand, ganz zu schweigen davon, daß es in der STADT keine Richter gab, die in der Lage gewesen wären, einen Koloß wie Denissow zu stürzen. Endlich hörte Nastja mit Erleichterung die ihr bekannte Stimme in der Leitung.

»Guten Tag, Eduard Petrowitsch«, sagte sie vorsichtig. Sie rechnete damit, ihn diskret an sich und das Versprechen erinnern zu müssen, das er ihr vor einem Jahr gegeben hatte. Doch Denissow erkannte ihre Stimme sofort.

»Anastasija!« rief er freudig aus, »Kindchen, wenn Sie wüßten, wie ich mich freue, Sie zu hören!«

»Und ich freue mich, daß Sie mich nicht vergessen haben«, anwortete Nastja.

»Was halten Sie von mir?« empörte sich Denissow aufrichtig. »Man kann mir vorwerfen, was man will, aber nicht, daß ich undankbar bin und meine Freunde vergesse. Und Sie, Anastasija, kann man sowieso nicht vergessen.«

»Sie schmeicheln mir, Eduard Petrowitsch«, lachte Nastja.

»Nicht im geringsten. Sie wissen einfach nicht, was Sie wert sind. Sie sind noch sehr jung und achten deshalb zuviel auf unwichtige Dinge, auf solche wie äußere Schönheit und dergleichen. Ich hingegen bin alt und kann den wahren Wert eines Menschen einschätzen. Was kann ich also für Sie tun?«

»Eduard Petrowitsch, ich brauche ein paar Leute hier in Moskau.«

»Wofür?«

»Ist das von Bedeutung?«

»Natürlich. Ich muß wissen, um welche Aufgabe es sich handelt, um welches Fachgebiet, sozusagen.«

»Um Außenobservation.«

»Ich habe verstanden. Wie viele Leute brauchen Sie?«

»Um wie viele kann ich Sie bitten?«

»Anastasija, bitte ärgern sie mich nicht«, lachte Denissow. »Wie viele brauchen Sie? Dreißig? Fünfzig? Hundert?«

»Nein, Gott bewahre, fünf, sechs Leute.«

»Seien sie nicht so bescheiden, Kindchen. Sind zehn Mann genug?«

»Mehr als genug.«

»Wird technische Ausrüstung gebraucht?«

»Unbedingt. Damit alles so ist wie in den besten Häusern von Paris und Wien.«

»Wann soll ich die Leute schicken?«

»Je früher, desto besser. Geht es morgen?«

»Stellen Sie mir keine Fragen, meine Liebe, stellen Sie Forderungen. Wie ich sie erfülle, ist meine Sache. Wann stehen Sie morgen auf?«

»Morgen ist Samstag, also etwas später als sonst. So gegen neun.«

»Um halb zehn wird man Sie anrufen. Haben Sie noch die alte Telefonnummer?«

»Ja.«

»Morgen ab halb zehn stehen Ihnen zehn Leute mit entsprechender technischer Ausrüstung zur Verfügung.«

»Eduard Petrowitsch, ich bete Sie an!« sagte Nastja mit aufrichtiger Dankbarkeit.

»Ich Sie auch, Kindchen. Und ich stehe weiterhin in Ihrer Schuld. Das, worum Sie gebeten haben, ist nicht der Rede wert. Mein Versprechen an Sie behält unverminderte Gültigkeit. Ich wünsche Ihnen Glück.«

Mit einem zufriedenen Lächeln legte Nastja den Hörer auf. Ab morgen würde diese Dascha Sundijewa unter Beobachtung stehen. Gut möglich, daß dabei nichts herauskommen würde. Aber immerhin gab es die Diebstähle und die Überfälle. Und den jungen Mann in der braunen Lederjacke mit dem blauroten Sticker am Kragen und der eingerissenen Tasche. Und außerdem war da noch etwas anderes, das Nastja beschäftigte. Sie wollte versuchen, noch einen weiteren Tatbestand aufzuklären. Und sollte ihr jemand vorwerfen, daß sie persönliche Neugier auf fremde Kosten befriedigte, konnte sie guten Gewissens sagen, daß ihr intellektuelles Vergnügen den Staat keine einzige Kopeke kostete. Für alles würde Denissow aufkommen. Und das war ihre Privatangelegenheit, darüber war Anastasija Kamenskaja niemandem Rechenschaft schuldig.

5

Der Mann schloß seinen weißen Shiguli ab und betrat schnellen, federnden Schrittes das eindrucksvolle Gebäude im Südwesten Moskaus. Er ging am Pförtner vorbei und eilte leichtfüßig über die Treppe in den vierten Stock hinauf, wo sich sein Büro befand. Er schloß die Tür seines Büros von innen ab, zog seine Uniform an und hängte seine Zivilkleider akkurat in den Schrank. Er schloß die Tür wieder auf, öffnete das Oberlicht des Fensters, holte einige Akten aus dem Safe und begann zu arbeiten.

Der Major aus der Stabsabteilung steckte seinen Kopf durch die Tür.

»Genosse General, ich möchte Sie an die Dienstvorbereitung um fünfzehn Uhr dreißig erinnern.«

»Ist gut«, antwortete der General, ohne den Blick von den Akten zu heben.

Er hatte nicht vor, an der Dienstvorbereitung teilzunehmen. In den letzten Wochen hatte sich eine Menge Arbeit angesammelt, er mußte den Berg dringend abarbeiten, um sich danach wieder ausschließlich Jerochin widmen zu können.

Wie hatte es dazu kommen können, daß er, General Wladimir Vakar, hinter einem dreiundzwanzigjährigen Burschen her war, für den er weder Haß noch Wut, noch sonst etwas empfand? Wie war es möglich, daß er sich selbst in diese Falle manövriert hatte? Er, der kriegserfahrene General, Kommandeur einer Luftlandedivision, der an zahlreichen Kämpfen teilgenommen hatte, war sein Leben lang ein Mensch von unerschütterlichem Pflichtgefühl gewesen. Aber vielleicht war gerade das zu seinem Verhängnis geworden.

Er war im letzten Kriegsjahr geboren, zwei Monate nachdem sein Vater an der Front gefallen war. Seine Mutter starb, als er vier Jahre alt war, und der Onkel seines Vaters nahm ihn bei sich auf. Der alte Vakar hatte adliges Blut in den Adern und hielt den Militärdienst für eine ehrenvolle Sache. Da es nicht leicht für ihn war, den Jungen, der nur eine winzige Waisenrente bezog, durchzubringen, schickte er ihn auf die Suworower Militärschule.

Seine Kindheit und Jugend verbrachte Wladimir Vakar in der Kaserne. Das Familienleben kannte er nur aus Büchern, die er vom Großvater zu lesen bekam und die er gierig verschlang. Die Turgenjewschen Mädchen, die Tschechowschen Familienabende mit Tee aus dem Samowar, die Patriarchen, die inmitten ihrer Kinder und Enkel an der Spitze der Tafel saßen – alles das hatte seine Vorstellung vom Familienleben geprägt. Mindestens drei Kinder, der Geruch nach frischen Kuchen, eine wohlgeformte, immer lächelnde Gattin, die ihrem

Ehemann in allem ergeben war und ihm überallhin folgte, von Garnison zu Garnison – so in etwa sah das Ideal aus, das er für die Zukunft anstrebte.

Seine zukünftige Frau lernte er auf einem Neujahrsball der Offiziersschüler kennen, zu dem die Studentinnen der pädagogischen Fakultät eingeladen waren. Jelena hatte eine stattliche Figur und trug einen dicken, langen Zopf, wodurch sie sich vorteilhaft von ihren Kommilitoninnen unterschied, die alle in Brigitte-Bardot-Fisuren und neumodische Ponys vernarrt waren.

Der lang aufgeschossene, breitschultrige Vakar mit dem männlich markanten Kinn, den ernsten Augen und dem charmanten Lächeln, das seine blitzend weißen Zähne zeigte, mußte sich nicht anstrengen, um seine Auserwählte für sich zu gewinnen.

Ein Jahr nach der Hochzeit machte Jelena eine Abtreibung. Vakar war niedergeschmettert. Er konnte nicht verstehen, daß es Menschen gab, die keine Kinder wollten. Je mehr Kinder man hatte, desto besser. Er flehte seine Frau an, das nächste Mal nicht wieder dasselbe zu tun. Er gab sich große Mühe, ein vorbildlicher Ehemann zu sein und Jelena alles recht zu machen, wenn sie ihm nur ein Kind gebar. Und schließlich kam ein Mädchen zur Welt, Lisa, ein Kind, das er seiner Frau regelrecht abgerungen hatte. Jelena tat so, als hätte sie ihm einen ungeheuren Gefallen getan, und nahm ihren Beruf wieder auf, kaum daß Lisa abgestillt war. Das Kind kam in die Kinderkrippe.

Lisa war ganz die Tochter ihres Vaters. Auch äußerlich und in ihrem Wesen kam sie nach den Vakars. Sie war hochgewachsen, sportlich, langbeinig, umgänglich und liebenswürdig. Wladimir hielt sie zur körperlichen Ertüchtigung an, schickte sie zum Schwimm- und Fechtunterricht, lehrte sie lesen und rechnen und brachte sie am ersten Schultag selbst zur Schule, mit einer kleinen hellblauen Schultasche auf dem Rücken und einem riesigen Gladiolenstrauß in der Hand. Lisa fühlte sich zum Vater mehr hingezogen als zur Mutter, die meistens mit sich selbst beschäftigt war.

Andrej kam erst fünf Jahre nach Lisa zur Welt. Vakar vermutete, daß dies vor allem mit der schweren Scharlacherkrankung zusammenhing, die Lisa im Alter von vier Jahren durchmachte. Jelena bekam plötzlich Angst, daß Lisa sterben könnte. Der schreckliche Gedanke, das Kind verlieren zu können, veränderte in einem einzigen Augenblick ihr ganzes Leben. Während sie Lisa bisher als ein Wesen wahrgenommen hatte, das sie an gemeinsamen Theaterbesuchen mit ihrem Mann hinderte, so gab sie sich Wladimir von nun an leidenschaftlich hin und flüsterte:

»Hab keine Angst, ich möchte, daß wir noch ein Kind bekommen.«

Andrej wurde, im Gegensatz zu Lisa, nicht das Kind seines Vaters. Aber er wurde auch nicht das Kind seiner Mutter. Er war ein Sonderling, immer in sich gekehrt, von niemandem abhängig, weder von seinen Eltern noch von seiner Schwester, noch von sonst jemandem. Daß es sich bei ihm um ein Wunderkind handelte, erfuhr Vakar, als Andrej drei Jahre alt war und Lisa acht. Es stellte sich heraus, daß er eine außerordentliche Begabung für die Malerei und für die Dichtung besaß. Von da an hatte sich in der Familie alles verändert.

Jelena begann, ihren Sohn wie einen Abgott zu behandeln. Sie verstand weder etwas von seinen Bildern noch von seinen Gedichten, aber sie war davon überzeugt, daß ihr Sohn ein Genie war und daß sie dieses Wunder hervorgebracht hatte. Es war ihre Lebensaufgabe, diesem Wunder zu dienen, seine Absonderlichkeiten und groben Ungezogenheiten zu dulden, weil er als Genie das Recht auf so ein Verhalten hatte.

Der Junge und seine Werke wurden Experten vorgeführt, Malern und Literaten, und alle kamen einstimmig zu der Überzeugung, daß Andrej Vakar ein Wunderkind war, ein großes Talent, ein ungewöhnliches Geschöpf. Jelena fürchtete, daß alles das sich als Irrtum erweisen könnte, als Illusion, als schöner Traum, deshalb schützte sie ihren Sohn lange Zeit vor der Öffentlichkeit, flehte die Maler und Literaten an, ihr Kind nicht den Augen der Welt preiszugeben. Sie trachtete nicht nach Ruhm, sie fühlte sich als Gottesmutter, und das war ihr genug. Der Junge wurde weiterhin in einen ganz gewöhnlichen Kindergarten geschickt, danach auf eine gewöhnliche Schule. Immer wieder wurden die Eltern zur Schulleitung bestellt und gebeten, auf ihren Sohn einzuwirken, weil er die Lehrer beleidigte, sich in den Pausen mit den anderen Kindern prügelte, sich eine Unverschämtheit nach der anderen leistete und sich demonstrativ weigerte, am Unterricht teilzunehmen. Eines schönen Tages hielt Jelena es nicht mehr aus.

»Wir dürfen das Kind nicht länger quälen«, sagte sie zu ihrem Mann. »In der Schule behandelt man ihn wie einen ganz gewöhnlichen Jungen, aber er ist ein Wunderkind, mit ihm muß man ganz anders umgehen, sehr viel behutsamer und feinfühliger. Man darf ihn nicht zwingen, am Sport teilzunehmen, wenn er gerade lieber malen möchte. Er ist zum Künstler berufen, wir dürfen nicht länger zulassen, daß er ständig diesen ganzen Unsinn mitmachen muß. Die Lehrer müssen begreifen, daß er ein besonderes Kind ist. Sonst bringen sie ihn um.«

Die Welt erfuhr von Andrej Vakars ungewöhnlicher Begabung, als er acht Jahre alt war, als bereits die ganze Wohnung mit seinen Bildern vollgehängt war und seine Gedichte und Poeme mehrere dicke Hefte füllten. Und es begann die Zeit des Ruhms für die Vakars.

Es vergingen weitere drei Jahre, und dann stand Wladimir Vakar eines Tages am Fenster, sah in den strömenden Regen hinaus und wartete auf das Auftauchen zweier Gestalten unter dem Bogen der Hofeinfahrt. Lisa hatte ihren Bruder zum Unterricht in die Kunstschule begleitet und mußte jeden Moment mit ihm zurückkommen. Vakar erblickte Lisa, die den Jungen aus irgendeinem Grund auf den Armen trug. Er begriff nicht, was das zu bedeuten hatte, bemerkte nur, daß das Wasser, das an Andrejs blauer Jacke hinabfloß, rosa gefärbt war. Lisa ging sehr langsam. Als sie in der Mitte des Hofes angelangt war, hob sie die Augen, erblickte im erleuchteten Fenster die Gestalt des Vaters und brach mit dem Jungen auf den Armen zusammen.

Zwei Tage später saß Vakar einer dicken, müden Untersuchungsführerin gegenüber.

»Was sollen wir mit ihnen machen?« sagte sie. »Keiner von ihnen ist vierzehn Jahre alt, nach dem Gesetz sind sie nicht strafmündig. Natürlich werden wir sie in eine Besserungsanstalt einweisen, aber mehr können wir nicht tun.«

»Und mein Sohn?« fragte Wladimir verwirrt. »Er ist doch tot. Jemand muß doch zur Verantwortung gezogen werden.«

Die Untersuchungsführerin zuckte mit den Schultern.

»Wir müssen uns an die Gesetze halten. Und die besagen, daß ein Kind unter vierzehn Jahren für seine Handlungen nicht verantwortlich ist und deshalb nicht bestraft werden darf.«

»Aber mein Junge!« wiederholte Vakar niedergeschmettert. »Meine Tochter ist verrückt geworden nach dem, was sie erlebt hat. Sie liegt im Krankenhaus und kommt nicht zu sich nach dem Schock. Jemand muß doch zur Verantwortung gezogen werden.«

»Ich fühle aufrichtig mit Ihnen«, sagte die Richterin leise. »Aber glauben Sie mir, das Gesetz hält nichts von der Idee der Vergeltung.«

»Dann ist es ein schlechtes Gesetz«, sagte Vakar mit Nachdruck und verließ den Raum.

Am nächsten Tag fragte Jelena ihn verständnislos:

»Worauf wartest du eigentlich? Du mußt unseren Sohn endlich rächen.«

»Ich kann mich nicht an Kindern rächen«, widersprach Wladimir. Die Worte seiner Frau entsetzten ihn.

»Sie haben unser Kind umgebracht«, erwiderte sie hartnäckig.

»Wie dem auch sei, Jelena, es sind Kinder. Ich möchte darüber nicht mehr sprechen.«

»Gut«, lenkte Jelena überraschend ein. »Ich werde warten, bis sie erwachsen sind. Aber du mußt dich rächen, sonst wird Andrejs Seele nie zur Ruhe kommen, und du erlangst niemals Vergebung.«

Seit diesem Tag waren neun Jahre vergangen. Von den vier

minderjährigen Mördern war nur noch Igor Jerochin am Leben. Generalmajor Vakar wußte, daß es seine Pflicht war, die Familie zu verteidigen, seiner Frau und seiner Tochter den Frieden wiederzugeben. Und wenn sie hundertmal im Unrecht waren, sie waren seine Familie, und er mußte seine Mannespflicht erfüllen, die Pflicht des Ehemannes und Vaters. Jetzt, da er bereits fast fünfzig war, begann er mit Bitterkeit zu begreifen, daß er sein Leben lang zwei wesentliche Worte mißverstanden hatte, die Worte »Pflicht« und »Familie«. Aber jetzt war es zu spät, er war in der Falle. Auf sein Konto gingen bereits drei Menschenleben, und bald würden es vier sein.

VIERTES KAPITEL

1

»Sie können mich einfach Bokr nennen.«

Nastja betrachtete verwundert den Mann, der in der Tür stand. Er führte die Mannschaft an, die Denissow ihr geschickt hatte. Ein Meter mit Hut, sagte man gewöhnlich von solchen Leuten. Statt eines Hutes trug er allerdings eine wollene Skimütze, die er tief in die Stirn gezogen hatte, sie umspannte eng die eingefallenen Schläfen und vorstehenden Backenknochen. Die kleinen, tief unter den dichten Brauen versteckten Äuglein des Mannes, die schiefe, zerbrochene Nase mit der zuckenden Spitze, die blutleeren Lippen, die einen schmalen Strich bildeten, und das mächtige, gespaltene Kinn – alles das erinnerte an eine exotische, gefährliche Eidechse. Er war mager, wirkte aber keinesfalls kraftlos, sondern schien aus stählernen Muskelsträngen zu bestehen. Außerdem war er ständig in Bewegung, er konnte keine Sekunde stillhalten, aber das hatte bei ihm nichts mit Hektik oder Nervosität zu tun. Er platzte aus allen Nähten vor Energie.

Um neun Uhr dreißig hatte Nastjas Telefon geläutet, wie Eduard Petrowitsch Denissow es versprochen hatte, und eine halbe Stunde später stand in ihrer Wohnung bereits dieser wunderliche Typ in der grau-blau gestreiften Wollmütze und stellte sich mit seiner hohen Tenorstimme als Bokr vor.

Er schnürte beflissen seine hohen, dick besohlten Schuhe auf, und nachdem er sie ausgezogen hatte, war er noch kleiner geworden. Den Mantel wollte er nicht ablegen.

»Wohin darf ich Ihnen folgen?« fragte er geschäftig. Die ihm angebotenen Pantoffeln hatte er abgelehnt. Nastja mußte ein Schmunzeln unterdrücken, während sie ihn ansah in seinem langen grauen Mantel, mit der komischen Mütze und den rührenden hellblauen Söckchen.

Nastja beschloß, ihm Gastfreundschaft zu erweisen.

»Haben Sie schon gefrühstückt?« fragte sie, »möchten Sie mit mir eine Tasse Kaffee trinken?«

Den Kaffee lehnte Bokr genauso höflich und entschieden ab wie die Pantoffeln.

»Gut, dann kommen wir zur Sache.«

Sie zeigte Bokr ein Polaroidfoto von Dascha Sundijewa und Alexander. Die beiden standen vor der Metrostation am Platz der Revolution und umarmten sich. Nastja hatte ihren Halbbruder gebeten, dieses Foto für sie machen zu lassen.

»Dieses Mädchen hier ist davon überzeugt, daß es beschattet wird. Ich bin geneigt, ihr zu glauben, aber ich weiß es nicht mit Sicherheit. Ich möchte, daß Ihre Leute herausfinden, wer und was sie ist. Sollte es zutreffen, daß man sie beschattet, finden Sie heraus, wer sich so für sie interessiert. Und schließlich muß ich wissen, ob nur das Mädchen beschattet wird oder auch ihr Freund. Auf der Rückseite des Fotos stehen die Namen der beiden, wo sie wohnen und wo sie arbeiten. In drei Tagen müssen die ersten Ergebnisse vorliegen.«

»Ist gebongt«, sagte Bokr ungerührt. Seine aufmerksamen Augen, die er nicht von Nastja abwandte, waren wie Kletten. »Was noch?«

»Vorläufig ist das alles. Das weitere Vorgehen hängt von den Resultaten ab, die ich von Ihnen bekomme.«

»Die zweite Iteration«, nickte das Männchen verständnisvoll.

O, là, là! dachte Nastja, Denissow hat mir einen Intellektuellen geschickt, einen Knacki mit Bildung. Ist das eine Ehrenerweisung, ein Scherz, oder haben alle seine Untertanen einen Universitätsabschluß? Ein interessanter Typ. Bokr, Bokr ... Woran erinnert mich das? Soll ich ihn fragen? Warum eigentlich nicht? Es wird ihm schon kein Zacken aus der Krone fallen.

»Sagen Sie, was bedeutet Ihr seltsamer Spitzname?«

Bokr, der bisher bedächtig im Zimmer umhergegangen war, blieb stehen und begann, auf seinen Füßen hin und her zu wippen.

»Irgendwann einmal fiel mir ein Buch von Lew Uspenskij in die Hände ...« begann er, und Nastja erinnerte sich sofort.

»Natürlich, ›Wort über die Wörter‹, die berühmte ›glokaja kusdra‹. Warum ist mir das nicht gleich eingefallen!«

Der Zwerg bedachte sie mit einem Blick voll unverhohlenem Respekt.

»Zum ersten Mal in meinem Leben begegnet mir ein Mensch, der dieses Buch kennt. Ich beglückwünsche Sie. Ich habe es in der Bibliothek ausgegraben, als ich wegen Raubes in der Sommerfrische war. Stellen Sie sich vor, dieser Satz hat mich einfach umgeworfen, verhext, bezwungen. ›Glokaja kusdra schteko budlandula bokra i kudrjatschit bokrenka‹«, zitierte er begeistert, in singendem Tonfall. »Das ist doch ein Lied! ein Poem! Eine Romanze der russischen Morphologie!«

Er leuchtete plötzlich vor Begeisterung, sein unförmiges Gesicht wirkte jetzt fast anziehend.

»Diesem Satz verdanke ich mein Überleben im Lager. Ich habe angefangen, mich durch die Lehrbücher der russischen Sprache zu wühlen, um mich zu erinnern, was Morphologie ist. Das hat sich als durchaus nützlich erwiesen, wenn man bedenkt, was für ein sträfliches Faultier ich in der Schule war. Außerdem habe angefangen, selbst neue Wörter zu bilden und mir ganze Erzählungen auszudenken, wenn ich auf der Pritsche lag. Ich hatte eine Lieblingsheldin, die ich ›gurilnaja schabolda‹ nannte, und ich phantasierte mir für sie alle möglichen Geschichten aus. Es handelte sich natürlich ausschließlich um Kunstwörter, aber ich hielt mich streng an die Regeln der Morphologie. Das Spiel hat mich so begeistert, daß ich es schaffte, im Lager nicht zu verblöden. In der Kolonie gab man mir wegen meiner Leidenschaft den Spitznamen ›Kusdra‹, aber als ich wieder draußen war, in der Freiheit, habe ich mich in Bokr umbenannt, obwohl Kusdra natürlich lustiger klingt.«

Er brach in schallendes Gelächter aus, er keuchte und kreischte wie ein hysterischer, wild gewordener Papagei. Seine Nasenspitze zuckte, die kleinen, rollenden Äuglein verschwanden irgendwo in den Höhlen, und für einen Moment schien es, als würden sie nie wieder hervorkommen. Er sah jetzt nicht mehr komisch aus, sondern vollkommen debil.

Das Gelächter brach genauso abrupt ab, wie es eingesetzt hatte.

»Ich muß Ihnen sagen, Anastasija Pawlowna, daß es nicht weniger interessant ist, bekannte Wörter auf neue Weise zu verwenden. Zum Beispiel ›Primotschka‹. Kennen Sie dieses Wort?«

»Meinen Sie den Bleiumschlag, den man gegen Hämorrhoiden anwendet?«

»Ja, unter anderem auch dagegen. Ich benutze das Wort für eine offensichtliche Dummheit, die sich jemand in den Kopf gesetzt hat. Hören Sie mal, wie das klingt: ›Er hat jetzt eine neue Primotschka, er will heiraten.‹ Wie finden Sie das? Ist das nicht auch ein Lied? Ein Poem?«

Jetzt mußte Nastja lachen. Ihre Mutter hatte sie schon in ihrer Kindheit mit Fremdsprachen vertraut gemacht. Nastja verfügte über ein ausgeprägtes Sprachgefühl, und Bokrs linguistische Raffinessen kamen ihr vertraut vor und amüsierten sie. Ein Lagerpritschenlinguist. Nicht zu fassen.

Nachdem sie den Gast zur Tür begleitet hatte, lungerte sie eine Weile unentschlossen in der Wohnung herum. Ljoscha war seit gestern wieder bei sich zu Hause in Shukowskij, heute hatte er ein Gespräch mit einem seiner Assistenten. Der Auswertungsbericht über die unaufgeklärten Mordfälle der letzten Jahre war abgeschlossen, vor Nastja lag das ganze freie Wochenende. Aber da war ja der Computer, den sie nutzen konnte, solange Ljoscha ihn noch nicht abgeholt hatte.

Nastja mußte Gordejew jeden Monat eine Auswertung der unaufgeklärten Mordfälle und Vergewaltigungen liefern, die sich in dieser Zeit in Moskau ereignet hatten. Ein ganzer Berg von Monatsberichten hatte sich mit den Jahren angesammelt, und solange sie die Möglichkeit hatte, wollte sie diese Berichte in einer Datei zusammenfassen, um nachher damit arbeiten zu können. Sie schaltete den Scanner an und begann, die Resultate zehnjähriger Kleinarbeit in den Computer einzuspeisen.

2

Lisa stand in der Hofeinfahrt vis-à-vis des Hauses, in dem Dmitrij Sotnikow wohnte, und warf einen ungeduldigen Blick auf ihre Armbanduhr. Wo blieb er so lange? Der Unterricht in der Kunstschule war schon seit zwei Stunden zu Ende, aber Dima kam nicht nach Hause. Heute war nicht Donnerstag, aber sie stand trotzdem hier und wartete, obwohl sie wußte, daß er wahrscheinlich erst sehr viel später kommen würde. Oder er würde nicht allein kommen. Oder gar nicht. Trotzdem stand sie hier und wartete.

Sie holte aus ihrer Handtasche ein Plastikdöschen, entnahm ihm zwei Tabletten und schob sie sich in den Mund. Dann öffnete sie den Schraubverschluß der schmalen Flasche, die sie ebenfalls in der Handtasche trug und nahm einen großen Schluck. Der Alkohol brannte nicht mehr in ihrem Hals, sie schmeckte ihn kaum noch. Sie wartete auf den Kick, ohne den sie nicht mehr leben konnte.

Lisa begnügte sich schon lange nicht mehr mit den Medikamenten, die ihr die Ärzte im Überfluß verschrieben. Zunächst hatte sie einfach nur die Dosis der Psychopharmaka erhöht, die sie von den verschiedenen Ärzten bekam, die sie regelmäßig aufsuchte. Dann hatte sie festgestellt, daß es sehr wirkungsvoll war, Psychopharmaka mit Alkohol zu kombinieren. Schon nach kurzer Zeit war sie süchtig geworden, hatte sich in eine apathische, willenlose Drogenkranke verwandelt, die nur noch von der Idee der Rache für das ihr geraubte Lebensglück besessen war. Sonst interessierte sie nichts mehr. Ich kann mit den Tabletten jederzeit aufhören, wenn ich will, sagte sie sich, und ich werde aufhören, wenn alles vorbei ist, wenn endlich alle vier von der Erdoberfläche verschwunden sind. Sie belog sich und glaubte mit heiligem Ernst an ihren Selbstbetrug.

Sie liebte Dmitrij Sotnikow schon lange nicht mehr. Ihre leidenschaftliche Verliebtheit war immer mehr abgestumpft und schließlich vollkommen erloschen unter der zersetzenden Wirkung der hochkarätigen Tranquilizer, die sie in großen Mengen einnahm. Aber Dmitrij war ein Teil des Lebens, das sie verloren hatte, und deshalb kam sie nicht von ihm los. Sie begriff, daß die Verbindung zu ihm keinen Sinn mehr hatte, trotzdem ging sie jeden Donnerstag zu ihm, schlief lustlos mit ihm und wartete ungeduldig auf den Moment, in dem sie das Gespräch endlich auf Andrjuscha lenken konnte. Mit ihrem Vater konnte sie ihre Erinnerungen an den Bruder nicht teilen, er entzog sich den Gesprächen über seinen Sohn, trug zu schwer an der Last der Rache an den Mördern. Ihre Mutter hatte völlig den Verstand verloren, sie redete nur noch von Andrjuschas Seele, die in der Welt umherirrte und keine Ruhe fand, solange »diese Bestien« am Leben waren. Nur Dmitrij sprach mit Lisa über den Bruder so, wie sie es wollte, einfühlsam und verständnisvoll.

Lisa lag eine schwere Last auf der Seele. Sie wußte, daß es nicht der Bruder war, um den sie seit neun Jahren trauerte, sondern jenes wunderbare, glanzvolle Leben, das ihr durch seinen Tod für immer verlorengegangen war.

Sie war vierzehn Jahre alt, als sie eines Morgens auf dem Schulweg ein Flüstern hinter sich hörte.

»Schau mal, die dort, das ist doch Vakars Schwester!«

»Du meinst Andrej Vakar?«

»Ja, das Wunderkind.«

Lisa drehte sich um und erkannte zwei Schülerinnen aus der Oberstufe. Die modisch gekleideten, attraktiven Mädchen sahen sie mit unverhohlener Neugier an. Mit Neugier und mit Neid. Diese Mädchen beneideten sie, Lisa Vakar! Die unauffällige, unbedeutende, mittelmäßige Achtklässlerin, die nichts anderes aufzuweisen hatte als ausgezeichnete Noten im Sport.

In allen anderen Fächern bewegten sich ihre Leistungen zwischen drei und zwei minus.

Zum ersten Mal war ein Lichtstrahl von Andrjuschas Ruhm auf sie gefallen, zum ersten Mal hatte das Mädchen diese wundersame, tückische Wärme auf der Haut verspürt.

Bald darauf hatte sie bemerkt, daß auch ihre Mitschüler mit heimlicher Neugier über sie tuschelten und die Lehrer sie besser behandelten als bisher. Es erwies sich als sehr angenehm, Andrej Vakars Schwester zu sein. Wenn sie ihren Bruder in die Kunstschule begleitete, wo ihn alle kannten, fing sie mit Entzücken die Blicke der sympathischen Jungen auf, die mit ihren Malkästen in der Hand an ihr vorübergingen, ebenso die Blicke der in Leder und Pelz gehüllten Mütter, die draußen in glitzernden Autos auf ihre Götterkinder warteten.

Sie begann, mit stolz erhobenem Kopf auf der Straße zu gehen, und während sie ihren kleinen Bruder fest an der Hand hielt, sagte sie sich immer wieder dasselbe: Ihr alle habt viel mehr als ich, aber mit der Zeit werde ich das alles auch haben. Und keiner von euch wird jemals das haben, was ich bereits habe, einen so genialen Bruder wie Andrjuscha.

Sie zweifelte keine Sekunde daran, daß Andrej weltberühmt werden würde, daß sie mit ihm zusammen zu seinen Ausstellungen ins Ausland fahren und daß sie Anteil haben würde an seinem Ruhm, seiner Ehre und seinem Reichtum. Sie würde Geld haben, Autos, Pelze und Brillanten. Und Männer, die um sie werben würden. Vielleicht würde sie sogar heiraten und im Ausland leben, in einem Haus mit Swimming-pool und Dienstboten.

Ihre Träume begannen bereits, sich zu erfüllen. Die Familie Vakar wurde zu einem Empfang in die belgische Botschaft eingeladen, nachdem man Andrejs Bilder für eine Ausstellung mit Kunstwerken hochbegabter Kinder in Brüssel ausgesucht hatte. Der Kulturattaché selbst hatte ihr die Hand geküßt, sie zu ihrem Bruder beglückwünscht und ihn ein Wunderkind genannt, und irgendein Engländer hatte Lisa mit »Mylady« angesprochen. Auf einer Veranstaltung im Haus der Literaten, wo der Bruder seine Gedichte las, wurde Lisa von den besten und berühmtesten Schriftstellern und Dichtern des Landes angesprochen, einer von ihnen, genau derjenige, von dem alle ihre Mitschülerinnen schwärmten, sagte zu ihr: »Einer der großen Vorzüge Ihres Bruders besteht darin, daß er eine so zauberhafte Schwester hat. Wäre ich jünger, wüßte ich, wem ich einen Antrag zu machen hätte.«

Die Zeitschrift »Ogonjok« brachte einen zweiseitigen Artikel über den Bruder, mit Farbreproduktionen seiner Bilder und einem Foto der Familie. Lisa sah auf dem Foto sehr hübsch aus. Sie hatte ein nachdenkliches Gesicht mit zarten Lippen und ausdrucksvollen Augen.

Sie tat alles, um ständig in Andrjuschas Nähe zu sein. Sie wollte zur Notwendigkeit für ihn werden, ein unersetzlicher Bestandteil seines Lebens. Andrej Vakar sollte unvorstellbar werden ohne seine Schwester. Und zu ihrer eigenen Überraschung entdeckte Lisa, daß ihr Bruder tatsächlich eine ungewöhnliche Persönlichkeit war, unverständlich, aber sehr anziehend. Und zugleich war er ein Kind. Ihr kleiner Bruder. Seine Haut hatte einen zarten, kindlichen Duft, er schlief am liebsten ohne Kopfkissen und konnte Zahnpasta mit Pfefferminzgeschmack nicht ausstehen. Er hatte einen etwas schief gewachsenen Vorderzahn und eine Allergie gegen Orangen, es gefiel ihm, Lisas langes Haar aufzulösen und sein Gesicht darin zu verstecken, er geriet in Rage, wenn jemand in seinem Zimmer einen Gegenstand verrückte. Mit vierzehn Jahren erfuhr Lisa zum ersten Mal, was Zärtlichkeit und Zutraulichkeit waren.

Der Bruder war ihre Gegenwart, ihre Zukunft, ihr Glück. Er war das Versprechen eines Lebens, das sie selbst niemals hätte erlangen können als Tochter ihrer langweiligen, engstirnigen Mutter und eines Vaters, der nichts weiter war als ein primitiver Staatsdiener. Ihr Bruder war die Rakete, an der sie sich festklammern konnte, um in die große, glanzvolle Welt zu gelangen.

Und da war außerdem Dmitrij, Andrjuschas Lehrer an der

Kunstschule, ihre erste Liebe, die sie für die einzige und letzte ihres Lebens hielt.

Und da war die Einladung nach Paris, zur Einzelausstellung von Andrej Vakars Bildern. Lieber Gott, wie hatte sie von dieser Reise geträumt!

Und da war dieser unnatürlich schwüle Sommertag, dessen atmosphärische Spannung sich gegen Abend in einem gewaltsamen Regenguß entlud. Sie war mit ihrem Bruder auf dem Heimweg von der Kunstschule. Sie gingen zusammen unter einem Schirm, eng aneinandergeschmiegt, sie fühlten sich so gut miteinander. Bis heute hatte sie nicht begriffen, wo diese Burschen plötzlich hergekommen waren.

Einer von ihnen schubste sie von hinten, sie stürzte und verlor den Schirm. Gleich darauf begann ein zweiter, ihr mit dem Fuß in den Bauch zu treten. Vor Schmerz wurde ihr schwarz vor Augen, sie sah nicht, wie zwei der Burschen mit riesigen Fleischermessern auf Andrjuscha einstachen.

Lisa schrie nicht. Alles in ihrem Innern war erstarrt vor Entsetzen. Mit den Bewegungen eines Automaten hob die groß gewachsene, kräftige Sechzehnjährige den mageren Jungen vom Boden auf, nahm ihn auf die Arme und trug ihn nach Hause. Sie schrie nicht, tat nichts, um Hilfe herbeizuholen, ihr Verstand hatte alle Türen zur Realität zugeschlagen, um ihr den unerträglichen Gedanken zu ersparen, daß mit ihrem Bruder etwas nicht Wiedergutzumachendes geschehen war. Das konnte nicht sein. Das durfte nicht sein. Es war nicht wirklich.

Sie trug den Bruder langsam durch den strömenden Regen, ohne sein Gewicht auf ihren Armen zu spüren. Erst als sie das Haus erreicht hatte, die Augen zum Fenster hob und den Vater darin erblickte, verlor sie das Bewußtsein und brach auf dem nassen Asphalt zusammen.

Seit diesem Tag lebte sie nur noch von Tabletten. Zuerst begnügte sie sich mit zwei, drei Tranquilizern am Tag, dann begann sie, die Pillen händeweise zu schlucken. Ihre unreife Psyche wurde nicht fertig mit dem Verlust der Hoffnung auf das andere Leben, das sie sich erträumt und das sich bereits zu erfüllen begonnen hatte.

Dazu kam ein tiefes, ständig in ihr brennendes Schuldgefühl. Damals, vor vielen Jahren, hatte die Mutter dem Vater oft Vorwürfe gemacht, sie fand, daß er sich zu wenig um seinen Sohn kümmerte.

»Du denkst nur an deine blöde Arbeit, anstatt früher nach Hause zu kommen und das Kind abends zur Kunstschule zu bringen«, sagte sie. »Hältst du es etwa für gut, daß die Kinder abends allein durch die Dunkelheit gehen?!«

Wenn Lisa ihre Mutter so sprechen hörte, erstarrte sie. Um nichts auf der Welt wollte sie darauf verzichten, ihren Bruder zur Kunstschule zu begleiten. Für Andrej war es nur Malunterricht, aber für sie war es das ersehnte Wiedersehen mit Dmitrij. Niemand sollte sie daran hindern, ihren Angebeteten zu sehen, neben ihm zu sitzen, ihn anzuschauen, mit ihm zu sprechen. Wenn er Lisa darum bat, Modell zu sitzen, rückte er sie mit sanften Bewegungen in die richtige Pose, drehte ihr Gesicht zum Licht, brachte ihr Haar in malerische Unordnung. Das würde sie sich von nichts und niemandem nehmen lassen.

»Mach dir nichts daraus, Papa«, sagte sie mit sanfter Stimme, »laß die Mutter reden. Ich bin erwachsen genug, um Andrjuscha zu begleiten. Ich weiß doch, daß du viel arbeiten mußt und keine Zeit hast, während ich sowieso nichts zu tun habe.«

Nach dem Tod des Sohnes hielt Jelena ihrem Mann ständig sein Versäumnis vor.

»Wärst du bei dem Kind gewesen, wäre das nicht passiert. Deine blöde Arbeit war dir immer wichtiger als die Familie und deine Kinder.«

Der Vater wurde bleich und biß sich auf die Lippen, während Lisa sich verzweifelt ihrer Schuld bewußt wurde. Hätte ich die Kraft in mir gefunden, auf die Begegnungen mit Dima zu verzichten, dachte sie, hätte ich mich nicht so idiotisch verhalten, wäre Andrjuscha noch am Leben. Ich bin selbst schuld daran, daß mein Leben ruiniert ist. Mein Vater leidet, weil er sich schuldig fühlt, dabei war ich es, die nicht zugelassen hat, daß er sich um seinen Sohn kümmert. Ich bin es, die alles zerstört hat.

Das Gefühl der eigenen Schuld war unerträglich, Lisa erstickte es mit ihrem Haß gegen die minderjährigen Mörder. Nein, nicht Lisa selbst war schuldig, sie waren es, nur sie. Der Vater mußte sich an ihnen rächen. Sie mußten sterben.

Lisa stand in der Hofeinfahrt und blickte hinüber zu Dmitrijs Haus. Es war bereits dunkel, aber sie war sicher, daß sie Dimas Gestalt auch in schwärzester Finsternis erkannt hätte. Wo blieb er so lange? Sie wünschte sich, er würde endlich kommen und zwar nicht allein, sondern mit einer anderen Frau. Vielleicht würde es ihr dann endlich gelingen, das zu tun, was sie schon so lange vorhatte, ohne die Kraft und den Mut dafür zu finden.

Immer hatte sie die Donnerstage mit größter Ungeduld erwartet, sie hätte Dmitrij gern viel öfter gesehen, um mit ihm in die Vergangenheit einzutauchen. Doch gleich beim ersten Mal, als sie sich entschlossen hatte, ihn schon vor dem nächsten Donnerstag zu besuchen, hatte sie gesehen, wie er mit einer anderen Frau aus dem Wagen gestiegen und mit ihr zusammen im Haus verschwunden war. Aber statt Eifersucht hatte Lisa in diesem Moment nur Hoffnungslosigkeit empfunden und eine unendliche Müdigkeit.

Inzwischen hatte sie Dmitrij schon oft mit einer anderen Frau gesehen, aber es hatte nichts geholfen. Ihr Wille war zerstört von den Tabletten, doch ihr Gefühl war noch nicht ganz abgestorben. Sie begriff, daß Dmitrij sie nicht mehr liebte. Er war ihrer überdrüssig, es war ihm unangenehm, mit ihr zusammenzusein, mit ihr zu schlafen. Es mußte ihr endlich gelingen, das Band zu durchtrennen, ihn freizugeben, ihn endlich in Ruhe zu lassen. Sie hoffte auf die Kränkung, die ihr dabei helfen würde, doch zu ihrem Entsetzen empfand sie nichts. Jedesmal, wenn sie Dmitrij mit einer anderen Frau im Haus verschwinden sah, überkam sie nur Apathie. Sie gehen jetzt hinauf, dachte sie, legen sich ins Bett und bumsen. Danach wird Dima ihr einen Kaffee bringen. Nach dem Kaffee werden sie zusammen duschen. Und danach wieder bumsen. Sie werden eng umschlungen einschlafen und eng umschlungen aufwachen. Warum fühle ich nichts? Warum weine ich nicht, warum raufe ich mir nicht die Haare? Ich weiß jetzt schon, daß ich am nächsten Donnerstag wieder zu ihm gehen werde, weil ich nicht anders kann. Armer, armer Dima, was tue ich dir an!

Lisa warf erneut einen Blick auf die Uhr. Es war schon nach elf, und es hatte keinen Sinn mehr, noch länger zu warten. Dima übernachtete ganz offensichtlich anderswo.

Zu Hause angekommen, öffnete sie leise die Wohnungstür und versuchte, unbemerkt in ihr Zimmer zu schlüpfen, doch ihr Vater hatte sie bereits gehört und kam aus der Küche. Wieder einmal stellte Lisa fest, daß er selbst in Jeans und T-Shirt aussah wie ein echter Militär: groß, stramm, muskulös. Er trug einen kurzen, vorschriftsmäßigen Haarschnitt und hatte diesen besonderen Gesichtsausdruck. Sie hätte diesen Gesichtsausdruck nicht zu beschreiben gewußt, sie sah nur, daß er besonders war, militärisch eben.

»Alles in Ordnung?« fragte der Vater mit einem prüfenden Blick auf seine Tochter. Er ging nie zu Bett, bevor sie nach Hause kam, egal, wie spät es wurde. Er liebte Lisa sehr.

»Alles in Ordnung«, sagte Lisa mit einem gequälten Lächeln.

»Hunger?«

»Nein, ich habe gegessen.«

»Probleme?«

General Vakar hatte sich zu Hause eine lakonische Redeweise angewöhnt. Wozu sollte er seine Kräfte auf Worte verschwenden, wenn seine Worte niemanden interessierten. Jelena gab sich seit dem Tod des Sohnes ganz und gar ihrer Trauer hin, kümmerte sich nicht mehr um den Haushalt. Und die Tochter ... Man mußte sich damit abfinden, daß Eltern für ihre Kinder immer uninteressant waren.

»Nein, keine Probleme, Papa. Ich bin müde. Ich dusche noch und gehe schlafen.«

»Gut. Dann bis morgen.«

Vakar hatte sich bereits umgewandt, um in sein Zimmer zu gehen, da berührte Lisa ihn am Arm.

»Papa ...«

»Ja?«

»Papa ... wann wirst du ...?«

»Sobald sich die Möglichkeit ergibt«, antwortete der General trocken. Er tat, was er tun mußte, aber er war unter keinen Umständen gewillt, sich auf Diskussionen einzulassen.

»Papa, bitte«, flehte Lisa mit Tränen in den Augen, »mach es bald! Ich kann nicht mehr. Ich habe keine Kraft mehr.«

»Hör auf«, sagte Vakar barsch, obwohl sich sein Herz beim Anblick der weinenden Tochter zusammenkrampfte. »Ich tue, was ich kann. Mehr kann ich dir nicht versprechen.«

Er ging schlafen, Lisa sank auf den Fußboden im Flur und weinte noch lange still vor sich hin, mit dem Kopf auf den Knien. Wenn alles nur schon vorüber wäre. Dann würde die Mutter vielleicht zur Besinnung kommen und wieder so werden wie früher. Und vielleicht würde dann endlich diese Rachsucht nachlassen, die wie Feuer in Lisa brannte. Vielleicht würde es ihr dann gelingen, mit den Tabletten aufzuhören und Dima in Ruhe zu lassen. Vielleicht, vielleicht ...

3

Als der wunderliche Bokr zum zweiten Mal bei Nastja auftauchte, war Ljoscha gerade bei ihr. Voller Entsetzen blickte er auf den Mann, der im langen Mantel, mit einer wollenen Skimütze auf dem Kopf und in Socken im Zimmer umherging. Diesmal waren seine Socken so gelb wie ein neugeborenes Entenküken.

Nach einem höflichen Gruß zog Ljoscha sich schnellstmöglich in die Küche zurück und begann, das Abendessen vorzubereiten. Durch die Wand hörte er Ausbrüche eines seltsamen, wiehernden Gelächters, vermischt mit kreischenden Lauten und Schluchzern. Nastja hatte ihn bereits am Morgen darauf vorbereitet, daß sie abends Besuch bekommen würde von jemandem, der für sie arbeitete, und Ljoscha war davon ausgegangen, daß es sich um einen Mitarbeiter der Miliz handeln würde. Aber daß Mitarbeiter der Miliz so aussehen konnten, hatte Ljoscha sich in seinen kühnsten Träumen nicht vorgestellt.

Nastja saß mit angezogenen Beinen auf dem Sofa, betrachtete die Farbfotos, die vor ihr lagen, und lauschte aufmerksam Bokrs Bericht.

»Das Mädchen wird von drei Personen beschattet. Einmal von diesem hier, Suren Udunjan. Er wurde zweimal verurteilt, einmal auf Bewährung, das zweite Mal zu Lagerhaft. Ein unguter Typ, durchtrieben und bösartig. Mir jedenfalls hat er nicht gefallen.«

»Er hat hübsche Augen«, bemerkte Nastja, während sie die Aufnahmen betrachtete, auf denen der liebenswürdige Armenier mit den großen leuchtenden Augen zu sehen war.

»Die Augen lügen«, erklärte Bokr fachmännisch. »Der zweite ist Igor Jerochin. Keine Haftstrafen, ledig, allein lebend. Durchschnittliche Intelligenz, aber von guter körperlicher Verfassung. Er fährt einen grellroten Audi. Der dritte ist der Witzigste von allen. Viktor Kostyrja.«

»Womit hat er Sie denn so erheitert?« wollte Nastja wissen. Der junge, etwa siebenundzwanzigjährige Mann auf dem Foto sah unscheinbar aus. Er hatte tiefe Geheimratsecken und einen langen, herabhängenden Schnurrbart.

»Er hat eine interessante Ausdrucksweise. Ich habe eine Menge origineller Ausdrücke von ihm gelernt. Einmal, als Jerochin ihn anfuhr, sagte er zum Beispiel ganz ruhig: ›Schrei nicht so, sonst fallen dir die Plomben raus.‹ Wie finden Sie das?«

Bokr brach in sein markerschütterndes, papageienhaftes Gelächter aus.

»Um es kurz zu machen, wir haben folgendes herausgefunden: Alle drei arbeiten als Weberschiffchen. Sie fahren ständig in die Türkei und nach Griechenland und kommen mit

Klamotten zurück. Sie haben ihre festen Großabnehmer, Händler, die die Ware auf den Märkten verkaufen. Und sie kontrollieren die Händler natürlich, damit die sie nicht bescheißen. Zum Beispiel bekommen sie siebenhundert Dollar für einen Biberpelzmantel, weil die Händler behaupten, daß Biberpelz gerade sehr schlecht geht und sie nicht mehr als tausend Dollar dafür verlangen können. Dann aber stellt sich heraus, daß der Mantel auf dem Markt für eintausendfünfhundert Dollar verkauft wird. Also hat man die Weberschiffchen betrogen.«

»Und was machen sie sonst noch?«

»Sie betreiben Marktforschung. Was ist im Trend, Farben, Größen, Modelle, Preise, denn die Händler können ihnen ja viel erzählen. Kurz, bei ihnen dreht sich alles um den Handel.«

»Sind es nur diese drei, von denen Dascha beschattet wird?«

»In drei Tagen haben wir nur diese drei gesehen.«

»Und ihr Verehrer, wird der auch beschattet?«

»Nein, der Verehrer ist sauber wie die Seele eines Neugeborenen. Im übrigen wird das Mädchen nicht ständig beschattet. Sie folgen ihr morgens bis zum ›Orion‹ und verduften, dann, nach zwei, drei Stunden tauchen sie wieder auf, drücken sich eine Weile vor dem Geschäft herum und verduften wieder. Aber abends, nach Geschäftsschluß, steht immer einer von ihnen da, darauf kann man Gift nehmen. Und der bleibt ihr dann auf den Fersen bis zur Haustür. So eine Epidersion ist das, Anastasija Pawlowna.«

»Epidersion« – das muß so etwas wie eine undurchschaubare Geschichte sein, übersetzte Nastja im stillen.

»Beschreiben Sie mir das Umfeld der Männer.«

»Sie kommen mit vielen Leuten zusammen, mit sehr vielen.« Bokr fuhr fort, gemessenen Schrittes im Zimmer auf und ab zu gehen, vom Fenster zur Tür, von der Tür zum Fenster. »Aber sie scheinen sich immer im selben Milieu zu bewegen. Händler, Reisebüros, wo sie ihre Flugtickets kaufen, der Flughafen Scheremetjewo, die Märkte von Konkowo, Petrowskij-Rasumowskij, Lushniki, der Sportclub der Armee,

Restaurants. Jeder von ihnen hatte in diesen drei Tagen mit mindestens hundert Personen Kontakt. Doch keine von diesen Personen fiel uns besonders auf, sie scheinen alle zu ein und demselben Kreis zu gehören.«

»Das ist schlecht«, sagte Nastja unzufrieden, »das gibt uns keinerlei Anhaltspunkte. Lassen Sie mir die Fotos da?«

»Versteht sich. Ich habe Ihnen außerdem Videoaufnahmen mitgebracht. Wir können schließlich etwas übersehen haben.«

»Ich habe keinen Videorecorder«, seufzte Nastja.

»Sie haben keinen Videorecorder?!« Bokr sah sie verblüfft an. »Das ist ja ein völliges Perdimonokel! Wie leben Sie denn?«

»Perdimonokel« ist offenbar so etwas wie ein Fiasko, erklärte sich Nastja im stillen. Das muß ich mir merken. In der Tat, wie lebe ich? Wie man eben lebt mit einem Milizionärsgehalt. Sogar den Computer muß ich mir von Ljoscha ausleihen.

»Ich bringe Ihnen einen Recorder, das ist kein Problem. Was sind Ihre neuen Anweisungen für uns?«

»Ich muß soviel wie möglich über diese drei Männer wissen. Ich erwarte von nun an Ihren täglichen Bericht. Wie sieht es aus mit der technischen Ausrüstung?«

Bokr lächelte hintersinnig. »Alles vorhanden.«

»Was ist vorhanden?«

»Alles«, antwortete Bokr ungerührt. »Machen Sie sich keine Sorgen. Wir haben alles, was nötig ist, um Ihnen die Informationen zu liefern, die Sie erwarten. Aber es gibt da eine Kleinigkeit.«

»Was für eine?« fragte Nastja stirnrunzelnd.

»Onkel Tolja hat uns gewarnt. Sie sollen sehr penibel sein, was die Einhaltung von Gesetzen betrifft.«

»Onkel Tolja? Wer ist das?«

»Anatolij Wladimirowitsch Starkow. Erinnern Sie sich?«

Starkow war der Chef von Denissows Aufklärungsdienst. Vor einem Jahr, als Nastja in der STADT war, hatte sie ihn kennengelernt. Starkow war ihr sympathisch. Sie wußte, daß

Eduard Petrowitsch Denissow von seinen Mitarbeitern Ed von Burgund genannt wurde, nach einem Nachkommen von Ludwig dem Heiligen. Aber daß Starkow Onkel Tolja hieß, hörte sie zum ersten Mal.

»Und was hat Starkow Ihnen gesagt?«

»Er hat gesagt, daß wir für die eine oder andere Operation unbedingt Ihre Erlaubnis einholen müssen, denn wenn wir etwas tun, das Ihnen nicht gefällt, können Sie sehr wütend werden. Und in der Wut, hat Onkel Tolja gesagt, sind Sie zum Fürchten.«

Bokr warf den Kopf zurück und ließ wieder sein durchdringendes, von Augenrollen und Schluchzern begleitetes Gelächter hören. Nastja stimmte in sein Gelächter ein.

»Anatolij Wladimirowitsch ist ein Spaßvogel«, bemerkte sie und wischte sich die Lachtränen aus den Augen. »Aber im Prinzip hat er recht. Ich möchte, daß Sie verstehen, worum es hier geht. Ich führe private Ermittlungen durch und weiß selbst noch nicht genau, worauf sie hinauslaufen. Mein Halbbruder Alexander hat sich an mich gewandt und mich gebeten, seine Freundin zu überprüfen, weil ihm ihr Verhalten verdächtig erscheint. Das Mädchen selbst behauptet, daß es beschattet wird. Ich möchte herausfinden, was sich hier abspielt. Die offiziellen Organe haben mit meiner Ermittlungsarbeit nichts zu tun, da bis jetzt kein krimineller Tatbestand vorliegt. Mein Chef weiß aber, daß ich Ihre Dienste in Anspruch nehme, insofern geschieht nichts Ungesetzliches. Das ist das eine. Bei Ihrer Arbeit dürfen Sie alle Methoden anwenden, die Ihnen zur Erfüllung der Aufgabe notwendig erscheinen, ausgenommen solche, die die Gesundheit oder gar das Leben eines anderen gefährden. Kurz, jede Art von Gewaltanwendung ist verboten, keine Waffen, keine chemischen Präparate. Das ist die Antwort auf Ihre Frage.«

»Und wie ist es mit Lügen? Ist das erlaubt?« fragte Bokr mit ernster Miene.

»Lügen ist erlaubt, ohne jede Einschränkung. Tauchen Sie in das Milieu ein, benutzen Sie alle Tricks, alle technischen

Hilfsmittel. Ich möchte mir ein genaues und vollständiges Bild von diesem Dreiergespann machen.«

Bokrs Nasenspitze begann plötzlich seltsam zu zucken.

»Ich glaube, Ihr Koch hat die Sauce anbrennen lassen. Riechen Sie es nicht?«

»Nein«, gestand Nastja, die während ihres Gesprächs mit Bokr sowohl Ljoscha als auch das Abendessen völlig vergessen hatte.

»Am Anfang hat es gut gerochen, ich wollte den Koch bereits loben, denn heutzutage macht sich ja kaum noch jemand die Mühe, Fleisch oder Fisch mit einer richtigen Sauce zuzubereiten. Aber jetzt hat sich der Geruch etwas verändert. Es riecht angebrannt. Ich gehe jetzt, Anastasija Pawlowna, und hole den Videorecorder für Sie.«

Nachdem Nastja Bokr hinausbegleitet hatte, steckte sie ihren Kopf durch die Küchentür.

»Was machst du denn da, Ljoschenka?« fragte sie mit einem schuldbewußten Blick in seine Augen. Das ging in der Tat zu weit. Ein hungriger Mann am Küchenherd, und sie saß da und schwatzte mit einem Knast-Morphologen dem Teufel ein Ohr ab.

»Ich mache Fleisch mit gedörrten Aprikosen«, antwortete Tschistjakow geschäftig, während er etwas sehr Wohlriechendes aus der Pfanne in eine feuerfeste Form goß. »Bist du fertig?«

»Ja, laß uns bald essen. Mir läuft das Wasser im Mund zusammen.«

»Wo ist dein Gast?«

»Der ist einen Videorecorder holen gefahren«, erklärte Nastja und holte Teller aus dem Schrank.

»Einen was?«

»Einen Videorecorder. Man hat Leute gefilmt, die mich interessieren. Ich muß mir die Videos anschauen.«

»Ein seltsamer Typ«, bemerkte Ljoscha, während er dampfende Kartoffeln und atemberaubend duftendes Fleisch auf die Teller lud.

»Warum seltsam?«

»Nun ja«, druckste Ljoscha herum, »wie ein Mitarbeiter der Miliz sieht er nicht gerade aus. Und sein Lachen klingt irgendwie schwachsinnig.«

»Er ist ja auch kein Mitarbeiter der Miliz.«

Nastja nahm die Gabel und begann seelenruhig zu essen.

»Und wer ist er dann?« erkundigte sich Tschistjakow mit der Gründlichkeit des Professors.

»Ein ehemaliger Lagerhäftling«, antwortete Nastja kurz, spießte ein Stück Essiggurke auf die Gabel und schob sie sich in den Mund.

»Wie bitte?« Ljoscha verschluckte sich und begann zu husten.

»Du hast richtig gehört«, erwiderte sie ungerührt, »ein Krimineller, ein Verbrecher.«

»Und mit dem hast du dich so amüsiert?« fragte Tschistjakow voller Entsetzen.

»Was hätte ich deiner Meinung nach sonst mit ihm tun sollen? Weinen? Oder mit ihm ins Bett gehen? Ljoschenka, Lieber, vergiß deine Bücherweisheiten. Das Leben ist, wie es ist, eine gesunde Psyche und einen entwickelten Intellekt erkennt man an der Fähigkeit, sich den Gegebenheiten des Lebens anzupassen. Verstehst du? Das Leben ist keineswegs so, wie es in Büchern beschrieben oder im Kino gezeigt wird. Es gibt keine absolut guten und keine absolut bösen Menschen, weil weder das absolut Böse noch das absolut Gute existiert. Es existiert einfach nicht. Das muß man wissen.«

»Aber was hat das damit zu tun, daß du einen Kriminellen in deine Wohnung einlädst und mit ihm herumblödelst? Er ist doch ein Verbrecher. Wie kannst du so etwas tun?«

»Warum denn nicht?« Nastja zuckte mit den Schultern. »Er ist genauso ein Mensch wie alle anderen. Vorläufig hat er nichts Verbotenes getan, soviel ich weiß. Für alles, was er einst verbrochen hat, hat er seine Strafe abgesessen. Versteh doch, Ljoscha, wenn ein Mensch ein Verbrechen begeht, muß er verfolgt und bestraft werden, aber das bedeutet doch nicht, daß man keinen Umgang mit ihm haben darf, daß man nicht über seine Witze lachen, ihm keinen Kaffee anbieten, sich mit ihm nicht an einen Tisch setzen darf. Man darf diesem Menschen einen Gefallen tun und sich ebenso einen Gefallen von ihm erweisen lassen. Es gibt normale menschliche Beziehungen, die man nicht abhängig machen darf von den Beziehungen zwischen einem Verbrecher und der Justiz. Der Richter darf ihm sagen, daß er schuldig ist und Strafe verdient, aber der Begleitsoldat, der ihn ins Lager bringt, hat deswegen noch lange nicht das Recht, ihn einen Schurken oder Schweinehund zu nennen. Der Verbrecher hat konkreten Menschen geschadet, und der Staat beschützt diese Menschen in deren und in seinem eigenen Namen. Den Begleitsoldaten geht das nichts an. Er hat die Aufgabe, den Verbrecher zu bewachen, sonst nichts. Es steht ihm nicht zu, zu richten oder moralische Urteile zu fällen.«

Ljoscha schob seinen leeren Teller beiseite und sah Nastja aufmerksam an.

»Nastja, hast du nicht das Gefühl, daß das, was du hier von dir gibst, zutiefst unmoralisch ist?«

»Vielleicht. Aber ich weiß genau, daß es noch viel unmoralischer ist, die Menschen in Gute und Böse zu unterteilen, in Verbrecher und Gerechte. So ein Standpunkt führt immer zur Tragödie.«

Nachdem Bokr den Videorecorder vorbeigebracht hatte, machte Nastja es sich im Sessel bequem und begann, die Gesichter, die Bewegungen, die Gestik und Mimik von Suren Udunjan, Igor Jerochin und Viktor Kostyrja zu studieren. Flughafen Sheremetjewo. Die drei schleppen schweres Gepäck und verladen es in einen Kleinbus. Jetzt befinden sie sich mit drei weiteren Weberschiffchen in einem Restaurant, ohne Frauenbegleitung. Twerskoj Boulevard, Jerochin wird vor dem »Orion« von Udunjan abgelöst. Jerochin ißt sein Sandwich zu Ende, trinkt einen Schluck aus einem Plastikbecher, wirft ihn in einen Abfalleimer und setzt sich in sein leuchtend rotes Auto. Udunjan nimmt seinen Beobachtungsposten ein und wartet geduldig, bis Dascha Sundijewa am Ende ihrer Schicht aus dem Geschäft heraustritt.

Und jetzt Viktor Kostyrja. Es ist später Abend, er verfolgt Dascha auf ihrem Heimweg von der Universität. Dascha betritt die Hofeinfahrt ihres Hauses, Kostyrja setzt sich auf eine Bank, hebt den Kopf und sieht hinauf zu den erleuchteten Fenstern. Der Timer auf dem Videorecorder zeigt 23.06 Uhr an. In der nächsten Aufnahme, es ist bereits 23.54 Uhr, schaut Kostyrja immer noch zu den Fenstern. In Daschas Fenster erlischt das Licht, Viktor steht auf und geht zur Telefonzelle. Er spricht nur sehr kurz. Offenbar bittet er jemanden, ihn abzuholen, denn in der nächsten Aufnahme, um 0.31 Uhr, steigt Kostyrja zu Jerochin ins Auto.

Jetzt wieder Igor Jerochin. Der Mann, den Nastja auf dem Twerskoj Boulevard gesehen hatte und den Dascha so sehr fürchtete. Ein Vielfraß. Stopft bei jeder Gelegenheit heiße Sandwiches in sich hinein. Er geht von der Metrostation »Konkowo« zum Markt. Um ihn herum Menschengewimmel, ein dichter Menschenstrom. Etwas in diesem Menschenstrom gefiel Nastja nicht.

Sie beschloß, den Film weiterlaufen zu lassen, in der Hoffnung, daß das ungute Gefühl faßbarer werden würde, aber sie irrte sich. Sie ließ auch das zweite Video bis zum Ende durchlaufen, aber das dumpfe Gefühl der Beunruhigung stellte sich nicht wieder ein. Sie spulte die erste Kassette wieder zurück, suchte die Stelle, die Jerochin auf dem Weg zum Markt von Konkowo zeigt, und sah sich diese Stelle noch einmal an, Sequenz für Sequenz, sehr langsam und aufmerksam, doch sie entdeckte wieder nichts.

Nastja holte sich einen Kaffee, setzte sich erneut vor den Fernseher, zündete sich eine Zigarette an und begann die ganze Prozedur noch einmal von vorn. In irgendeinem Moment glaubte sie, es gesehen zu haben ... hier ... hier war es ... Sie spulte noch einmal zurück und sah sich die Stelle erneut an. Doch nein, nichts. Das Gefühl der Beunruhigung blieb, aber der Grund dafür war nicht faßbar.

Sie mußte eine Pause machen und sich die Videos später noch einmal ansehen. Sie trat zu Ljoscha, der in die Arbeit am Computer vertieft war.

»Ljoschenka, kann ich dir helfen?«

»Du mir helfen? Was ist passiert?« Er räkelte sich wohlig auf seinem Stuhl. »Wahrscheinlich steht uns eine ökologische Katastrophe bevor.«

»Warum denn das?«

»Weil du mir deine Hilfe angeboten hast. Wahrscheinlich werden morgen alle Bären der Welt krepieren, und übermorgen setzt eine tropische Hitzewelle ein. Willst du mir wirklich helfen?«

»Ehrenwort. Ich muß mich für ein Viertelstündchen ablenken. Ich habe mich verrannt.«

»Dann setze diese Daten in die Tabelle ein. Und ich bereite inzwischen das Programm vor.«

Nastja machte sich gewissenhaft an die Arbeit. Die Therapie erwies sich als nützlich, denn die Arbeit erforderte ihre ganze Aufmerksamkeit und Konzentration. Nach einer halben Stunde war sie mit der Tabelle fertig und setzte sich wieder an den Fernseher. Erneut lief die Szene über den Bildschirm, die den Markt von Konkowo zeigte, Igor Jerochin in seiner ewigen braunen Lederjacke mit der eingerissenen Brusttasche und mit dem kleinen rot-blauen Sticker am Kragen. Es gelang ihr, sogar, die kleinen Muttermale zu entdecken, von denen Dascha gesprochen hatte. Eines über der Lippe und zwei neben dem Ohr. Das beunruhigende Gefühl wurde noch stärker, Nastja schien es, daß die Tür, die ins Unterbewußte und in den Gedächtnisspeicher führte, sich allmählich zu öffnen begann, immer weiter und weiter, im nächsten Moment würde helles Licht in den Raum einbrechen, und sie würde sehen ...

Das Läuten des Telefons unterbrach Nastja. Sie konnte fast körperlich fühlen, wie die Tür mit einem lauten Schlag wieder zufiel.

Der Anrufer war ihr Halbbruder Alexander. Er wartete ungeduldig auf Neuigkeiten.

»Hör zu, du mußt deine Schöne zu mir bringen«, sagte Nastja. »Ich möchte nur nicht, daß hinterher mein Dienstausweis fehlt. Sprich mit ihr, und ruf mich morgen im Büro an, dann werde ich dir sagen, wie du vorgehen sollst.«

»Hast du etwas herausgefunden ... etwas Unangenehmes?« fragte er vorsichtig.

»Nein, nichts Unangenehmes«, beruhigte Nastja ihn, »deshalb möchte ich mit Dascha offen sprechen. Es sieht so aus, als wäre sie in eine dumme Geschichte geraten, ohne selbst etwas davon zu wissen.«

»Und die Diebstähle?«

»Darüber werde ich nicht mit ihr sprechen. Das ist eine Sache für sich. Sie wird tatsächlich beschattet, und ich möchte herausfinden, welchen Grund das hat. Geh schlafen, Sascha, mach dir keine Sorgen.«

»Ich danke dir«, sagte er.

»Keine Ursache«, antwortete Nastja schmunzelnd, und im stillen fügte sie hinzu: Danke nicht mir, sondern dem obersten Mafioso der STADT. Er ist es, der die Ermittlungen im Zusammenhang mit deiner Dascha bezahlt. Wie du wohl reagieren würdest, Bruderherz, wenn du das wüßtest? In Ohnmacht würdest du nicht fallen, das mit Sicherheit nicht, aber dein Bild von mir würde wohl ganz schön ins Wanken geraten. Man muß sehr viele Verbrecher und Opfer kennengelernt haben, um aufzuhören, die Welt in Schwarz und Weiß aufzuteilen.

FÜNFTES KAPITEL

1

Bereits seit dem Morgen fiel ein scheußlicher, kalter Sprühregen, gegen Abend waren Viktors Kleider so klamm, daß sie ihm am Körper klebten. Doch er ertrug mannhaft alle Widrigkeiten und Unannehmlichkeiten der offenen Straße, auf der er sich ständig aufhalten mußte, um das goldhaarige, blauäugige Mädchen zu beschatten. Das Mädchen gefiel Viktor. Er war hundertprozentig sicher, daß Artjom sich irrte oder die Beschattung aus übertriebener Vorsicht angeordnet hatte und daß von dem Mädchen keinerlei Gefahr ausging. Aber Viktor Kostyrja war ein gewissenhafter und diensteifriger Mensch. Man hatte ihm befohlen, die Blonde zu beschatten, und er tat es ohne Widerspruch. Obwohl er wußte, daß es verlorene Liebesmüh war, daß das Mädchen völlig unverdächtig war.

Viktor schlenderte am Schaufenster des »Orion« entlang, wandte den Kopf ein wenig, schielte nach rückwärts und erblickte Dascha, die wie gewöhnlich vor dem Verkaufstisch stand und in einer Zeitschrift blätterte. Aufgrund der horrenden Preise, die man hier bezahlen mußte, war es in ihrer Abteilung meistens leer. In einer Dreiviertelstunde würde Dascha Feierabend haben, sie würde zur Universität fahren, sich danach mit ihrem bleichgesichtigen Langweiler treffen oder nach Hause fahren. Nach drei Wochen kannten Viktor Kostyrja, Igor Jerochin und Surik Udunjan ihren Tagesablauf auswendig. In den ersten zwei Wochen hatte sie mit ihrem Galan noch da und dort Besuche gemacht, jetzt fand auch das nicht mehr statt. Unbegreiflich, worum es Artjom ging. Ein ganz einfaches, naives Mädchen mit einem sonnigen Lächeln, sie arbeitete, studierte und traf sich mit einem verheirateten Mann. Nein, Viktor konnte beim besten Willen nichts an ihr erkennen, das diese vielstündigen, aufreibenden Verfolgungen quer durch die Stadt rechtfertigte.

Auf der Straße hielt der Wagen des bleichgesichtigen Galans, er stieg aus und betrat das Geschäft. Viktor sah durch das Schaufenster, wie er und das Mädchen sich küßten, danach begann Dascha, sich fertig zu machen, irgendwelche Utensilien in ihrer Handtasche zu verstauen, Mantel und Stiefel anzuziehen. Viktor entfernte sich vom Eingang, um nicht mit ihnen zusammenstoßen, wenn sie herauskommen würden, und um das Auto des Bleichgesichts besser im Auge behalten zu können.

Nach einer Weile betraten die beiden die Straße, sie gingen langsam zum Auto, stiegen aber nicht ein. Das Bleichgesicht holte eine große Einkaufstasche aus dem Inneren des Wagens und schloß die Tür wieder ab. Sie schlenderten über den Twerskoj Boulevard, kauften in fast jedem Geschäft etwas ein, die Tasche füllte sich mit teuren, wahrscheinlich sehr schmackhaften Lebensmitteln. An einem Kiosk erstanden sie eine Flasche weißen Martini, aber vorher diskutierten sie so lange miteinander, daß es Viktor gelang, den Abstand zu verringern und so dicht an sie heranzutreten, daß er ihr Gespräch belauschen konnte.

»Ich weiß genau, daß es kein roter Martini war und auch kein Rosé. Er behauptet, daß er gegen Rotwein allergisch ist. Sollen wir diesen da nehmen oder lieber den Extra dry, was meinst du?«

»Das mußt du wissen«, antwortete das Bleichgesicht, »er ist schließlich dein Chef und nicht meiner. Du kennst seinen Geschmack besser.«

»Gut, riskieren wir es und nehmen den da. Den ganz trockenen finde ich nicht so gut.«

Sie gingen in das nächste Geschäft, Kostyrja wartete auch diesmal draußen. Er sah keinen Sinn darin, ihnen in den Laden zu folgen, es wäre sogar gefährlich gewesen. In dem Gedränge, das im Innern des großen Geschäfts herrschte, hätte er sie leicht verlieren können. Seine Aufgabe bestand darin, herauszufinden, für wen die schöne Goldhaarige tatsächlich arbeitete, und die Antwort auf diese Frage würde er wohl kaum in einer Menschenschlange bekommen, die nach Räucherwurst oder Bananen anstand.

Viktor besann sich, als das Geschäft sich bereits zu leeren begann und er eine Frau in einem weißen Kittel erblickte, die sich am Eingang aufgestellt hatte. Alle raus, niemand mehr rein, sagte ihre kategorische Pose. Er schritt schnell an den Schaufenstern entlang und suchte mit den Augen das Innere der schon fast völlig leeren Verkaufsräume ab. Dascha und das Bleichgesicht waren nirgends zu sehen. Wohin, zum Teufel, waren sie verschwunden?

Kostyrja eilte um die Ecke des Hauses und suchte nach dem Lieferanteneingang. Er stellte fest, daß er ganz in der Nähe dieses Eingangs gestanden hatte, so daß die beiden das Geschäft unmöglich durch diese Tür verlassen haben konnten, ohne von ihm bemerkt zu werden. Sie waren wie vom Erdboden verschluckt.

Im Innern des Geschäfts waren nur noch ein paar Leute zu sehen, und Viktor kam plötzlich der Gedanke, dem Mädchen oder dem Bleichgesicht könnte schlecht geworden sein, und sie hatten darum gebeten, die Toilette benutzen zu dürfen. Er verlor die Nerven, machte sich verrückt, während die beiden im nächsten Moment oder vielleicht auch erst einige Minuten nach Ladenschluß seelenruhig auf die Straße treten würden.

Viktor wartete noch zehn Minuten und mußte seine letzte Hoffnung schließlich begraben. Es war offensichtlich, daß die Goldhaarige und das Bleichgesicht ihn ausgetrickst hatten. Und wie geschickt sie es angestellt hatten! Sie mußten ihm direkt vor der Nase entwischt sein. Also hatte Artjom recht, ganz so naiv, wie er dachte, war das Goldköpfchen nicht.

Während Viktor Kostyrja zu seinem Auto zurückging,

dachte er daran, wie klug Artjom Resnikow doch war, mit seinem sechsten Sinn hatte er sofort die Gefährlichkeit des Mädchens gewittert. Und er, Viktor, hatte diese Gefährlichkeit drei Wochen lang nicht erkannt. Nun hatte sie ihn an der Nase herumgeführt und ihn zum Trottel gemacht. Er würde jetzt zu Artjom gehen und ihm alles erzählen müssen, und Artjom würde wieder zu schreien anfangen und ihn mit Vorwürfen überschütten. Aber es gab Schlimmeres, er würde es aushalten. Für gutes Geld konnte man so etwas und noch viel mehr in Kauf nehmen.

2

»Als Sascha mir von Ihnen erzählt hat, Anastasija Pawlowna, bin ich fast in Ohnmacht gefallen. Was für eine grandiose Schauspielerin Sie sind! Zweimal waren Sie bei mir im Geschäft, und ich habe nichts gemerkt. Nie wäre ich auf die Idee gekommen, daß Sie Saschas Halbschwester sind und bei der Miliz arbeiten. Anastasija Pawlowna, ich schäme mich so für das, was ich gesagt habe.«
»Was hast du denn gesagt?«
»Als Sie mich gefragt haben, warum ich mich nicht an die Miliz wende, habe ich Ihnen geantwortet, daß man mich dort für eine Verrückte halten wird. Sind sie mir böse?«
Dascha schnatterte schon seit einer halben Stunde, sie war völlig aufgewühlt von den geheimnisvollen Vorgängen, in die sie verwickelt war. Gestern spätabends hatte Sascha ihr gesagt, daß er über eine sehr ernste Angelegenheit mit ihr sprechen müsse. Er erzählte ihr von seiner Halbschwester, die bei der Kripo arbeitete und herauszufinden versuchte, warum und von wem Dascha beschattet wurde. Dann stellte sich heraus, daß jene Kundin, die vor kurzem zweimal hintereinander sehr teure Kleider gekauft und der Dascha von der Beschattung erzählt hatte, Saschas Halbschwester war. Dascha hatte sich noch nicht von der Überraschung erholt, da machte Sascha

ihr eine neue Eröffnung. Sie mußten unbemerkt von den Beschattern in die Wohnung seiner Halbschwester gelangen. Deshalb würden sie abends nach Daschas Arbeitsschluß vom »Orion« zu dem Geschäft hinübergehen, das sich unmittelbar neben dem Hotel befand. Dort würde man sie erwarten.

Das alles war zuviel für die an ein geordnetes Leben gewöhnte Dascha Sundijewa, und sie konnte sich nicht beruhigen. Nastja wurde allmählich ungeduldig, sie wollte endlich zur Sache kommen, doch dazu brauchte sie Daschas Aufmerksamkeit und Konzentration.

»Haben Sie denn gar keine Angst, bei der Kripo zu arbeiten, Anastasija Pawlowna? Das muß doch sehr gefährlich sein.«

Nastja lächelte höflich und erklärte mit knappen Worten, daß jede Arbeit auf ihre Weise gefährlich sei. Auch einem Hauswart könne ein Ziegel oder ein Eiszapfen auf den Kopf fallen, außerdem könne man jederzeit von einem Auto überfahren werden.

»Haben Sie auch eine Pistole, Anastasija Pawlowna? Mußten Sie schon einmal schießen? Ich möchte zu gern wissen, ob ...«

»Schluß, Dascha«, unterbrach Nastja das Mädchen entschieden. »Unsere Zeit ist begrenzt, laß uns zur Sache kommen!«

Das enthusiastische Lächeln verschwand sofort aus Daschas reizendem Gesichtchen, sie wurde ernst und ruhig.

»Entschuldigen Sie«, sagte sie schuldbewußt. »Ich habe nicht daran gedacht, daß ich Sie aufhalte. Sie sind im Dienst, und ich stehle Ihnen die Zeit mit meinen Kindereien. Verzeihen Sie, Anastasija Pawlowna.«

Da hast du es, du Ekel, dachte Nastja voller Groll gegen sich selbst. Du hast dieses Mädchen zweimal gesehen, dir ist seine Feinfühligkeit und Klugheit aufgefallen, sie hat auf deiner Skala so viele Pluspunkte erreicht wie selten jemand. Warum behandelst du sie jetzt wie eine dumme Pute? Warum hast du ihr nicht gleich gesagt, daß für Schwärmereien keine Zeit ist? Offenbar wirst du es nie lernen, dich so zu verhalten, daß andere sich nicht verletzt fühlen.

Sie breitete vor Dascha die Farbfotos aus, die Bokr ihr am Vortag gebracht hatte.

»Sieh dir diese Aufnahmen bitte aufmerksam an. Erkennst du jemanden darauf?«

»Diesen da.« Dascha deutete auf ein Foto von Jerochin. »Das ist der, den ich Ihnen gezeigt habe vor dem ›Orion‹. Erinnern Sie sich?«

»Noch jemand, den du erkennst?«

Dascha betrachtete aufmerksam die Fotografien, dann deutete sie unsicher auf eine Aufnahme von Udunjan.

»Den habe ich auch schon gesehen. Aber an irgendeinem anderen Ort, ich erinnere mich nicht ... Er ist mir aufgefallen. Ein dunkelhaariger Mann mit hellen Augen – das ist selten. Und seine Augen waren so groß und leuchtend ... Aber wo ist er mir begegnet?«

»Beschattet er dich auch?« wollte Nastja wissen.

»Nicht daß ich wüßte, aber ich bin sicher, daß ich mir sein Gesicht nicht im Zusammenhang mit der Beschattung gemerkt habe.«

»Und warum bist du so sicher?« fragte Nastja. »Du erinnerst dich daran, daß du ihn gesehen hast, aber weißt nicht mehr, wo. Dafür weißt du genau, wo du ihn nicht gesehen hast. Habe ich dich richtig verstanden?«

»Verstehen Sie, Anastasija Pawlowna, ich schaue sein Gesicht an und empfinde dabei keine Angst. Aber wenn ich den hier sehe«, sie deutete mit dem Finger auf das Foto von Jerochin, »wird mir schwindlig vor Angst, weil ich dieses Gesicht mit der Beschattung verbinde. Aber der mit den großen Augen macht mir keine Angst, das bedeutet, daß ich ihn in irgendeiner neutralen Situation gesehen habe.«

»Das macht Sinn«, gab Nastja zu. Die Szene in Konkowo, die sie am Vorabend auf dem Video gesehen hatte, ließ ihr nach wie vor keine Ruhe. Sie begriff immer noch nicht, was sie an dieser Szene so aufregte.

»Und den da habe ich noch nie gesehen.« Dascha deutete auf ein Foto, auf dem Viktor Kostyrja mit einer Dose Bier in der Hand zu sehen war. »Sein Gesicht sagt mir überhaupt nichts.«

»Und dennoch ist er dir auf den Fersen«, seufzte Nastja. »Du kannst dich selbst davon überzeugen.«

Sie stellte den Videorecorder an. Auf dem Bildschirm erschien Dascha, dann der ihr unbeirrt folgende Viktor Kostyrja. Jetzt saß Viktor auf der Bank vor ihrem Haus und blickte hinauf zu den Fenstern. Das Licht erlosch, Viktor ging zur Telefonzelle und wurde kurz darauf von einem Wagen abgeholt.

Daschas Gesicht war weiß geworden wie eine Leinwand.

»Wissen Sie«, sagte sie leise, »ich wollte das alles nicht glauben. Ich habe Angst gehabt, schreckliche Angst, aber ich habe mir immer gesagt, daß ich mich täusche, daß es unmöglich ist, daß ich es mir einbilde. Jetzt werde ich mich mit diesem Gedanken nicht mehr trösten können.«

Nastja fühlte plötzlich Mitleid mit dem verschreckten Mädchen, das, ohne es zu wissen, für jemanden zur Gefahr geworden war. Aber sofort rief sie sich zur Ordnung. Denk an die verschwundenen Papiere, schärfte sie sich ein, denk an die Diebstähle, wenn du Mitleid mit ihr bekommst.

Sie spulte die Kassette zurück und bat Dascha, das ganze Video von Anfang bis Ende anzuschauen.

»Sieh bitte genau hin, womöglich siehst du noch irgendwelche dir bekannten Gesichter.«

Dascha erfüllte die ihr gestellte Aufgabe mehr als gewissenhaft. Sie hielt das Band immer wieder an, studierte lange die Gesichter auf dem Bildschirm, spulte das Video mehrmals zurück und sah sich die zurückliegenden Sequenzen noch einmal an. Nastja saß auf dem Sofa, sie hatte den Kopf in den Nacken geworfen und die Augen geschlossen, sie wollte sich entspannen und einschlafen, aber statt dessen mußte sie warten, bis dieses seltsame Mädchen sich zwei Videos von je anderthalb Stunden Dauer bis zum Ende angesehen hatte. Ljoscha saß in der Küche und machte kultivierte Konversation mit ihrem Halbbruder Alexander. Es war bereits zehn Uhr, aber vor eins würde Nastja nicht ins Bett kommen, und am nächsten Tag mußte sie um sieben wieder aufstehen.

»Diesen Mann da habe ich schon einmal gesehen«, hörte sie Dascha plötzlich sagen. »Ich erinnere mich genau, es war in der Metro, an genau dem Tag, als dieser Verrückte mich belästigt hat.«

Nastjas Müdigkeit war wie weggeblasen. Sie sprang vom Sofa auf wie von der Tarantel gestochen und stürzte zum Bildschirm.

»Welchen?«

»Diesen da.«

Dascha hielt das Band an und deutete auf einen korpulenten, halb kahlköpfigen Mann in einem braunen Regenmantel, der zusammen mit Jerochin und Kostyrja ein Restaurant betrat.

»Und du irrst dich nicht?«

»Anastasija Pawlowna, in meinem Beruf erwirbt man ein sehr gutes Personengedächtnis. Warten Sie ...« sie verstummte, dann wurde sie wieder lebhaft. »Ja, natürlich, und den mit den auffälligen Augen habe ich auch an diesem Tag gesehen. Ebenfalls in der Metro.«

Nastja spürte, wie ihr heiß wurde. Sie begriff, daß endlich der Punkt gefunden war, nach dem sie so lange gesucht hatte. Wenn der Faden nur nicht wieder abriß!

»Dascha, beruhige dich und erzähle. Langsam, der Reihe nach, spring nicht von einem Punkt zum anderen. Und versuche, so genau wie möglich zu sein, laß nichts weg, und übertreibe nichts.«

Idiotin, tadelte sie sich innerlich sofort. Du hast dich doch eben erst davon überzeugt, daß sie keine dumme Gans ist. Warum beleidigst du sie schon wieder?

Doch zum Glück dachte Dascha nicht daran, beleidigt zu sein.

... An jenem Tag hatte sie eine Freundin besucht und war von dort zur Metrostation »Taganskaja« gefahren, wo sie mit Sascha verabredet war. Die Freundin hatte ein kleines Kind und einen sehr ulkigen Hund. Während die Mutter mit ihrer Besucherin in der Küche Tee trank, bemächtigten sich die beiden, Kind und Hund, Daschas Handtasche, die sie auf dem Fußboden im Flur zurückgelassen hatte. Als den beiden Freundinnen die anhaltende, verdächtige Stille in der Wohnung aufgefallen war und sie nachsehen gingen, entdeckten sie, daß der Dreikäsehoch der Reihe nach den Geschmack der Gegenstände kostete, die er Daschas Handtasche entwendet hatte, während der Spaniel Goscha sich mit derselben Hingabe mit seinem Teil der Beute beschäftigte. Der ganze Inhalt der Handtasche war kunterbunt auf dem Fußboden verstreut. Notizbuch, Schlüssel, Papiertaschentücher, Handschuhe. Dascha hatte nicht mehr viel Zeit, sie wollte Sascha nicht warten lassen, deshalb sammelte sie ihre Habe in großer Eile auf, stopfte sie hastig in die Handtasche zurück und lief zur Metro.

Während sie bereits auf der Rolltreppe stand, fiel ihr plötzlich ein, Goscha könnte irgendeinen lebenswichtigen Gegenstand aus ihrer Handtasche irgendwo in der Wohnung vergraben haben. Sie öffnete ihre Handtasche und begann in ihr zu kramen. Sie ertastete den Wohnungsschlüssel, aber der Schlüssel zum Safe war nicht auffindbar. Der Geschäftsführer des »Orion« hatte den Verkäuferinnen oft genug eingeschärft, daß sie mit dem Schlüssel zum Safe besonders sorgsam umgehen müßten.

Nachdem sie die Rolltreppe verlassen hatte, verlangsamte sie ihren Schritt und begann noch einmal zu suchen. Notfalls mußte sie noch einmal zur Wohnung ihrer Freundin zurücklaufen. Zwar würde sie dann zu spät zum Treffen mit Sascha kommen, aber das war immer noch besser, als sich am nächsten Tag die Strafpredigt des Direktors anzuhören.

Sie geriet in den Gegenstrom der Fahrgäste, die soeben die Bahn verlassen hatten und zur Rolltreppe drängten. Mühsam zwängte sie sich durch die Masse hindurch zu einer etwas ruhigeren Stelle des Bahnsteigs. Direkt vor ihr öffnete ein Mann in einem braunen Regenmantel eine Aktentasche, machte eine ungeschickte Bewegung, und der ganze Inhalt der Tasche ergoß sich auf den Boden. Dascha stand dicht neben ihm und kramte beharrlich in ihrer Handtasche. Der Mann im Regenmantel begann, die verlorenen Gegenstände wieder aufzusammeln, dabei bewegte er sich seltsam verkrampft, so, als würde ihm etwas weh tun. Ein vorübergehender junger Mann bückte sich, hob ein abseits liegendes Feuerzeug auf und reichte es dem Mann. Der junge Mann trug einen sehr auffälligen Ring am Finger, und Daschas Blick saugte sich daran regelrecht fest. Der Ring stellte etwas in der Art eines Kettenpanzers dar. Die zwischen den Kettengliedern angeordneten schwarzen Steine bildeten irgendein mysteriöses Symbol.

Dascha begriff plötzlich, daß sie sich geradezu unanständig benahm. Sie stand da und starrte einen völlig fremden Mann an. Sie hob die Augen schüchtern zu dem Gesicht des Dicken im Regenmantel, dem der junge Mann mit dem Ring soeben das Feuerzeug gereicht hatte, und schickte sich zu einem freundlichen Lächeln an, stieß aber mit einem so kalten und bösen Blick zusammen, daß sie sofort weiterlief.

Nachdem sie den Übergang zur anderen Station überquert hatte, setzte sie die Suche nach dem unseligen Schlüssel fort und verpaßte deshalb sogar ihre Bahn. Aber Gott sei Dank war der Schlüssel dann doch in ihrer Handtasche.

Kaum hatte sie sich mit den anderen Fahrgästen in die nächste Bahn gezwängt, spürte sie plötzlich eine Hand zwischen ihren Beinen. Schon seit ihrer Kindheit kannte Dascha diese perversen Lustmolche, die sie in öffentlichen Verkehrsmitteln belästigten. Sie drehte sich abrupt um und blickte in ein blasses, eingefallenes Gesicht mit dunklen, nach innen gerichteten Augen, in denen der Wahnsinn stand.

»Verschwinde!« zischte sie ihn an, leise, aber sehr bestimmt. Sie war so aufgebracht und wütend, daß sich ihre Gesichtsmuskeln verzerrten.

Der Mann schob sich durch den überfüllten Wagen zur gegenüberliegenden Tür. Dascha holte einen Notizblock aus ihrer Handtasche und begann, die äußeren Kennzeichen des Psychopathen zu notieren, der während der Stoßzeit sein Unwesen in der Moskauer Metro trieb. Dascha zweifelte keinen Augenblick daran, daß sie den Vorfall bei der Miliz melden mußte, aber sie wollte nicht zu spät kommen zu ihrem Treffen mit Sascha. Deshalb wählte sie die Variante, die ihr am einfachsten und richtigsten erschien: Sie notierte die äußeren Kennzeichen des Mannes mit der Absicht, den Zettel dem diensthabenden Milizionär in der Metro zu übergeben. Der würde dann das Nötige veranlassen.

Während sie schrieb, warf sie dem Wüstling immer wieder empörte, böse Blicke zu und bemerkte, daß er eine Hand in der Manteltasche hatte. Natürlich, dachte sie, mit einer Hand fummelt er an den Frauen herum, mit der anderen onaniert er, dieser Widerling. Und in diesem Moment erblickte sie den helläugigen Kaukasier, der ganz in der Nähe des Wichsers stand. Für den Bruchteil einer Sekunde traf sich ihr Blick mit dem seinen. Dascha wollte lächeln, doch der Kaukasier wandte sich ab.

Nachdem sie an der »Taganskaja« ausgestiegen und mit der Rolltreppe nach oben gefahren war, erblickte sie den jungen Milizionär mit dem rosigen, noch kindlich pummeligen Gesicht.

»Auf der Ringstrecke der Metro ist ein Mann unterwegs, der Frauen belästigt«, sagte sie und reichte dem Milizionär den Zettel. »Ich habe beschrieben, wie er aussieht, veranlassen Sie bitte das Nötige.«

Bevor der Milizionär antworten konnte, war Dascha schon zum Ausgang gelaufen. Draußen erwartete sie Sascha, sie stieg zu ihm ins Auto, und sie fuhren los. Das war die ganze Geschichte.

»An welchem Tag war das?« fragte Nastja.

»An einem Donnerstag«, antwortete Dascha prompt, »dienstags und donnerstags habe ich abends keinen Unterricht. Ich glaube, es war der letzte Donnerstag im September. Ja, ganz genau.«

»Bist du ganz sicher, daß es der Donnerstag und nicht der Dienstag war?«

»Ja, ich bin ganz sicher. Der Dienstag kann es nicht gewesen sein, weil meine Freundin am Dienstag Geburtstag hatte. Ich habe ihr per Telefon gratuliert, und wir haben uns für den Donnerstag verabredet.«

Nastja sah auf den Kalender. Der letzte Donnerstag im September war der neunundzwanzigste. Ihr begannen die Hände zu zittern. Der neunundzwanzigste September war der Tag, an dem bei der Metrostation »Taganskaja« ein Milizionär ermordet wurde, Sergeant Maluschkin aus der Abteilung für öffentliche Sicherheit in der Metro.

3

Artjom Resnikow wälzte sich schwerfällig von einer Seite auf die andere und preßte einen mit Eis gefüllten Gummibeutel an seine rechte Bauchseite. Sein Gesundheitszustand war für sein Alter nicht der beste, mal drückte es da, mal dort, mal mußte er Magenmittel einnehmen, mal Antihistaminika. In den letzten Jahren hatte er zugenommen, obwohl er auf seine Ernährung achtete, Fettes und Süßes vermied, aber offenbar hatte der Stoffwechsel nachgelassen. Da half keine Diät mehr, er mußte entweder zum Arzt gehen oder sich mit seinem Zustand abfinden.

»Wie geht es dir, mein Häschen?« Das Zimmer betrat Resnikows Frau, eine hagere, schon völlig ergraute Person mit einem jungenhaften Kurzhaarschnitt.

Sie war acht Jahre älter als Artjom, sie hatte ihn nicht aus Liebe, sondern aus Berechnung geheiratet, aber inzwischen hatte sich alles verändert. Resnikow war lange und leidenschaftlich in sie verliebt gewesen, während sie, seine Nachbarin, die zwei Stockwerke über ihm wohnte, ein Leben führte, das weder mit der Ehe noch mit dem komischen, bebrillten Artjom vereinbar war. Sie hatte viele Männer, viel Geld, sie war schön, charmant und anspruchsvoll, während Artjom wenig Geld hatte, und Schönheit und Charme fehlten ihm ganz.

Dafür war er sehr ehrgeizig und besaß eine offenkundige Begabung für die exakten Wissenschaften. Die an Luxus gewöhnte Irina hielt sich ihn für alle Fälle warm, denn man konnte ja nie wissen. Und irgendwann kam tatsächlich der Tag, an dem sie froh sein mußte, daß ihr wenigstens der Spatz in der Hand geblieben war.

Über Nacht hatte sie plötzlich allein und mittellos dagestanden, und zudem war sie im siebten Monat schwanger. Sie hatte nie ein Kind gewollt und es nur behalten, um den Mann an sich zu binden, der für sie der Feuervogel aus dem Märchen war. Dieser Mann hatte alles, was sie wollte, und sie setzte auf diese Karte mehr, als sie eigentlich besaß. Sie brach kategorisch mit allen anderen Männern und tauschte ihre Wohnung gegen eine andere, da sie im Haus für ihre vielen Liebschaften bekannt war. Der Wohnungstausch verschlang ihre gesamten Ersparnisse und Geldanlagen, denn die neue Wohnung lag mitten im Zentrum (damit ER es nicht so weit zur Arbeit hatte) und war luxuriös auf zwei Ebenen angelegt. Jetzt lag alles nur noch an ihm. Er mußte sich scheiden lassen, damit das neue Leben beginnen konnte. Liebe, Vergnügen, gemeinsame Reisen und andere Freuden.

Leider stellte sich bald darauf heraus, daß das Objekt ihrer Begierde die Ausreise ins Ausland beschlossen hatte, natürlich zusammen mit seiner gesetzlichen Ehefrau, die seltsamerweise ebenfalls ein Kind erwartete, und das, im Gegensatz zu Irina, nicht zum ersten Mal. Die Qual der Wahl währte für Irinas Geliebten nicht länger als zweieinhalb Minuten. Sie blieb allein zurück, mit einer pompösen Wohnung und einem ziemlich dicken Bauch. Sie besaß keine Ausbildung, keinen Beruf, keine verläßliche Geldquelle, nur die rosige Aussicht auf schmutzige Windeln, schlaflose Nächte, Kinderkrankheiten und Hoffnungslosigkeit.

An diesem Punkt ihres Lebens erinnerte sie sich an den komischen, linkischen Artjom, der sie schon so lange und rührend liebte. Seit er neunzehn war und sie siebenundzwanzig, hatte sie ihm manchmal ihren freigebigen Körper angeboten wie die Überbleibsel eines üppigen Festmahls, aber Resnikow war ihr auch dafür dankbar gewesen. Es war nicht nötig, ihn zu überreden, er verstand alles bei der ersten Andeutung.

»Natürlich werden wir heiraten, Ira, und das Kind wird als das meine gelten. Ich werde alles tun, damit das Kind es gut hat. Das Kind und du natürlich.«

Seither waren vierzehn Jahre vergangen. Und Irina hatte ihre Entscheidung keine Sekunde lang bereut. Sie war jetzt fünfundvierzig, ihr vierzehnjähriger Sohn lebte als Schüler eines Colleges in England, ihr Mann machte große Geldgeschäfte. Mit Dankbarkeit dachte sie an den, der sie verlassen hatte. Jetzt war alles genau so, wie es mit ihm gewesen wäre, mit einem kleinen Unterschied allerdings: der andere hätte sie nicht so zärtlich und hingebungsvoll geliebt wie Artjom. Irina erwiderte die Gefühle ihres Mannes fast uneingeschränkt, sie sorgte sich rührend um ihn, wenn er sich unwohl fühlte, trieb alle denkbaren und undenkbaren Medikamente für ihn auf, brachte ihm das Frühstück ans Bett und hatte immer einen Eisbeutel für ihn bereit.

»Wie geht es dir, mein Häschen?« fragte sie ihren Mann zärtlich.

»Geht schon«, brummte Artjom mürrisch.

»Kann ich dir irgend etwas bringen?«

»Nicht nötig, ich stehe selbst auf. Gleich kommen Kostyrja und Igor, und etwas später erwarte ich Surik.«

»Ist etwas passiert?« fragte Irina besorgt. Sie wußte über die kriminellen Machenschaften ihres Mannes bestens Bescheid. »Was wollen sie denn jetzt, mitten in der Nacht?«

»Kostyrja hat die Spur einer jungen Frau verloren, die wir beschatten«, antwortete Resnikow mit schmerzverzerrtem Gesicht. »Dieser verdammte Blindgänger. Das Weibsbild hat drei Wochen lang den Unschuldsengel gespielt, sie sind darauf hereingefallen und haben nicht mehr genug aufgepaßt. Jetzt haben wir die Bescherung.«

Als die Gäste erschienen waren, deckte Irina flink den Tisch. Es war eine eiserne Regel im Hause Resnikow, daß der Kühlschrank immer gefüllt sein und für jeden Gast der Tisch gedeckt werden mußte.

»Jetzt erzähl, was passiert ist«, befahl Artjom mit ruhiger Stimme. »Hast du sie aus den Augen verloren, oder hat sie dich ausgetrickst?«

»Ich habe mich absolut an die Regeln gehalten«, anwortete Kostyrja bissig. »Zu nah durfte ich ihr ja nicht kommen, meine Fresse ist zu auffällig. Wenn sie irgendein Gebäude betreten hat, habe ich sofort geprüft, ob es irgendwo einen zweiten Ausgang gibt, durch den sie entwischen könnte.«

Das entsprach nicht ganz der Wahrheit. An einen möglichen zweiten Ausgang dachte Viktor in der Regel nicht, doch in diesem konkreten Fall hatte sich der Hintereingang des Geschäfts direkt vor seinen Augen befunden, und er hätte schwören können, daß die Goldhaarige und das Bleichgesicht das Geschäft nicht durch diese Tür verlassen hatten.

»Und wie konnte es dann passieren, daß du sie aus den Augen verloren hast?«

»Ich weiß es nicht.« Viktor zuckte mit den Schultern. »Ich habe das ganze Gebäude untersucht, das Geschäft besitzt keine anderen Ausgänge.«

Auch hier sagte Viktor nicht die Wahrheit, aber seine Lüge erschien ihm harmlos. Letztlich war es ja egal, wie sie ihm entwischt war. Vielleicht besaß das Geschäft noch zehn andere Ausgänge, aber das alles änderte nichts an der Tatsache als solcher. Durch seine Lüge ersparte er sich wenigstens einen Teil der Vorwürfe und Verhöhnungen.

»Sie hat sich in Luft aufgelöst wie der Morgennebel über dem Berg Ararat«, höhnte Surik und zeigte seinen bemerkenswerten Augenaufschlag.

»Halt's Maul, sonst erfrieren dir die Zähne«, konterte Kostyrja.

»Seid friedlich, Jungs. Wer Knoblauchsauce zum Huhn will, soll die Hand heben«, versuchte Irina zu beschwichtigen. Sie hatte eine große Abneigung gegen Konflikte in ihrem Haus.

»Für mich«, meldete sich Surik sofort.

»Für mich auch.« Igor hob die Hand.

Artjom lehnte ab. Er preßte mit dem Ellenbogen den Gummibeutel mit dem Eis an seine rechte Seite.

»Und was ist mit dir, Viktor?« erkundigte sich Irina liebevoll. »Soll ich dir was drübergießen?«

»Auf keinen Fall, Irina Wsewolodowna«, mischte Surik sich wieder ein. »Knoblauch schwächt den Geruchssinn, und Kostyrja hat sich heute so blamiert, daß er als Spürhund vom Dienst seinen Geruchssinn nicht riskieren darf.«

»Halt die Klappe, sonst spuckst du noch deinen Verstand aus«, warnte ihn Kostyrja, »du hast ja sowieso nicht gerade viel davon.«

»Schluß mit den Kindereien!« unterbrach Artjom sie barsch. »Kostyrja, was hast du noch zu berichten?«

Viktor hatte bereits den Mund geöffnet, um von dem Gespräch zu erzählen, das er am Kiosk belauscht hatte, doch er hielt sich rechtzeitig zurück. Denn das Mädchen war ihm ja nicht allein entwischt, sondern zusammen mit dem Bleichgesicht. Womöglich ging es gar nicht um sie, sondern um ihn. Vielleicht war er der Boß. Und die Sache war die, daß er, Viktor, als erster den Auftrag bekommen hatte, den bleichgesichtigen Alexander Kamenskij aufs Korn zu nehmen. Nach einigen Tagen Beschattung hatte er einen detaillierten Bericht geliefert und versichert, Kamenskij sei nicht von Interesse, sowohl sein Verhalten als auch sein Umfeld seien völlig unverdächtig. Artjom hatte sich auf seine Meinung verlassen, und die ganze Aufmerksamkeit galt von da an der Goldhaarigen und ihren Kontaktpersonen. Jetzt aber sah es so aus, als hätte Viktor Kostyrja sich getäuscht, als führte die gesuchte Spur doch zum Bleichgesicht. Nicht auszudenken, was passieren würde, wenn es tatsächlich so war! Artjom würde nicht nur toben und ihn, Viktor, so richtig zur Sau machen, das wäre nicht das Schlimmste, er würde ihm womöglich sogar die Bezahlung verweigern und seinen Anteil unter den anderen aufteilen. Zur Strafe für seine Fahrlässigkeit und Selbstgewißheit.

Es war besser, nichts davon verlauten zu lassen, daß das Mädchen in Begleitung von Kamenskij gewesen war. Also mußte er auch das Gespräch verschweigen, das er am Kiosk belauscht hatte. Das wunderbare goldhaarige Geschöpf konnte schließlich nicht mit sich selbst gesprochen haben.

»Sonst gibt es nichts zu berichten«, antwortete er deshalb nur kurz und knapp auf Artjoms Frage.

Artjom schob den Gummibeutel entnervt zur Seite, nahm eine bequemere Haltung ein und legte die Hände vor sich zusammen. Die Brandwunde an seiner Hand war inzwischen fast verheilt und schmerzte nicht mehr.

»Dann ziehen wir jetzt Bilanz«, sagte er. »Die junge Dame hat sich als harte Nuß erwiesen. Drei Wochen lang hat sie uns an der Nase herumgeführt, hat sich völlig unverdächtig verhalten und kein einziges Mal zu erkennen gegeben, daß sie von unserem Interesse für sie weiß. Sie hat jeden Kontakt vermieden, der uns hätte verraten können, wer sie auf uns angesetzt hat. Mit einem Wort, sie hat sich völlig bedeckt gehalten. Ausgenommen an dem Tag, an dem alles begonnen hat und an dem sie Kontakt mit Berkowitsch aufgenommen hat, der mit Sicherheit zur Gruppe unserer Konkurrenten gehört. Aufgrund unglücklicher Umstände stirbt Berkowitsch aber genau an dem Tag, an dem er auf der Straße unserem lieben armenischen Freund Suren Schalikojewitsch begegnet. Hätte sich dieser tragische Zufall nicht ereignet, hätten wir Berkowitsch zwingen können, uns alles zu erzählen, was uns interessiert. Leider hat sich Suren Schalikojewitsch als wenig weitsichtig erwiesen und das Gespräch mit Berkowitsch auf so grobe Weise aufgenommen, daß es ungewollt zu dessen plötzlichem Verscheiden beigetragen hat.«

»Hör auf mit diesem Schwachsinn«, murmelte Surik böse, senkte die Wimpern und zeigte Artjom sein eiskaltes Mördergesicht. »Ich habe es nicht absichtlich getan. Ich wollte ihn nicht umbringen, das habe ich dir schon hundertmal erklärt.«

»Ich verzichte auf deine Erklärungen.« Artjom nahm die Gabel in die Hand und begann, mit dem Griff rhythmisch auf dem leinenen Platzdeckchen herumzuklopfen, das sorgfältig ausgebreitet unter seinem Teller lag. »Was, zum Teufel, soll ich mit deinen Erklärungen! Ich will, daß du in entscheidenden Momenten die richtigen Entscheidungen triffst und überlegt handelst. Aber du benimmst dich, als hättest du den Wettbewerb der Schafsköpfe gewonnen, und glaubst, mir wird leichter von deinen schafsköpfigen Erklärungen. Du hast Berkowitsch umgebracht, und wir haben eine wertvolle Informationsquelle verloren. Das Mädchen, falls es für unsere Konkurrenten arbeitet, weiß womöglich gar nicht, wer ihre Auftraggeber sind und worum es geht. Aber Berkowitsch, der von Berufs wegen mit ihnen in Kontakt war, muß auf jeden Fall das gewußt haben, was uns interessiert. Jetzt bleibt uns nichts anderes übrig als abzuwarten, bis das Mädchen vielleicht irgendwann Kontakt mit jemandem aufnimmt, dessen Spur uns zu diesen Scheißkonkurrenten führt. Wir haben schon drei Wochen verloren, wer weiß, wieviel wir noch verlieren, und die Zeit läuft. Ein Geschäft ist uns bereits durch die Lappen gegangen. Und morgen hätte ich nach Athen fliegen müssen, um einen neuen Kontakt herzustellen, aber das kann ich nun auch nicht mehr tun, weil wir bis jetzt noch nichts aufgeklärt haben und das Risiko zu groß ist. Jetzt geht uns ein weiteres großes Dollargeschäft verloren. Und außer unseren eigenen Interessen sind da noch die Interessen unserer Käufer. Wenn sie sich nicht auf uns verlassen können, jagen sie uns früher oder später zum Teufel und suchen sich neue Lieferanten, die dann wahrscheinlich unsere berüchtigten Konkurrenten sein werden. Deshalb müssen wir unser Problem so schnell wie möglich lösen. Das Mädchen wird ab sofort in die Zange genommen, ihr laßt sie keinen Moment mehr aus den Augen, weder bei Tag noch bei Nacht. Allem Anschein nach ist sie erfahren und kaltblütig, deshalb kommt nicht auf die Idee, euch zurückzulehnen, wenn sie hinter ihrer Verkaufstheke steht, in der Universität sitzt oder schläft. Sie hat euch heute ihr wahres Gesicht gezeigt, vergeßt das nicht!«

Nachdem die drei gegangen waren, legte Artjom den Morgenmantel ab und ging zu Bett. Irina setzte sich zu ihm auf den Bettrand, deckte ihn liebevoll zu und legte die Hand auf seine Stirn.

»Ich glaube, du hast etwas Fieber«, sagte sie besorgt.

Resnikow winkte müde ab. »Zum Teufel mit dem Fieber, morgen früh ist es weg.«

»Unsere Jungs sind ein bißchen lasch, findest du nicht auch?« begann Irina vorsichtig das Gespräch. »Sie schießen einen Bock nach dem andern.«

»Ja, das kann man wohl sagen«, bestätigte Artjom.

»Vielleicht sollten wir sie austauschen? Uns nach ein paar handfesteren, helleren Burschen umsehen?«

»Es ist zu spät, die Pferde zu wechseln, mein Kätzchen. Wir sind gerade auf der Mitte des Wegs. Und wohin mit ihnen? Freiwillig verzichtet auch der größte Dummkopf nicht auf so viel Geld für so wenig Arbeit. Wir können sie schließlich nicht umbringen. Es sind immerhin drei. Das ist alles nicht so einfach. Und außerdem kosten bessere Pferde mehr Geld. Dann wird unser Anteil kleiner.«

»Und wenn schon.« Irina erschreckte diese Aussicht nicht. »Wir verdienen doch nicht schlecht. Dann wird es eben ein bißchen weniger. Ich fürchte, mit diesen Schlappschwänzen kommt es noch dahin, daß wir überhaupt nichts mehr verdienen. Lieber ein bißchen weniger als gar nichts.«

Resnikow schälte seine Arme aus der Decke, umfaßte seine Frau, zog sie aufs Bett und drückte sie fest an sich.

»Weißt du, wofür ich dich liebe, Ira?« Seine Lippen tasteten sich über das Kinn zu ihrem Hals.

»Dafür, daß ich so schön und gescheit bin«, lachte Irina.

»Nein, mein Kätzchen, ich liebe dich dafür, daß du nicht habgierig bist. Du behältst die Ruhe und kannst warten. Du treibst mich nicht an, du läßt mir Zeit.«

»Wir haben es doch nicht eilig«, schnurrte sie und bettete den Kopf auf die Schulter ihren Mannes. »Vitalik hat noch sechs Jahre College vor sich. Bis dahin haben wir noch Zeit, auf die Beine zu kommen und uns zu etablieren. Das wird noch zwei, drei Jahre dauern, nicht mehr. Also haben wir noch drei Jahre in Reserve, und es macht überhaupt nichts, wenn wir diese drei Jahre noch hier verbringen. Hier haben wir es auch nicht schlecht.«

»Nein, hier haben wir es auch nicht schlecht«, stimmte Resnikow zu und öffnete den Reißverschluß an Irinas Hose. »Ganz und gar nicht schlecht.«

SECHSTES KAPITEL

1

Nastja Kamenskaja betrachtete nachdenklich das Foto des jungen Kostja Maluschkin, der am 29. September gegen 19 Uhr auf dem Gelände einer Baustelle neben der Metrostation »Taganskaja« ermordet worden war. Kostjas Leiche wurde von Obdachlosen entdeckt, die auf der Baustelle nach einem Nachtlager gesucht hatten. Maluschkins Verschwinden von seinem Posten war beinahe sofort entdeckt worden, aber aus irgendeinem Grund war niemand auf die Idee gekommen, ihn auf der benachbarten Baustelle zu suchen.

In der Abteilung 37 der Miliz, zu deren Mitarbeitern Maluschkin gehörte, sprach Nastja mit einem sympathischen operativen Mitarbeiter, der fast genauso jung war wie der ermordete Maluschkin und wahrscheinlich deshalb erfüllt von dem brennenden Wunsch, den Mord aufzuklären und den Täter zu fassen. Er hatte sich noch nicht an den Gedanken gewöhnt, daß bei weitem nicht alle Verbrechen aufgeklärt wurden, was nicht etwa an der Dummheit oder Nachlässigkeit der Ermittlungsbeamten und Untersuchungsführer lag, sondern an den ganz natürlichen Gegebenheiten des Lebens, und er, der junge, energiegeladene, tatendurstige, mit dem neuesten Wissen ausgestattete Beamte, glaubte, er würde all diesen verknöcherten, versoffenen Nichtskönnern schon zeigen, wie man Verbrecher jagen mußte.

Er war gerade dabei, die interne Mitteilung durchzulesen, die er aus der Petrowka erhalten hatte.

»Operative Ermittlungen des Kriminalamtes ergaben, daß

am 29. September dieses Jahres gegen 18.30 Uhr eine junge Frau an Sergeant Maluschkin herantrat, der um diese Zeit seinen Dienst im Gebäude der Metrostation »Taganskaja« versah. Sie übergab ihm eine Notiz folgenden Inhalts: ›Ein Mann in einem hellbraunen Regenmantel, Alter etwa 35–38 Jahre, Größe ca. 180 cm, linke Hand in der Manteltasche.‹ Diese Information erhielten wir durch operative Kontaktaufnahme mit der Person, welche die Notiz angefertigt hat. Die Person hat es abgelehnt, sich an offenen Maßnahmen zu beteiligen, jedoch wurde Einigung darüber erzielt, daß sie uns für operative Ermittlungen zur Verfügung steht.

Die vorliegende Information kann zu operativen Zwecken verwendet werden, alle Maßnahmen im Zusammenhang mit der Überprüfung und Präzisierung dieser Information sollten mit uns abgestimmt werden.

V. A. Gordejew, Oberst der Miliz, Leiter der Obersten Kriminalbehörde in Moskau.«

»Aber Maluschkin hatte überhaupt keine Notiz bei sich«, sagte der Beamte verwirrt.

Natürlich nicht, dachte Nastja. Hätte er sie bei sich gehabt, hätte man mich sofort und ohne Abfindung in Rente geschickt.

»Vielleicht hat er sie jemandem vom Bereitschaftsdienst übergeben«, spekulierte Nastja. »Immerhin ist es ja nicht gerade angenehm, wenn in der Metro ein Psychopath unterwegs ist. Das müssen Sie zugeben.«

»Eine solche Information liegt mir nicht vor. Jedenfalls hat kein Mitarbeiter der Miliz an der Taganka etwas davon erwähnt. Maluschkin erhielt die Notiz etwa eine halbe Stunde vor seiner Ermordung, da hätte der betreffende Mitarbeiter sich doch auf jeden Fall erinnert und Mitteilung gemacht.«

»Wollen wir hoffen, daß Sie recht haben. Wenn man Maluschkin wegen dieser seltsamen Notiz ermordet hat, haben wir wenigstens einen minimalen Anhaltspunkt.«

»Warum will das Mädchen eigentlich keine Aussage machen, Anastasija Pawlowna?«

Weil ich das nicht möchte, dachte Nastja. Sobald Dascha bei

der Miliz oder bei der Staatsanwaltschaft erscheint, wird das unabsehbare Folgen haben. Diese Weberschiffchen sind Opfer ihrer eigenen Geschäftemacherei geworden. Sie reisen in die Türkei und nach Griechenland und schleusen billige Massenware ein. Ganz Moskau läuft in griechischen Pelzen, türkischen Lammfellmänteln, Jacken und Regenmänteln herum. Die Regenmäntel haben alle denselben Schnitt und dieselbe Farbe, schwarz oder braun. Dascha hat einen Mann in einem braunen Regenmantel beschrieben, der in der Metro Frauen belästigt, aber genausogut paßt ihre Beschreibung auf einen ganz anderen Mann. Er hat etwa dieselbe Größe und dasselbe Alter und trug ebenfalls einen braunen Regenmantel. Nur ist dieser Mann nicht mager, wie derjenige, der Dascha belästigt hat, sondern korpulent. Das ist der einzige Unterschied. Und da ist noch die Hand in der Manteltasche. Da stimmt irgend etwas nicht. Darüber muß man noch nachdenken. Aber wie dem auch sei. Nachdem Dascha diese Notiz geschrieben hatte, war sie sofort in Gefahr. Sie ist in das Visier von Leuten geraten, die ganz offensichtlich irgendwelchen dunklen Geschäften nachgehen und nicht entdeckt werden wollen. Mein Gott, das arme Mädchen. Bereits seit drei Wochen verfolgen sie sie auf Schritt und Tritt, überprüfen auf höchst eigenwillige Weise alle ihre Kontakte, indem sie den Leuten, mit denen sie zusammenkommt, die Papiere rauben. Es ist ein Wunder, daß sie ihr bis jetzt keinen weiteren Schaden zugefügt haben. Wenn Dascha nur in die Nähe eines Milizgebäudes kommt, ist das ihr Ende.

»Gehen wir davon aus, daß Sie mir keinerlei Fragen gestellt haben«, sagte Nastja trocken zu dem jungen, eifrigen Beamten. »Und es gibt überhaupt kein Mädchen, das irgend etwas will oder nicht will. Es gibt nur eine operative Information, die Sie der guten alten Tante Anastasija verdanken. Ich verfolge meine eigenen Ziele und werde den Mord an Maluschkin wahrscheinlich schneller aufklären als Sie. Aber ich trete nicht in Konkurrenz zu Ihnen, mein Herr, deshalb werde ich Sie sofort benachrichtigen, wenn ich etwas Neues erfahre. Unter der Bedingung, daß Sie mir nie wieder dumme Fragen stellen.«

»Warum nennen Sie meine Fragen dumm?« erkundigte sich das Bürschlein gekränkt.

»Weil Sie keine Ahnung haben, wieviel Mühe, Geduld, Talent und Zeit es kostet, ein halbwegs funktionierendes Informantennetz aufzubauen. Ein guter Informant ist wertvoller als Platin. Hätten Sie einen solchen Informanten, würden Sie sich lieber den Kopf abschlagen lassen, als seine Identität preiszugeben, nur weil irgend jemand von ihm eine Aussage bekommen möchte. Sehen Sie zu, wie Sie allein klarkommen. Alles, was Sie brauchen, steht in der Mitteilung.«

Nastja verließ das Revier und ging langsam zu ihrer Dienststelle. Beim Bereitschaftsdienst ließ sie sich das Tagebuch geben und begann, Auszüge zu machen. Wenn Dascha für diese Leute so gefährlich war, daß sie bis zum Mord an einem Milizionär gingen, um an Daschas Notiz heranzukommen, war dann nicht zwangsläufig auch der Psychopath in ihr Blickfeld geraten, der sich Dascha in der Metro genähert hatte?

Nachdem Nastja die Daten aller Mordopfer notiert hatte, die seit dem 29. September entdeckt worden waren, begann sie zu überlegen, wie sie so schnell wie möglich und ohne große Umwege an die Fotografien der Ermordeten kommen konnte. Nach einer Weile wurde ihr klar, daß sie zu ihrem Chef gehen mußte.

Viktor Alexejewitsch Gordejew hatte sich, wie gewöhnlich, nicht die Zeit genommen, seine Angina im Bett auszukurieren. Die Folge war, daß er keine Stimme mehr hatte und mit seinen Untergebenen mit Hilfe von Mimik, Gestik, Papier und Kugelschreiber kommunizierte. In seinem Büro saß ein Mädchen aus dem Sekretariat, das die Telefongespräche für ihn führen mußte.

Er begrüßte Nastja mit einer freundlichen Geste und einem fragenden Blick. Dann sah er zu der Telefondame hinüber. Nastja nickte unauffällig. Der Oberst kritzelte sofort ein paar Worte aufs Papier und hielt den Zettel dem Mädchen unter die Nase. Sie las ihn und sprang freudig von ihrem Platz auf.

»Rufen Sie mich an, wenn Sie mich wieder brauchen«, zwitscherte sie und eilte davon.

»Viktor Alexejewitsch, ich habe einen Anhaltspunkt in der Mordsache Maluschkin. Das ist der Milizionär, der Ende September auf der Taganka ermordet wurde. Erinnern Sie sich?«

Knüppelchen nickte wortlos.

»Gleichzeitig hat sich in der Angelegenheit, in der Denissows Leute für mich arbeiten, bis jetzt noch so gut wie nichts geklärt.«

Knüppelchen machte eine ausdrucksvolle Geste. Du hast dich also doch mit diesem Denissow eingelassen, besagte diese Geste, du starrsinniges, ungehorsames Frauenzimmer!

»Ich habe den begründeten Verdacht, daß im Zusammenhang mit dem Mord an dem Milizionär ein zweiter Mord begangen wurde, und zwar von denselben Leuten, die Maluschkin umgebracht haben. Ich weiß nicht, wer dieses zweite Opfer ist, wie der Mann heißt und wo er wohnt, ich habe nur eine ganz allgemeine Personenbeschreibung. Aber es gibt eine Person, die ihn identifizieren kann. Das Mädchen hat ihn nur ein einziges Mal gesehen, aber es besitzt einen professionellen Blick für Gesichter und die äußeren Merkmale einer Person.«

Knüppelchen nickte erneut, sein Gesichtsausdruck besagte, daß er aufmerksam zuhörte.

»Ich möchte dem Mädchen zur Identifizierung des Mannes die Fotos aller Personen vorlegen, die nach dem 29. September in Moskau ermordet wurden. Am besten wären Aufnahmen, die die Personen lebend zeigen. Zum Beispiel Paßfotos aus dem Archiv. Wenn es sich um jemanden handelt, der nicht in Moskau geboren wurde, muß ich natürlich das Foto der Leiche verwenden.«

Gordejew fuchtelte mit den Armen und machte runde Augen. Wo liegt das Problem? sollte das heißen. Raus damit!

»Mein Problem ist immer dasselbe«, seufzte Nastja schuldbewußt. »Ich habe keine Kraft, von Dienststelle zu Dienststelle und von Untersuchungsführer zu Untersuchungsführer zu fahren, um diese Fotos zu suchen. Außerdem werden Sie mir ja bestimmt nicht einen ganzen Tag freigeben.«

Es folgte erneut ein zustimmendes Nicken. Nein, bedeutete das, natürlich gebe ich dir nicht frei. Hier türmt sich die Arbeit bis unter die Decke, und du willst in der Arbeitszeit irgendwelchen Hirngespinsten nachlaufen.

»Ich kann nicht in der ganzen Stadt herumfahren, von einem Ende zum anderen«, fuhr Nastja ungerührt fort, so als hätte sie den Gesichtsausdruck ihres Chefs nicht bemerkt, »da macht mein Rücken nicht mit. Aber wenn das Mädchen den Mann identifiziert, wird uns das wahrscheinlich sehr dabei helfen, den Mord an Maluschkin aufzuklären. Wir sind für diesen Fall nicht zuständig, aber immerhin handelt es sich um einen Kollegen, und wenn wir helfen können, dann wäre es doch eine Sünde, es nicht zu tun. Was meinen Sie?«

Gordejew winkte resigniert ab, nahm ein Formular und begann, es auszufüllen. Anschließend schrieb er eine lange Notiz und heftete sie mit einer Büroklammer an das Formular. Zuletzt schrieb er noch einen Zettel für Nastja.

»Du bist schon über dreißig, zur Umerziehung ist es zu spät. Man sollte Dir den Hintern mit dem Riemen versohlen für deine Faulheit, aber ich fürchte, auch das würde nichts nutzen. Mach Deine Sache. Ich wünsche Dir Glück.«

2

Am Abend des nächsten Tages breitete Nastja erneut Fotografien vor Dascha aus, nun aber andere als beim ersten Mal. Sie standen hinter dem zugezogenen Vorhang einer Umkleidekabine des »Orion« und benutzten statt eines Tisches zwei eng nebeneinander gestellte Stühle.

»Nein, er ist nicht dabei«, sagte Dascha schließlich, nachdem sie über hundert Fotos angesehen hatte.

»Laß es uns noch einmal versuchen, Dascha«, bat Nastja. »Laß dir Zeit, sieh genau hin. Es kann nicht sein, daß er nicht dabei ist. Hol mir etwas zum Anprobieren, damit unsere Freunde auf der Straße nicht unruhig werden, und fang noch einmal von vorn an.«

Aber auch der zweite Versuch blieb erfolglos. Dascha Sundijewa war fest davon überzeut, daß keines der vorgelegten Fotos den Mann zeigte, der sie in der Metro belästigt hatte. Dascha war von diesem Ergebnis nicht weniger enttäuscht als Nastja.

»Ist es schlecht, daß ich ihn nicht identifiziert habe?« fragte sie schüchtern.

»Natürlich ist es schlecht.« Nastja lächelte gequält. »Das bedeutet, daß ich in Wahrheit viel dümmer bin, als ich aussehe und denn erscheine.«

»Wie haben Sie das ausgedrückt?« Dascha brach in Gelächter aus.

»Das habe nicht ich so ausgedrückt, sondern Igor Guberman, ein großartiger Dichter. Ist gut, Daschenka, ich muß mich damit abfinden, daß ich mich geirrt und daß ich den Reinfall verdient habe. Vergessen wir alles Bisherige, und beginnen wir noch einmal von vorn.«

Sie ging langsam über den Twerskoj Boulevard in Richtung Metro. Heute stand Kostyrja als Beschatter vor dem Geschäft. Für einen Moment überfiel Nastja wieder das Gefühl heftiger Beunruhigung, sie bemerkte ein Signal, das ihr das Unterbewußtsein sandte, aber ihr Kopf war jetzt mit anderen Dingen beschäftigt.

Dascha hatte den Gesuchten unter den Mordopfern nicht erkannt, und das bedeutete, daß Nastjas ganzes Szenario von Anfang an falsch war. Sie ging davon aus, daß Dascha für jemanden eine ernsthafte Gefahr darstellte und daß deshalb ihre Kontakte überprüft wurden, wenn auch nicht alle, sondern nur einige, und die mußten also irgendeinen gemeinsamen Nenner haben. Zum Beispiel wurden die Verkäufer in den Geschäften, in denen Dascha ihre Lebensmittel einkaufte, ganz offensichtlich nicht überprüft. Obwohl man auch das nicht mit Bestimmtheit wissen konnte. Aber den Mann aus der Metro mußten sie in jedem Fall überprüft haben, und die Logik sagte Nastja, daß sie ihn umgebracht hatten, genauso wie den Milizionär Kostja Maluschkin.

Irgend etwas will einfach nicht zusammenpassen, dachte Nastja, in meinem Szenario ist ein Fehler, der die ganze Konstruktion immer wieder zum Einsturz bringt. Warum haben sie diesen Psychopathen nicht umgebracht? Schließlich ist Udunjan ihm gefolgt. Dascha hat ihn neben dem Mann im hellbraunen Regenmantel gesehen, also ist ihr Kontakt mit ihm nicht unbemerkt geblieben. Warum also haben sie ihn nicht umgebracht? Weil er Udunjan erklärt hat, daß er Dascha überhaupt nicht kennt, sondern sich nur einen Orgasmus verschaffen wollte, indem er ihr die Hand zwischen die Beine zwängte? Völliger Blödsinn. Niemand, nicht einmal ein Geisteskranker, wird einem Fremden so ein Geständnis machen, wenn man ihn nicht auf frischer Tat ertappt hat. Und gesetzt den Fall, er hätte Udunjan dennoch die Wahrheit gestanden, ergab alles erst recht keinen Sinn, denn dann wäre sofort klar gewesen, daß Dascha nur eine zufällige Passantin war und keinerlei Gefahr darstellte. In diesem Fall hätte Udunjan auch sofort begreifen müssen, daß Daschas Notiz diesen Mann betraf und nicht den, der so unvorsichtig mit seinem Aktenkoffer umgegangen war. Und in diesem Fall würden sie Dascha nicht seit drei Wochen beschatten. Da sie es aber dennoch tun, wissen sie nicht, daß der Mann in dem hellbraunen Regenmantel, der die linke Hand so beharrlich in der Manteltasche hielt, einfach nur ein Perverser ist, sondern gehen davon aus, daß er und Dascha zwei Glieder einer Kette sind. Es gibt also nur zwei Möglichkeiten: Entweder sie beschatten ihn genauso wie Dascha, um etwas über ihn herauszufinden, oder sie haben ihn umgebracht. Aber wenn sie ihn umgebracht haben, wo ist dann die Leiche? Haben sie sie versteckt?

Die Informationen, die Nastja pünktlich von Bokr und seiner Truppe erhielt, besagten eindeutig, daß die drei nur Dascha beschatteten, die ganze restliche Zeit verbrachten sie mit ihren Geschäften. Wiederum ergaben sich zwei Möglichkeiten: Entweder war der Psychopath am Leben und wurde von irgendwelchen anderen Leuten beschattet, oder er wurde überhaupt nicht beschattet. Wenn aber diese Bande aus so vielen Leuten bestand, daß sie für jedes Beschattungsobjekt drei Personen zur Verfügung hatte, war es unverständlich, warum sich diese Personen nicht abwechselten. Es wäre doch weitaus vernünftiger, nicht immerzu dasselbe Trio auf ein Beschattungsobjekt anzusetzen, sondern die Beschatter in regelmäßigen Abständen auszuwechseln, damit sie nicht bemerkt und erkannt wurden. Wieso kam der Chef dieser Bande nicht auf eine so einfache Idee? Wenn er so wenig clever war, wie leitete er dann eine Organisation, die allein über sechs oder mehr Außendienstmänner verfügte?

Und wenn es doch so war, daß der Psychopath lebte und nicht beschattet wurde, weil sie wußten, daß er ungefährlich war? Daraus folgte unerbittlich der Schluß, daß auch Dascha ungefährlich war. Insofern konnte der Mann gar nicht mehr am Leben sein. Aber wo war er? Wo, zum Teufel, war er, ob tot oder lebendig?

Nastjas Rücken tat weh. Nachdem sie die Metro-Station erreicht hatte, setzte sie sich auf eine Bank, um sich auszuruhen und abzuwarten, bis der Schmerz wenigstens etwas nachgelassen hatte. Der Gedanke, daß sie bis an den Stadtrand fahren mußte, zur Stschelkowskaja, entsetzte sie. Sie lehnte sich mit dem Rücken gegen die Marmorwand, umfaßte fest ihre überdimensionale Handtasche und schloß die Augen. Warum hatten sie den Mann nicht umgebracht? Um eine Leiche zu verstecken, mußte man sich einiges einfallen lassen. Maluschkins Leiche hatten sie auch nicht versteckt, obwohl sie es eigentlich hätten tun müssen. War Udunjan dem Mann allein gefolgt, oder waren es mehrere gewesen? Wenn er ihm allein gefolgt war, wäre es ihm kaum gelungen, die Leiche so zu verstecken, daß sie im Lauf von drei Wochen unentdeckt bleiben konnte. So etwas war nur unter höchst günstigen Umständen möglich.

Zum Beispiel dann, wenn sich am Tatort ein tiefes Gewässer befand oder wenn hoher Schnee lag, der lange nicht taute. Sollte Udunjan ein so unerhörtes Glück gehabt haben? Oder war der Mann doch noch am Leben? Fragen über Fragen ...

»Sind Sie eingeschlafen?«

Nastja schrak zusammen, öffnete die Augen und erkannte Bokr, der in seinem langen grauen Mantel, mit der blau-grau gestreiften Wollmütze auf dem Kopf vor ihr stand.

»Was machen Sie denn hier, Bokr?«

»Ich bewache Sie. Ich bringe gerade eine neue Videokassette als Nachschub zu dem Kumpel, der Kostyrja auf Schritt und Tritt filmt, und was sehe ich? Heilige Mutter! Anastasija Pawlowna selbst kommt aus dem Geschäft heraus! Und irgendwie sieht sie müde und krank aus, schleift die Füße hinter sich her, und das Gesichtchen ist ganz blaß. Guter Gott, denke ich, meine Arbeitgeberin wird doch nicht etwa krank geworden sein?! Gleich kippt sie um. Ed von Burgund reißt mir den Kopf ab, denke ich, wenn ihr etwas passiert. Und dann kriege ich es auch noch von Onkel Tolja. Also bin ich Ihnen nachgegangen, ganz leise und unauffällig, um Ihnen, sozusagen, zu helfen, wenn es nötig ist. Also, Anastasija Pawlowna, was ist?«

»Was soll sein?«

»Brauchen Sie Hilfe?«

»Ja. Bringen Sie mich bitte nach Hause. Haben Sie ein Auto?«

»Sie beleidigen mich, Chefin. Denissows Leute haben alles, sogar eigene Flugzeuge, wenn es nötig ist. Obwohl ich persönlich weder Haus noch Hof besitze. Und ein eigenes Auto natürlich auch nicht. Also, gehen wir?«

Sie traten zusammen hinaus auf den Twerskoj Boulevard, und sofort hielt neben ihnen ein unauffälliges Auto inländischen Fabrikats. Am Steuer saß ein fröhlicher, schnurrbärtiger Bursche, rund wie ein Pfannkuchen, eine Mütze mit einem Pompon auf dem Kopf. Er war das absolute Gegenteil von Bokr. Während letzterer nur aus Grautönen bestand, schien dieser einem farbenprächtigen Trickfilm entsprungen zu sein. Die rot-grüne Jacke und das rote Mützchen mit dem grünen

Pompon stachen so ins Auge, daß man dem Gesicht keine Beachtung mehr schenkte. In Verbindung mit dem himmelblauen Seidenschal, der weich über das gewölbte Bäuchlein floß, ergab das, um mit Bokrs Worten zu sprechen, ein völliges Perdimonokel. Sehr klug, dachte Nastja. Einem, der so angezogen ist, schaut niemand ins Gesicht. Und in anderer Kleidung erkennt ihn niemand wieder.

Sie machte es sich auf dem Rücksitz bequem, in seitlicher Sitzhaltung konnte sie sogar die Beine ausstrecken. Bokr hatte auf dem Beifahrersitz Platz genommen. Während der Fahrt schwieg er, erst als das Auto sich dem Haus in der Stschelkowskij-Chaussee näherte, fragte er:

»Wann soll ich zur Berichterstattung zu Ihnen kommen?«

»Jetzt gleich«, schlug Nastja vor. »Wir essen zusammen zu Abend, und Sie erzählen mir alles.«

Bokr schüttelte entschieden den Kopf.

»Nein, geben Sie mir einen Termin. Ruhen Sie sich aus, essen Sie, und ich erscheine, wenn es an der Zeit ist.«

»Aber warum wollen Sie nicht gleich mitkommen?« fragte Nastja beharrlich nach. »Warum wollen Sie wegfahren und noch einmal wiederkommen, wenn Sie schon hier sind?«

Doch Bokr erwies sich als erstaunlich hartnäckig.

»Geben Sie mir einen Termin«, wiederholte er, und Nastja begriff plötzlich, daß es sinnlos war, ihn überreden zu wollen. Er würde niemals mitkommen und mit ihr zu Abend essen. Er kannte genau seinen Platz und wahrte Abstand zu einer Beamtin der Kripo. Er war bereit, für sie zu arbeiten, mit ihr zu scherzen, ihr sogar sein Mitgefühl zu zeigen und zu helfen. Aber an einen Tisch wollte er sich nicht mit ihr setzen.

»Ist gut«, sagte sie, »kommen Sie in einer Stunde.«

3

General Vakar stellte sich ans Ende einer endlos langen Schlange auf dem Postamt. Aus irgendeinem Grund gab es nur einen Schalter für Geldüberweisungen und Rentenauszahlungen, und es ging deshalb so langsam voran, weil die Rentner mit ihren schlechten Augen und zitternden Händen eine halbe Stunde brauchten, bis sie den erhaltenen Betrag in die Karte eingetragen hatten, und dann fragten sie zehnmal verständnislos nach, warum sie in diesem Monat weniger Rente bekommen hatten als im letzten.

Seit fast einem Jahr stand Vakar einmal im Monat in dieser Schlange und überwies Geld an eine Frau, die er nicht kannte, die er nur einige Male gesehen hatte. Aber er wußte, daß er es tun mußte, daß es seine Pflicht war.

In letzter Zeit hatte er begonnen, das Wort Pflicht zu hassen. Fast ein halbes Jahrhundert lang war es das Wort gewesen, das Vakars Persönlichkeit bestimmt hatte, das ihn davor bewahrt hatte, in die Knie zu gehen, zu zerbrechen, sich zu verlieren, so wie es seiner Lisa geschehen war. Vakar wußte immer, worin seine Soldatenpflicht bestand. Und er wußte immer, was seine Pflicht als Ehemann und Vater war. Er mußte seine Familie beschützen und erhalten. Wenn er schon nicht in der Lage gewesen war, ihr Glück zu erhalten, dann mußte er wenigstens für ihren Frieden sorgen. Wie und auf welche Weise er das bewerkstelligte, ging niemanden etwas an. Entscheidend war nur das Ergebnis.

Als die Familie das Unglück ereilte, wußte Vakar, daß es seine Pflicht war, alles Mögliche und Unmögliche zu tun, um seiner Frau und seiner Tochter das seelische Gleichgewicht wiederzugeben. Er war der Ehemann und Vater, und wer war verantwortlich, wenn nicht er.

Anfangs glaubte er, er würde mit einem blauen Auge davonkommen.

»Ich kann mich nicht an Kindern rächen«, sagte er zu Jelena.

»Gut, ich werde warten, bis sie erwachsen sind«, antwortete sie.

Drei von ihnen waren dreizehn Jahre alt, einer war genau am Tag des Mordes vierzehn geworden. Anläßlich des Geburtstags hatten die vier sich betrunken und zum Kartenspielen zusammengesetzt, mit ihnen der ältere Bruder des Geburtstagskindes, der ein unverbesserlicher Krimineller war und als Fleischhauer arbeitete. Sie spielten in einem Nebenraum des Geschäfts, in dem der Bruder beschäftigt war. Die Spielschuld der vier Jungen wurde immer horrender, aber sie machten sich nichts daraus, sie glaubten, es sei nicht ernst. Doch der Fleischhauer namens Oreschkin, der ältere Bruder von Jurij Oreschkin, erklärte, er habe wie mit Erwachsenen mit ihnen gespielt, er habe seine kostbare Zeit verschwendet und wolle, bitte schön, seinen Gewinn sehen. Die Halbwüchsigen hatten natürlich kein Geld, und so wurde beschlossen, die Spielschuld »amerikanisch« zu bezahlen. Der erstbeste Junge in einer blauen Jacke, der draußen auf der Straße vorüberging, sollte das Opfer sein. Die Jungen, volltrunken und den Anweisungen des mehrfach Vorbestraften völlig unterworfen, griffen sich Messer, gingen vor die Tür des Geschäfts und warteten geduldig auf das Auftauchen eines Jungen in einer blauen Jacke. Es regnete in Strömen, die Straße war fast menschenleer, das Opfer ließ lange auf sich warten. Aber schließlich erschien es doch.

Die Untersuchungsführerin erklärte Vakar, daß ein Vierzehnjähriger nach dem Gesetz erst vierundzwanzig Stunden nach seinem Geburtstag als Vierzehnjähriger gilt. Jurij Oreschkin hatte den Mord zwar an seinem vierzehnten Geburtstag begangen, aber vor Mitternacht. Aus diesem Grund galt er zur Tatzeit noch als Dreizehnjähriger und war deshalb nicht strafmündig. Die anderen drei wurden erst in drei, vier Monaten vierzehn.

Es mußten noch vier Jahre vergehen, bis die Täter volljährig waren, und Wladimir Vakar hoffte, daß seine Frau und seine Tochter in dieser Zeit zur Besinnung kommen und ihre wahnsinnige Idee aufgeben würden. Die vier Jahre waren ein Alptraum. Die Wohnung war zu einem Mausoleum geworden, ewige Trauerkleidung, ständige Kirchgänge, Kerzen, Ikonen, Lämpchen, unentwegte Gespräche über die unschuldige, ungerächte Seele des Kindes, die ruhelos umherschwebte ... Vakar war drauf und dran, den Verstand zu verlieren. Doch niemals kam es ihm in den Sinn, seine Frau zu verlassen oder sie zu hassen zu beginnen. Was immer Jelena tat, zu welchen Abscheulichkeiten sie auch fähig war, er würde sie immer und um jeden Preis lieben, ganz einfach deshalb, weil sie die Mutter seiner Kinder war, seine Frau, die ihm das Schicksal zugeteilt hatte bis zu seinem Tod. Und es war seine Mannespflicht, Jelena zu beschützen und ihre innere Ruhe wiederherzustellen.

1989, vier Jahre nach Andrjuschas Tod, erinnerte ihn Jelena.

»In diesem Jahr werden sie achtzehn. Ich warte darauf, daß du dein Versprechen erfüllst. Und Andrjuscha wartet auch darauf, vergiß das nicht.«

Vakar holte Informationen über die vier Täter ein. Jurij Oreschkin war soeben aus der Kolonie entlassen worden, wo er eine Strafe wegen böswilligen Rowdytums abgebüßt hatte. Er war von der Wehrpflicht befreit, für die anderen drei begann der Armeedienst. Vakar atmete erleichtert auf. Er hatte zwei Jahre Aufschub bekommen. Doch die Zustände zu Hause wurden immer unerträglicher.

Zu dieser Zeit meldete er sich zum Kriegsdienst nach Berg Karabach. In den zwei Jahren, in denen die Mörder seines Sohnes bei der Armee dienten, beteiligte er sich an den Kämpfen, ließ sich an ihren Brennpunkten einsetzen, nur um so wenig wie möglich zu Hause sein zu müssen, bei seiner Frau, die nicht aufhörte, ihn mit Vorwürfen zu überschütten.

Nachdem die zwei Jahre vorüber waren, konfrontierte Jelena ihn erneut mit ihrem grausamen Ansinnen.

»Du hast keinen Grund mehr, die Sache auf die lange Bank zu schieben. Entweder du tust es jetzt, oder ich suche mir Leute, die ich bezahle und die es an deiner Stelle tun werden.«

Vakar dachte mit Entsetzen daran, daß Jelena tatsächlich Leute anheuern und dafür bezahlen würde, daß sie vier Morde begingen. Wenn die Täter gefaßt würden, würde Jelena mit ihnen zusammen ins Gefängnis gehen. Das konnte er nicht zulassen.

Oreschkin begegnete er zufällig. Er entdeckte ihn in einer kilometerlangen Warteschlange, in der er nach Wodka anstand, ein betrunkenes, verkommenes Scheusal. Wladimir beobachtete ihn aus einiger Entfernung. Oreschkin handelte mit Warteplätzen. Er arbeitete sich langsam nach vorne durch, dann ging er zum Ende der Schlange zurück und bot seinen Platz an der Spitze für drei Rubel an. Es setzte ein feiner Sprühregen ein, Vakar versteckte sich in einer Toreinfahrt. Dort stand er und ließ die unrasierte, geschwollene Fratze nicht aus den Augen. Das ist kein Mensch, dachte Wladimir, das ist schon lange kein Mensch mehr, sondern nur noch ein schlecht funktionierender Organismus. Und dieses Ungeheuer, diese nichtswürdige Kreatur, hatte seinen Sohn umgebracht.

Oreschkin hatte seinen Platz in der Warteschlange verkauft, schob den zerknautschten Dreier in seine Hosentasche und näherte sich der Toreinfahrt, in der Vakar stand. Ohne den Fremden neben sich zu beachten, öffnete er seine Hose und begann zu urinieren.

»He, dies hier ist keine öffentliche Bedürfnisanstalt«, sagte Vakar in durchaus ruhigem und friedliebendem Ton. Die Antwort war ein so schmutziger Schwall an Flüchen, wie Vakar ihn noch in keiner einzigen Armeekaserne vernommen hatte, und er hatte in seinem Leben nicht wenige Kasernen kennengelernt. Die Flüche verbanden sich mit einem entsetzlichen Gestank, der von Oreschkin und seinem widerlichen Schandmaul ausging. Wladimir kam nicht einmal dazu, sich auf den Schlag vorzubereiten. Er tat es einfach, kurz, heftig, automatisch. Wie er es als Einzelkämpfer bei der Luftlandedivision gelernt hatte. Professionelle Fertigkeit im lautlosen Töten, gepaart mit Haß und Ekel.

Oreschkin war sofort tot. Sein Körper lag wie ein eingefallener Sack zu Wladimirs Füßen. In der Toreinfahrt roch es nach Katzen und nach Urin, auf der Straße regnete es, die Leute standen nach Wodka an. Alles war wie immer. Nichts hatte sich verändert. General Vakar war zum Mörder geworden. Es war Herbst des Jahres 1992.

Er durchwühlte Oreschkins Taschen und fand einen speckigen Paß. Er steckte ihn ein, verließ ruhigen Schrittes die Toreinfahrt und ging nach Hause. Er wohnte in der Nachbarstraße.

Zu Hause reichte er seiner Frau wortlos Oreschkins schmutzigen Paß. Ihr Gesicht hellte sich auf.

»Herr, dein Wille hat sich erfüllt«, sagte sie feierlich. »Endlich ist unser Festtag gekommen.«

An diesem Tag füllte sich die Wohnung zum ersten Mal nach vielen Jahren wieder mit dem Geruch nach frischem Kuchen, und Wladimir erkannte das entfernte Aroma wieder, das sich ihm mit jenem Familienleben verband, von dem er in der Kindheit geträumt und das er später zu verwirklichen versucht hatte. Und nachts ließ Jelena ihn zum ersten Mal seit dem Tod des Sohnes wieder in ihr Bett.

Er hatte nicht erwartet, daß der Mord ihn so wenig beunruhigen würde. Er hatte geglaubt, daß er leiden, sich quälen, sich zermartern und womöglich betrinken würde. Doch nichts dergleichen geschah. Vakar hatte das Gefühl, er hätte eine schmutzige Kakerlake zerquetscht, die sich auf einen sauberen Küchentisch verirrt hatte.

Als zweiter war Nikolaj Sakuschnjak an der Reihe, ein kleiner Erpresser, der Schutzgelder auf den großen und kleinen Märkten der Stadt kassierte, die wie Pilze aus dem Boden schossen. Hinter ihm war Vakar einige Monate her, bis sich eine günstige Gelegenheit ergab. Sakuschnjak hatte sein Auto in die Werkstatt gebracht und mußte einige Tage zu Fuß gehen oder die öffentlichen Verkehrsmittel benutzen. Vakar lauerte ihm auf, als er spätabends von der Wohnung seiner Freundin nach Hause ging.

»Kolja!« rief Vakar ihn an, während er sein Auto neben ihm abbremste. »Nikolaj!«

Sakuschnjak blieb stehen und blickte verständnislos auf den soliden älteren Herrn hinter dem Steuer.

»Meinen Sie mich?« fragte er unsicher.

»Natürlich meine ich dich«, lachte Vakar. »Du bist doch Kolja Sakuschnjak aus dem Haus Nummer 24. Stimmt's?«

»Stimmt. Und wer sind Sie?«

»Ich wohne im Nachbarhaus. Ich habe dich schon als Dreikäsehoch gekannt. Steig ein, ich fahr dich nach Hause.«

Nikolaj stieg ohne zu zögern in Vakars Auto. Das Gesicht des Mannes kam ihm bekannt vor, so als hätte er ihn tatsächlich des öfteren draußen im Hof gesehen.

In einer stillen, menschenleeren Gasse hielt Vakar plötzlich an und griff sich ans Herz.

»Was ist mit Ihnen?« fragte Sakuschnjak erschrocken.

»Nichts«, murmelte Vakar, »manchmal erwischt es mich. Das Alter, weißt du. Auf dem Rücksitz liegt meine Tasche, da ist meine Arznei drin. Gib sie mir bitte, sei so nett.«

Nikolaj wandte sich mit dem Rücken zu Vakar und streckte sich nach der kleinen schwarzen Ledertasche aus, die auf dem Rücksitz lag, ganz rechts in der Ecke. Nach einer halben Minute war alles vorbei. General Vakar benutzte nur seine eigenen Hände, die stark, geschickt und gut durchtrainiert waren. Er brachte die Leiche zurück zu dem Haus, in dem Sakuschnjaks Freundin wohnte, und trug sie vorsichtig ins Treppenhaus. Es war später Abend, niemand hatte Vakar gesehen.

Und wieder wurde zu Hause ein Fest gefeiert, und wieder ließ Jelena Wladimir in ihr Bett. Diesmal hielt die festliche Stimmung lange an, fast zwei Monate. Jelena war fröhlicher geworden, sie lächelte jetzt öfter, manchmal legte sie die Trauerkleider ab und zog etwas Helles an. Vakar hatte den Eindruck, daß es auch Lisa etwas besser ging.

Als der schwierigste Fall erwies sich der dritte, der Fall Ravil Gabdrachmanow. Zu der Zeit, als Vakar ihn ausfindig machte, hatte Ravil gerade seine Ausbildung als Bankkaufmann abgeschlossen, er arbeitete in einer Sparkasse und machte ein Abendstudium an der Hochschule für Wirtschaftswissenschaft. Im Jahr 1993 war er zweiundzwanzig Jahre alt, er war verheiratet und hatte ein Kind. Ein feiner, subtiler Mensch mit einem guten, warmherzigen Lächeln. Niemand würde ihn für jemanden halten, der ein Menschenleben auf dem Gewissen hatte, für jemanden, der an einem Mord beteiligt gewesen war, wenn auch schon vor langer Zeit. Außerdem war seine Frau noch ganz jung, fast noch ein Kind.

Vakar verfolgte ihn monatelang, es verging der Frühling, der Sommer und der Herbst, und er konnte sich nicht entschließen. Es schien ihm unmöglich, seine Hand gegen Ravil Gabdrachmanow zu erheben. Aber im späten Herbst des Jahres 1993 tat er es endlich doch. Und von dieser Zeit an ging er jeden Monat regelmäßig zur Post und machte eine Geldüberweisung. Auf den Überweisungsschein schrieb er den Namen der Empfängerin: Gabdrachmanowa, Rosa Scharafetdinowna.

Nach jedem begangenen Mord, nach jedem vollzogenen Racheakt blühte Jelena auf, wurde lebendiger, und allmählich verwandelte sich die Familie wieder in jene, von der Vakar einst geträumt hatte. Wladimir erfüllte seine Pflicht so, wie er sie verstand. Er bewahrte Jelena vor dem Gefängnis und seine Tochter vor einem lebenslangen Aufenthalt in der Psychiatrie, auch wenn er dafür sein eigenes Leben ruinierte. Aber in letzter Zeit kam ihm immer öfter der Gedanke, daß er seine Pflicht als Ehemann und Vater mißverstand. Er hatte fünfzig Jahre lang mit einer lebensuntauglichen Idee gelebt, die schließlich zur Tragödie geführt hatte. Und er begann, das Wort Pflicht zu hassen.

4

Nach einer Stunde erschien Bokr, pünktlich auf die Minute. Nastja hatte inzwischen zu Abend gegessen, sich umgezogen und es sogar geschafft, eine heiße Dusche zu nehmen, um ihren schmerzenden Rücken zu entspannen.

»Nun, Anastasija Pawlowna«, begann Bokr, »ich muß Ihnen mitteilen, daß es keinerlei Neuigkeiten von der Front gibt. Unsere Helden bewegen sich nach wie vor in denselben Kreisen, wir haben etwa zwanzig Personen ausgemacht, mit denen die drei und Resnikow mehr oder weniger ständig verkehren. Hier sind ihre Fotos, ihre Namen und einige Angaben zu den Personen. Es ist natürlich noch nicht viel, aber wissen Sie, ich möchte mich nicht verzetteln und hektisch einen nach dem anderen überprüfen. Schauen Sie sich die Unterlagen in Ruhe an und sagen Sie mir, welche der Personen Sie am meisten interessiert. Mit der werden wir uns dann ausführlich beschäftigen.«

Doch das Studium der Namen und Fotos führte bei Nastja zu keinerlei neuen Erkenntnissen. Sie hatte keinen Schlüssel in der Hand, der ihr dabei hätte helfen können, die Objekte einer vordringlichen Überprüfung zu bestimmen. Sie alle arbeiteten ausnahmslos als Weberschiffchen, kauften und verkauften, flogen regelmäßig in die Türkei, nach Griechenland, in die Arabischen Emirate und nach Thailand.

»Wissen Sie, Bokr«, sagte Nastja, »ich habe Grund anzunehmen, daß Udunjan einen Mord begangen hat. Das muß am 29. September oder etwas später passiert sein. Aber es fehlt die Leiche. Entweder hat er sie irgendwo versteckt oder ... ich weiß nicht, was. Könnten Sie ihm in dieser Hinsicht nicht einmal auf den Zahn fühlen?«

»Ich werde alles tun, was möglich ist.« Das graue Männchen bewegte sich wie ein Uhrpendel im Zimmer hin und her. Heute trug es wieder die hellblauen Söckchen.

»Nur vergessen Sie meine Bedingungen nicht«, bat Nastja.

»Nein, auf keinen Fall«, grinste Bokr. »Schlagen verboten, mißhandeln verboten, lügen erlaubt. Können Sie mir den Namen des Opfers nennen?«

»Nein, das ist es ja gerade. Ich kenne den Namen nicht. Ich weiß einfach nur aus sicherer Quelle, daß Suren Udunjan einen Mann in der Metro gesehen hat und ihm gefolgt ist. Ich weiß nicht, wer dieser Mann ist, aber mir scheint, daß Udunjan Grund hatte, ihn umzubringen. Ich kann mich allerdings täuschen. Vielleicht gelingt es Ihnen herauszufinden, daß dieser Mann am Leben ist.«

»Ein Mann in der Metro also«, sagte Bokr nachdenklich. »Das ist nicht gerade viel. Vielleicht irgendwelche besonderen Kennzeichen? Eine Schramme irgendwo zwischen Scheitel und Sohle, eine Glatze oder irgend etwas anderes in dieser Art? Ich muß den Mann ja irgendwie ins Gespräch bringen, und dann muß klar sein, wer gemeint ist.«

»Ich kann Ihnen nichts sagen«, bekannte Nastja. »Denken Sie bis morgen früh darüber nach, wie Sie Udunjan aufs Korn nehmen wollen, und ich denke über mögliche äußere Kennzeichen des Mannes nach. Rufen Sie mich morgen um halb acht Uhr an.«

Bokr verabschiedete sich, und Nastja ging zu Bett. Sie konnte nicht einschlafen. Der Gedanke an den möglichen Mord ließ ihr keine Ruhe. Warum hatte Udunjan den Psychopathen nicht umgebracht? Es lag in der Logik der Dinge, daß er es getan hatte. Aber wo war die Leiche? Manchmal wurde der gleichmäßige Fluß ihrer Gedanken durch einen kleinen Kälteschauer unterbrochen, der ihr aus der Magengrube kroch, und Nastja erinnerte sich an die Szene in Konkowo, die sie auf dem Video gesehen und die sie auf so unerklärliche Weise beunruhigt hatte. Irgend etwas stimmte da nicht.

Gegen vier Uhr morgens fuhr sie plötzlich aus dem Schlaf und knipste das Licht an. Einen Moment lang schwankte sie zwischen dem Unwillen, das warme Bett zu verlassen und dem Wunsch, die ihr gestellte Aufgabe zu lösen, dann stand sie auf und nahm ein paar dicke Bände der Enzyklopädie aus dem Regal. Sie schleppte die Bände in die Küche, zündete das Gas an, stellte den Wasserkessel auf die Flamme und begann zu lesen. Nach einer halben Stunde, nachdem sie zwei Tassen Kaffee getrunken und ein paar Dutzend Stichwörter nachgeschlagen hatte, wünschte sie sich den Morgen herbei, damit sie endlich aktiv werden und anfangen konnte, neue Fragen zu stellen.

SIEBTES KAPITEL

1

»Da bist du ja, Licht meiner alten Augen, endlich besuchst du wieder einmal Opa Gurgen.« Die Stimme des massigen, schwerfälligen Gerichtsmediziners Gurgen Artaschesowitsch Ajrumjan dröhnte durch den Seziersaal. »Der Zwanzigste ist schon vorbei, sehe ich, aber mein Geißlein läßt sich nicht blicken, es ruft nicht an, steckt sein Näschen nicht zur Tür herein. Nun, denke ich, offenbar hat in der Abteilung für schwere Gewaltverbrechen ein Machtwechsel stattgefunden.«

Zum Zwanzigsten eines jeden Monats mußte Nastja Kamenskaja Gordejew einen Monatsbericht über die in Moskau entdeckten Mordfälle und den Stand ihrer Aufklärung vorlegen. In diesen Berichten untersuchte sie die Verbrechen als solche, die Art ihrer Ausführung und der Spurenbeseitigung, sie analysierte die Ursachen und Motive der Morde, schließlich auch neue, originelle Methoden der Aufklärungsarbeit wie auch Fehler und Versäumnisse der Kripo. Bei der Erstellung dieser Berichte wurde Nastja jedes Mal lange und ausführlich von dem alten, erfahrenen Gerichtsmediziner Ajrumjan beraten. In Gurgen Artaschesowitschs Augen war Nastja eine mustergültige junge Frau mit einer glänzenden Ausbildung und ohne jegliche Dummheiten im Kopf. Er beklagte sich bei ihr ständig über seine zwei Enkelinnen, die nicht studieren wollten, sich nur auf Partys und in Discotheken herumtrieben und deren junge, frische Gesichtchen so mit Farbe zugekleistert waren, daß sie der Gemäldegalerie des Madrider Prado glichen, wie Ajrumjan es ausdrückte.

»Gurgen Artaschesowitsch, ich suche eine Leiche«, sagte Nastja ernst.

Der wenig heitere Ort erdröhnte wieder unter dem Donner von Ajrumjans Gelächter.

»Sieh einer an, eine Leiche! Was sollte man hier denn sonst suchen, wenn nicht Leichen. Wen brauchst du denn?«

»Irgendeinen. Einen, der nicht zu den Mordopfern zählt.«

»Das ist etwas Neues in unserer Praxis.« Ajrumjan sah Nastja aufmerksam an. »Schieß los, was ist das Problem?«

»Verstehen Sie, es gibt einen Mann, der ... den ... Mit einem Wort, man muß ihn ermordet haben, aber er ist nicht unter den uns bekannten Mordopfern. Bleiben zwei Möglichkeiten: Entweder wurde die Leiche versteckt und bisher noch nicht gefunden, oder man hat nicht erkannt, daß es sich um ein Mordopfer handelt. So etwas ist doch möglich, oder?«

»So etwas ist sogar sehr gut möglich«, bestätigte Gurgen Artaschesowitsch. »Dafür gibt es eine Menge Beispiele. Erinnerst du dich an den Fall Filatowa im Jahr 1992? Der Mord wurde als Unfall kaschiert, angeblich Stromschlag. Nur durch Zufall entdeckten wir damals, daß es sich nicht um einen Unfall, sondern um Mord handelte. Und vor einiger Zeit warst du wegen eines lange zurückliegenden Mordes an einem Alkoholiker bei mir, erinnerst du dich? Du wolltest wissen, ob es möglich ist, einen Menschen, dem man ein Antidot zum Alkohol ins Gewebe eingesetzt hat, dadurch umzubringen, daß man ihn bewußt zum Trinken verleitet.«

»Ja, ich erinnere mich. Sie sagten damals, daß es ohne weiteres möglich ist. Und nun möchte ich wissen, ob meine Leiche sich vielleicht irgendwo hinter einem ähnlichen Fall versteckt hat.«

»Stell deine Fragen«, forderte Ajrumjan Nastja auf. »Alles, was ich weiß, erzähle ich dir, mein bunt gefiedertes Zaubervöglein.«

»Ich glaube, ich gleiche eher einer alten, zerrupften Krähe«, scherzte Nastja. »Es geht um männliche Personen, die infolge eines plötzlichen Todes in die Leichenhäuser eingeliefert wurden. Alter 35 bis 38, groß, kachektisch. Die Leichen müssen sich freilich gar nicht bei Ihnen befinden, wenn die Todesursache keinen kriminellen Charakter trägt.«

»Um welchen Zeitraum handelt es sich?«

»29. September bis zum heutigen Tag. Könnten Sie die Moskauer Kranken- und Leichenhäuser anrufen und eine Personenliste der Toten anfordern, in der auch die Todesursachen aufgeführt sind?«

»Kann ich, mein Blümchen, Opa Gurgen kann alles. Aber ich glaube nicht, daß du so eine Liste brauchen wirst.«

»Warum nicht?«

Ajrumjans Gesicht nahm den Ausdruck eines Zauberkünstlers an, der im Begriff ist, das seidene Tuch zu lüften und dem verblüfften Publikum statt der erwarteten fünf Kaninchen drei Ferkel zu präsentieren.

»Weil ich selbst die Leiche von Stanislaw Nikolajewitsch Berkowitsch seziert habe, der genau am 29. September eines plötzlichen Todes auf offener Straße gestorben ist, ganz in der Nähe seines Hauses. Prolaps der Mitralklappe. Der Tod trat sofort ein.«

»Das ist nicht möglich!« hauchte Nastja, die ihr Glück nicht fassen konnte. Obwohl vom Standpunkt der Wahrscheinlichkeitstheorie nichts Übernatürliches daran war. Es waren große Anstrengungen unternommen worden, um den Psychopathen unter den Mordopfern der letzten Wochen zu finden, und Nastja hatte sich ihr bisheriges Pech sehr zu Herzen genommen.

»Es ist aber doch so, mein Goldkind. Der Mann ist groß, kachektisch, blutarm, typischer Fall eines angeborenen Herzfehlers. An der Todesursache zweifle ich nicht, du weißt, mit dem Alter bin ich mißtrauisch geworden und überprüfe alles zehnmal. Niemand hat ihn ermordet. Aber jemand hat ihm einen ordentlichen Schrecken eingejagt.«

»Woher wissen Sie das?« fragte Nastja aufgeregt.

»Er hat eine deutliche, ziemlich große Spur am Knöchel, eine Spur, die von einem Schlag stammt. Der Schlag wurde praktisch in dem Moment ausgeführt, in dem der Tod eintrat. Eine Spur, die ... Aber diese Weisheiten sind nicht interessant für dich. Entscheidend ist, daß er sich nicht etwa selbst gestoßen hat, sondern daß der Schlag von außen kam. Vielleicht wollte man ihn zu Fall bringen, ich weiß es nicht, für so etwas habe ich keine Phantasie, ich bin ein nüchterner, düsterer Mensch ohne Vorstellungskraft. Aber genau im Moment des Schlages ist sein schwaches Herz stehengeblieben. Ich habe mir diesen Berkowitsch gemerkt, weil ich in meinem Bericht den Schlag erwähnt und gewartet habe, daß ein Untersuchungsführer anruft und eine Erklärung verlangt, aber es kam nichts. Dann habe ich aus Neugier noch einmal nachgefragt, aber da hatte man den Ärmsten längst beerdigt. Offenbar ist kein Verdacht aufgekommen, daß es sich hier um ein Verbrechen handeln könnte. Soll ich dir eine Kopie meines Berichts zeigen?«

»Unbedingt.«

Nastja kniff fest die Augen zusammen und kreuzte Mittel- und Zeigefinger ihrer Hände in den Hosentaschen. Im Grunde war sie nicht gerade abergläubisch, aber manchmal ... Lieber Gott, mach, daß er es ist, flehte sie. Laß ihn einen hellbraunen Regenmantel getragen haben. Mach, daß auf seiner Unterwäsche Flecken sind. Wenn er es ist, dann müssen da Flecken sein. Ich wünsche mir so sehr, daß ich endlich Glück habe, daß sich in diesem verdammten Fall endlich etwas bewegt ...

Während sie hinter Ajrumjan herging, aus dem Seziersaal zu seinem Büro, setzte sie innerlich ihre Beschwörungen fort und hielt die Finger weiterhin überkreuzt. In seinem Büro öffnete Gurgen Artaschesowitsch den Safe und entnahm ihm eine Akte mit den Kopien der Unterlagen.

»Hier, mein Schleierschwänzchen, sieh nach. Dein Freund Berkowitsch muß übrigens sexuelle Probleme gehabt haben.«

»Wie kommen Sie darauf?« fragte Nastja flüsternd. Vor Aufregung war ihr die Stimme weggeblieben. Sie hustete kräftig, um den Hals wieder frei zu bekommen.

»Er hat Spermaflecken auf der Unterhose. Was denkst du, wie kommen Spermaflecken auf die Unterhose eines Mannes, der auf dem Heimweg von der Arbeit ist? Und noch dazu in dieser Menge. Wenn ein Mann, verzeih die Einzelheiten, den Geschlechtsakt ausführt und sich wieder anzieht, ohne geduscht zu haben, finden sich auch Spuren, aber mitnichten solche, das kannst du mir glauben. Eine biochemische Analyse kann uns eine präzise Antwort auf die Frage geben, ob es ein Liebesakt mit einer Frau war oder, pardon, einer mit sich selbst.«

»Wie war er gekleidet?«

»Hellbrauner Regenmantel, schwarze Schuhe, ein dreiteiliger dunkelgrauer Nadelstreifenanzug, weißes Hemd, Krawatte, Unterwäsche.«

Nastja warf ihre Arme in die Luft, mit der triumphierenden Geste eines Fußballspielers, der eben ein Tor geschossen hat, und fiel dem alten, massigen Gerichtsmediziner mit einem leisen Jauchzer um den Hals.

»Ich habe ihn gefunden! Ich habe ihn wirklich gefunden! Nastja, Nastja, du bist ein As!«

»Nein, Anastasija Kamenskaja, du bist kein As«, brummte Ajrumjan, während er ihr wohlwollend den Rücken tätschelte, »du bist ganz einfach übergeschnappt. Hast eine drei Wochen alte Leiche gefunden und bist glücklich, als hättest du eine Million Dollar gewonnen.«

2

Gegen Abend fühlte Nastja sich völlig zerschlagen. Die alte Weisheit »Wenn's kommt, dann kommt's dicke« bewahrheitet sich manchmal auch in der Ermittlungsarbeit, wenn ein Fall sich lange und qualvoll hinzieht, wenn man einfach nicht weiterkommt, wenn alle Anstrengungen sinnlos erscheinen, weil sie offenbar ins Leere gehen, in eine falsche Richtung, wenn der Optimismus mehr und mehr schwindet, wenn es keinen Hoffnungsschimmer mehr zu geben scheint und man aufzugeben beginnt. Und plötzlich, in einer einzigen Sekunde, ändert sich alles, man muß dringend neue Entscheidungen treffen, die Strategie ändern, und alles das muß sehr schnell geschehen. Seltsamerweise kam es meistens bei mehreren Fällen gleichzeitig zum Durchbruch, und an solchen Tagen hatte Nastja das Gefühl, ihr Körper sei ein mit lebendigen Nerven ausgestatteter Computer, der an der Grenze seiner Belastbarkeit arbeitete, es fehlte nur noch eine Winzigkeit, und es würde zu einem Kurzschluß kommen, zu einem endgültigen Zusammenbruch des gesamten Systems. Doch obwohl die Belastung anhielt, funktionierte der Computer fehlerlos weiter, was Nastja jedesmal wieder in Erstaunen versetzte. Die Kraftreserven des Menschen schienen unerschöpflich zu sein. Aber am Abend dieses Tages fühlte sie sich plötzlich halb tot vor Erschöpfung.

Im Laufe des Tages hatte Denissow angerufen. Nastja hatte nicht erwartet, daß sie sich über seinen Anruf so freuen würde.

»Wie geht es mit meinen Jungs, wie machen sie ihre Sache? Gibt es irgendwelche Klagen?«

»Nicht doch, Eduard Petrowitsch, Ihre Jungs sind Spitzenklasse. Wenn wir hier nur ein paar solche hätten wie die«, bekannte Nastja aufrichtig.

»Versündigen Sie sich nicht, Anastasija, Ihre Leute sind auch nicht schlechter. Nur seid ihr arm und könnt euch nicht genug Leute und keine technische Ausrüstung leisten. Es ist ja bekannt, daß der Staat, indem er an Mitteln für die Justiz spart, das Leben seiner Bürger opfert. Wir sparen Geld und verlieren Menschenleben. Das ist die ganze Weisheit.«

»Sie haben recht, wie immer«, seufzte Nastja.

»Und wie sieht es aus«, erkundigte sich Denissow, »kommen Sie voran in Ihrer Sache?«

»Bis jetzt weiß ich es selbst noch nicht. Irgendeine Epidersion, wie Ihr Bokr sagte würde.«

Denissow lachte.

»Er hat Sie also auch schon infiziert mit seiner ›Kusdra‹. Er ist mein Goldjunge, sehr gescheit und erfinderisch. Und, Sie werden lachen, geradezu krankhaft ehrlich.«

»Ach ja? Und seine Verurteilung wegen Raubes?«

»Das ist lange her. Eine Jugendsünde. Glauben Sie mir, Anastasija, er ist ein guter Junge.«

»Ein Junge?« lachte Nastja. »Er ist wahrscheinlich genauso alt wie ich, wenn nicht älter.«

»Ach Kindchen«, seufzte Eduard Petrowitsch gutmütig, »ich bin schon so alt, daß alle unter fünfzig Kinder für mich sind. Bitte geben Sie acht auf Bokr.«

»Ich werde mir Mühe geben«, versprach Nastja, ohne so recht zu begreifen, was Denissow meinte, in welcher Hinsicht dieser originelle Exsträfling mit den rührenden Söckchen ihrer Fürsorge bedurfte.

Nastja mußte dringend Dascha Sundijewa treffen, um ihr eine Reihe neuer Fotos zu zeigen, unter denen auch eine Aufnahme von Berkowitsch war. Sie hatte keine Zeit, zum »Orion« zu fahren, deshalb entschloß sie sich, Dascha nach dem Ende des abendlichen Unterrichts in der Universität zu treffen. Nastja hatte keine große Auswahl, was die Begegnungen mit Dascha betraf. Es gab nur das »Orion«, wo sie sich mit ihr als angebliche Kundin in eine Umkleidekabine zurückziehen konnte, und Daschas Wohnung, in der sie mit ihren Eltern zusammenlebte. Hätte Nastja sie dort besucht, wäre es unvermeidlich gewesen, die Eltern in die unverständliche und wenig lustige Geschichte einzuweihen. An öffentlichen Orten bestand die Gefahr, ins Visier der Beschatter zu geraten. Aus denselben Gründen konnte sie Dascha auch nicht zu sich in die Wohnung bitten, es war zu riskant. Blieb nur noch die Universität.

»Sichern Sie mich bitte ab«, bat sie Bokr, den »Goldjungen«. »Ich möchte sicher sein, daß die Weberschiffchen mein Treffen mit Dascha nicht bemerken.«

Als Dascha aus dem Vorlesungssaal trat, erwartete der helläugige Surik sie bereits vor dem Raucherzimmer, wo er sich unter die Studenten gemischt hatte. Sie war schon auf gleicher Höhe mit ihm, als ein sympathisches Dickerchen mit Brille sie anrief.

»Sundijewa! Dascha! Du hast ein Loch hinten in der Strumpfhose. Sooo ein großes!«

Dascha verbog sich nach hinten und warf einen Blick auf ihre Beine. In der schwarzen Strumpfhose prangte tatsächlich ein riesiges Loch.

»Verdammt«, murmelte sie ärgerlich. »Hast du Nadel und Faden?«

»Halt mal!« Das Dickerchen öffnete seine Aktentasche und entnahm einem Necessaire eine schwarze Garnrolle und eine Nadel.

Dascha blickte um sich, mit den Augen ein stilles Eckchen suchend.

»Geh am besten in den Hörsaal 17«, riet ihr das Dickerchen, »da ist jetzt niemand.«

»Und wenn jemand reinkommt?« fragte Dascha zweifelnd. »Stell dir vor, der Rektor taucht auf, und ich sitze da und flicke meine Strumpfhosen. Oder, noch besser, ich stehe mit erhobenem Rock vor ihm.«

»Ich komme mit und stehe Schmiere. Gehn wir!« Das Dickerchen zog Dascha entschlossen mit sich, zu der Tür, auf der mit weißer Kreide die Zahl 17 stand.

Von seinem Posten neben dem Raucherzimmer hatte Surik das Dickerchen gut im Auge, das die Tür zum Hörsaal bewachte. Ein junger Mann und ein Mädchen wollten den Hörsaal betreten, doch das Dickerchen versperrte ihnen entschieden den Weg, es sagte etwas und formte mit Daumen und Zeigefinger einen eindrucksvollen Kreis, der offenbar die Größe des Lochs in Daschas Strumpfhose beschreiben sollte. Alle drei lachten, und das Paar entfernte sich wieder.

Dascha erkannte Berkowitsch auf den ersten Blick.

»Das ist er«, sagte sie, während sie das Foto mit spitzen Fingern ergriff, so als würde sie befürchten, sich schmutzig zu machen. In ihr anmutiges Gesicht trat ein Ausdruck solchen Ekels, als würde sie eine Kröte berühren.

Nastja begann, die auf dem Tisch ausgebreiteten Fotos wieder einzusammeln, während Dascha, geschickt mit der Nadel hantierend, das vielerwähnte Loch in ihrer Strumpfhose flickte.

»Anastasija Pawlowna, wie heißt das Mädchen?« fragte sie, als sie bereits dabei waren, den Hörsaal zu verlassen.

»Das Mädchen heißt Natascha. Wozu willst du das wissen?«

»Aber sie wartet doch draußen vor der Tür auf mich, ich werde ja jetzt wahrscheinlich mit ihr auf die Straße hinausgehen müssen. Da muß ich schließlich wissen, wie ich sie ansprechen kann. Vielleicht wird unser Beschatter ja hören wollen, worüber wir uns unterhalten.«

Nastja schloß ihre Handtasche und begann, ihre Jacke zuzuknöpfen.

»Komm mal her«, sagte sie zu Dascha.

Das Mädchen kam dicht an sie heran, und Nastja legte ihr sanft die Hand auf die Schulter.

»Hast du denn überhaupt keine Angst?« fragte sie leise.

»Jetzt nicht mehr.« Dascha lächelte sonnig und schüttelte ihre honiggoldenen Locken. »Jetzt, da Sie die Sache in die Hand genommen haben, habe ich doch nichts mehr zu befürchten. Ich finde es schrecklich interessant. Ein richtiges Abenteuer!«

Ja, wirklich, dachte Nastja, schrecklich interessant. Weißt du denn nicht, meine Kleine, daß dir der Tod auf den Fersen ist? Und solltest du es wissen? Ich habe mir eine riesige Verantwortung aufgeladen, indem ich nur einen einzigen Fehler gemacht habe, aber dieser Fehler ist nicht mehr zu korrigieren. Indem ich dafür gesorgt habe, daß Kostyrja neulich deine Spur verloren hat, habe ich deine Verfolger wahrscheinlich in ihrem Verdacht bestärkt, daß du eine Informantin bist. Und dabei wußte ich damals noch nichts von Berkowitsch. Jetzt bist du noch gefährlicher für sie geworden, und was das Schlimmste ist, nicht ohne mein Zutun. Ich muß mir etwas einfallen lassen. Du glaubst so sehr an mich, meine Kleine, daß ich alles nur Mögliche tun muß, um dich zu beschützen.

»Daschenka, ich will dir keine Angst einjagen, aber ... Weißt du was? Laß uns so tun, als wärst du meine Assistentin, als würden wir gemeinsam an einem schwierigen, verwickelten

Fall arbeiten. Und jede Arbeit verlangt Aufmerksamkeit und Besonnenheit. Wenn du das, was geschieht, als Kinderspiel betrachtest, als Dschungelabenteuer, besteht die Gefahr, daß du das Wesentliche aus dem Auge verlierst. Verstehst du mich?«

»Ja, ich verstehe Sie, Anastasija Pawlowna«, antwortete Dascha ernst. »Ich werde mich vorsichtig und korrekt verhalten. Wissen Sie, ich wollte Ihnen sagen ... Ich liebe Sascha und erwarte ein Kind von ihm. Deshalb werde ich sehr vorsichtig sein. Sie brauchen sich um mich keine Sorgen zu machen.«

Sie schloß leise die Tür des Hörsaales hinter sich, und Nastja Kamenskaja stand noch lange wie angewurzelt und starr vor Staunen da.

3

Igor Jerochin trat aus dem Restaurant auf die Straße und stürzte sofort wieder zurück ins Vestibül. Er preßte sich gegen die Wand und versuchte, sich zu beruhigen. Sein Herz klopfte wie verrückt. Wieder dieser Mensch! Dieses Mal war Igor ganz sicher, daß er sich nicht täuschte. In den letzten Tagen hatte er sein Gesicht mehrmals gesehen. Sollte es ein Bulle sein? Oder einer der Konkurrenten? Er mußte es herausfinden. Aber wie? Und die wichtigste Frage war: Sollte er Artjom unterrichten oder nicht?

Er warf eine Münze in den öffentlichen Fernsprecher und wählte die Nummer von Viktor Kostyrja.

»Kostyrja, ist bei dir alles in Ordnung?« fragte er so gleichmütig wie möglich.

»Wie meinst du das?« erkundigte sich Kostyrja verständnislos.

»Bist du sicher, daß du keinen Schatten hinter dir herziehst?«

»Hundertprozentig«, entgegnete Kostyrja entschieden, »ich passe genau auf.«

»Und Surik hat auch nichts dergleichen gesagt?«

»Ich glaube nicht. Aber frag ihn selber. Was ist denn los?«
»Nichts. Ich frage Surik. Mach's gut.«

Nachdem Jerochin den Hörer eingehängt hatte, trat er wieder auf die Straße und ging ohne Eile zu seinem grellroten Audi. Sollte dieser Mann ihn wirklich verfolgen? Und warum nur ihn? Oder wurden bereits alle beschattet, unter anderem auch Artjom selbst, und er, Igor, hatte es nur als erster bemerkt? Aber Kostyrja konnte man eigentlich glauben, denn als der Gierigste von allen war er sehr gewissenhaft und wachsam, er zitterte um jeden Dollar und hütete seinen Futtertrog wie seinen Augapfel. Wenn man ihn beschatten würde, wäre ihm das mit Sicherheit nicht entgangen. Womöglich ging es wirklich nur um ihn, Igor, vielleicht hatte er einen Fehler gemacht und deshalb die Beschattung auf sich gezogen. Wenn es so war, dann durfte er Artjom davon nichts sagen. Er würde ihm den Kopf abreißen und das ihm zustehende Geld einbehalten, seine Strafen für Fahrlässigkeiten waren drastisch und grausam. Aber wie wäre es, dachte Igor, wenn ich mir den Mann selbst vornehme und dadurch womöglich unseren Konkurrenten auf die Spur komme? Dann wird Artjom mich nicht nur loben, sondern, so Gott will, auch meinen Anteil erhöhen.

Er blickte sich nach allen Seiten um, doch der Mann war nirgends mehr zu sehen. Nachdem er eine kurze Strecke gefahren war, vorbei an zwei Häuserblocks, bemerkte Jerochin einen weißen Shiguli, der ihm folgte. Er erhöhte die Fahrgeschwindigkeit, doch der Shiguli blieb dicht hinter ihm. Daraufhin drosselte er die Geschwindigkeit abrupt, und der Wagen überholte ihn. Hinter dem Steuer saß der bewußte Mann, er fuhr vorbei, ohne den Kopf zu wenden. War das alles vielleicht doch nur ein Zufall? Für alle Fälle merkte sich Igor aber die Autonummer.

Nachdem er noch einige Erledigungen gemacht hatte, fuhr Jerochin nach Hause. Er wäre liebend gern zum Übernachten zu Lora gefahren, doch sie wohnte in einem Neubaugebiet, wo es noch keine Telefonanschlüsse gab, und Resnikow hatte ihm den strengen Befehl erteilt, zu Hause zu übernachten, solange die Sache mit den Konkurrenten nicht geklärt war. Es konnte schließlich jeden Moment etwas passieren, und jeder von ihnen mußte Tag und Nacht erreichbar sein. Lora konnte über Nacht nicht zu ihm kommen, sie hatte ein kleines Kind.

Igor wohnte in einer winzigen Einzimmerwohnung, der billigsten, die er hatte finden können. Er hatte die Wohnung von dem Geld gekauft, das er als Weberschiffchen verdiente. Von dem anderen, dem großen Geld, hatte er noch nie etwas gesehen. Dieses Geld wurde auf das Konto einer westeuropäischen Bank überwiesen. Wenn sich genug angesammelt hatte, würde Igor Rußland verlassen und ein neues Leben beginnen können, das jedenfalls versprach ihm Artjom.

Jerochins Mutter wohnte nach wie vor in dem Haus, wo er seine Kindheit verbracht hatte. Manchmal besuchte er seine Mutter, wenn auch sehr widerwillig. Sie begann sofort zu jammern und zu klagen, weil er nicht studierte und nicht arbeitete, wie alle anständigen Leute, sondern sich mit Spekulanten eingelassen hatte. Die alte Frau konnte nicht begreifen, daß es heute keine Spekulanten mehr gab, sondern nur noch freien Handel. Und mit einem Universitätsdiplom konnte man sich den Hintern abwischen, das war das einzige, wofür so ein Papier heute noch gut war. Artjom zum Beispiel hatte ein abgeschlossenes Studium, er hatte als Wissenschaftler gearbeitet und sogar den Doktor gemacht. Was hatte er davon? Rein gar nichts. Mit so etwas konnte man heute kein Geld mehr verdienen. Außer Kopfschmerzen brachte einem eine Dissertation nichts mehr ein. Und Artjom war kein Dummkopf. Wenn er aus dem Staatsdienst ausgeschieden war und sich für den freien Handel entschieden hatte, dann mußte das seine Richtigkeit haben.

Doch trotz aller Nörgelei mußte Igor seine Mutter wenigstens ab und zu besuchen. Morgen, beschloß er, morgen fahre ich zu ihr. Ich decke sie mit Fressalien ein, solchen von der besseren Sorte, denn sie beschwert sich ja immer, daß ich sie nicht unterstütze. Wenn man ihr zuhört, könnte man glauben, sie hätte außer mir keine Kinder. Aber Ljuska und Genka zählen ja nicht. Sie sind Hungerleider, während ich der Dukatenesel bin und sie alle am Leben erhalten muß. Zwei ausgewachsene Schafsköpfe, die nur darauf warten, sich mir auf die Tasche zu legen. Aber da haben sie sich getäuscht! Der Mutter muß ich helfen, das ist meine heilige Pflicht, aber die andern beiden sollen sehen, wie sie allein zurechtkommen.

Der Whiskey, den Igor zum Abendessen getrunken hatte, hatte ihm angenehm den Kopf vernebelt, doch inzwischen war die Wirkung wieder verflogen. Bevor er zu Bett ging, kippte Jerochin noch ein halbes Wasserglas Wodka hinunter. Der Gedanke an den Mann im weißen Shiguli beunruhigte ihn, und er wollte sich ordentlich ausschlafen.

4

Nachdem General Vakar Jerochins Wagen überholt hatte, fuhr er nach Hause. Warum hatte der Bursche plötzlich so stark gebremst? Hatte er ihn etwa bemerkt? Sehr spaßig. Aber völlig bedeutungslos. Früher oder später würde Vakar ihn sowieso umbringen. Natürlich hätte er es lieber vermieden, aber da es nicht zu vermeiden war ...

Er trat aus dem Lift und erblickte Lisa, die mit einem Mantel über den Schultern und einer Zigarette in der Hand im Treppenhaus stand. Vakar nickte seiner Tochter zu und wollte bereits die Wohnungstür aufschließen, als Lisa ihn anrief.

»Warte, Papa.«

Lisa stand eine halbe Treppe tiefer, Vakar ging schweigend zu ihr hinunter.

»Papa ... die Mutter war heute bei der Patentante.«

Vakar runzelte die Stirn. Er verabscheute die bigotte, dicke Person, die aussah, als bestünde sie aus Gelee, und die Jelena seinerzeit dabei unterstützt hatte, sich taufen zu lassen. Zum Glück spürte Jelena, daß ihm diese Frau, gelinde gesagt, unangenehm war, und hatte aufgehört, sie ständig zu sich nach

Hause mitzuschleppen. Von ihr kam dieser ganze gefährliche Unsinn von der ungerächten, unerlösten Seele des Kindes.

»Und was hat die Patentante gesagt?« fragte Vakar, der nicht versuchte, ein spöttisches Lächeln zu unterdrücken.

»Die Mutter möchte, daß sie jemanden für sie findet ... Nun ja, du weißt schon, wovon die Rede ist. Sie ist der Meinung, daß du zu lange wartest, daß man sich auf dich nicht verlassen kann. Dann müssen eben fremde Leute dafür sorgen, daß Andrjuschas Seele Frieden findet, wenn es dem eigenen Vater egal ist, sagt sie.«

»Hast du hier auf mich gewartet, um mir das zu sagen?«

»Ich habe dein Auto durchs Fenster gesehen und wollte dich hier draußen abfangen. Papa, du wirst es doch selbst machen, nicht wahr? Erlaube der Mutter nicht ... Du mußt es selbst machen, dann wird alles richtig sein.«

»Das solltest du deiner Mutter sagen«, antwortete der General trocken. »Ich habe euch beide schon hundertmal gebeten, mich nicht zu drängen und keine Diskussionen in dieser Sache mit mir anzufangen. Und ich kann das noch hundertmal wiederholen. Ich lasse mich nicht drängen und führe mit euch keine Gespräche darüber. Geh wieder in die Wohnung!«

Lisa stieg gehorsam die Stufen hinauf, sie ging in die Küche und begann, das Abendessen für den Vater aufzuwärmen. Vakar legte hastig seinen Mantel im Flur ab und betrat ohne anzuklopfen das Zimmer seiner Frau. Jelena kniete vor dem Sofa, vor ihr lagen Fotos von Andrjuscha und Zeitungsausschnitte, in denen die Rede von ihrem genialen Sohn war. In dem langen schwarzen Kittel, den sie jetzt statt eines Morgenmantels trug, mit dem abgezehrten, früh gealterten Gesicht, glich sie trotz des hellblonden Zopfes, den sie um den Kopf geschlungen hatte, einer furchterregenden schwarzen Krähe. Sie wandte den Kopf nicht nach ihrem Mann um.

»Jelena, ich bitte dich, keine unüberlegten Schritte zu tun«, sagte Wladimir Sergejewitsch mit halblauter Stimme. »Führe bitte keine Verhandlungen mit deiner Patentante. Dazu besteht keine Notwendigkeit.«

»Ich glaube dir nicht«, antwortete Jelena, ohne sich umzuwenden. »Du schiebst die Sache schon ein ganzes Jahr vor dir her. Offenbar hast du nicht vor, etwas zu tun.«

»Ich bitte dich«, wiederholte Vakar mit Nachdruck. »Ich weiß, mit welchen Leuten sich deine Patentante umgibt. Jeder von ihnen würde innerhalb eines Tages gefaßt werden und dich ins Gefängnis mitziehen. Das, was du vorhast, nennt man Anstiftung zum Mord. Du wirst im Gefängnis landen. Verstehst du das denn wirklich nicht?«

»Und wenn schon«, sagte sie mit tragischer Stimme. »Ich bin bereit, noch mehr zu leiden, wenn du als Vater nicht in der Lage bist, für dein Kind einzutreten. Ich werde ins Gefängnis gehen, aber daran wirst du schuld sein.«

»Jelena, ich gebe dir mein Wort, daß ich die Sache in nächster Zeit zu Ende bringen werde. Ich gebe dir mein Wort.«

»Gut, ich werde noch zwei Wochen warten«, lenkte sie zu Vakars Überraschung ein. »In genau zwei Wochen jährt sich unser dritter Feiertag. Bis zu diesem Tag mußt du gehandelt haben. Am besten, du tust es direkt an diesem Tag. Dann werden wir ein doppeltes Fest feiern.«

Jelena Vakar lächelte triumphierend im Vorgefühl des Tages, an dem sich der Tod von Ravil Gabdrachmanow jähren und das letzte Opfer von der Hand ihres Mannes fallen würde. Igor Jerochin.

5

Weit hinter Moskau, in einer fernen asiatischen Stadt, war der Morgen eines Arbeitstages angebrochen. Zwei Männer saßen in einem weiträumigen Büro und begannen ihre Besprechung mit einer Tasse Tee. Einer von ihnen, ein hochgewachsener, grauhaariger Japaner, der einen gut sitzenden Anzug und eine teure Krawatte trug, nahm den Platz hinter dem Schreibtisch ein, er hatte sein undurchdringliches Gesicht zum Fenster gewandt. Draußen rauschte der Regen, sein Geräusch war das einzige, das in diesem Moment im Raum zu hören war.

Der zweite Mann war ein Amerikaner mit athletischen Schultern und dem Gesicht eines Filmstars, durchzogen von tiefen, scharfen Furchen. Die Furchen verliehen seinem männlichen Äußeren einen besonderen Charme, sie wirkten wie ein Abdruck bestandener Prüfungen und großer, schwerwiegender Erfahrungen. In seinem dichten kastanienbraunen Haar war noch keine Spur von Grau zu entdecken, und wenn er sich bewegte, hätte man ihn von hinten für einen zwanzigjährigen Sportler halten können, obwohl er in Wirklichkeit dreißig Jahre älter war. Der Amerikaner saß lässig zurückgelehnt im Sessel, doch seine entspannte Pose konnte den grauhaarigen Japaner nicht täuschen. Er wußte sehr gut, zu welch überraschenden, angriffslustigen Sprüngen gemütlich schnurrende Katzen fähig waren. Besonders dann, wenn es sich um Raubkatzen handelte.

»Und trotz allem haben Sie mich nicht überzeugt, mein Freund«, sagte endlich der Japaner, das Schweigen brechend. »Sie bekommen von unserer Organisation sehr viel Geld dafür, daß Sie uns die technische Neuentwicklung in kurzer Frist liefern. Sie haben uns die Fertigstellung zum 1. Januar zugesagt. Sie haben uns einen Zeitplan für die Durchführung der notwendigen Versuche vorgelegt, und wir waren mit diesem Zeitplan einverstanden. Mit anderen Worten, wir haben akzeptiert, daß Sie die Arbeit nicht vor dem 1. Januar abschließen können, und wir haben uns bereit erklärt, Sie bis zu diesem Zeitpunkt zu finanzieren. Und was geschieht nun? Ein einziger lausiger Russe bringt den ganzen Zeitplan durcheinander, nach dem Dutzende von Leuten pausenlos arbeiten. Konnten Sie denn wirklich keine verläßlichere Quelle für die Lieferung des Rohstoffes finden?«

Der Amerikaner stellte die Teetasse samt Unterteller vorsichtig auf dem niedrigen Tischchen ab und lehnte sich wieder bequem im Sessel zurück.

»Akira-San, Sie wissen sehr gut, daß Rußland zur Zeit von

jedem ausgeraubt wird, der gerade Lust dazu hat. Strategische Rohstoffe werden in Lastwagen, Güterwaggons und sogar Transportflugzeugen außer Landes gebracht. Diese Geschäfte werden von durchaus angesehenen, soliden Leuten gemacht, die Verbindungen zu Regierungskreisen haben, aber diese Leute stehen im Licht der Öffentlichkeit, und wenn die Ware wider Erwarten vom Zoll geprüft wird, entsteht ein Skandal, dessen Wellen sehr schnell nicht nur den Absender, sondern auch den Empfänger der Ware erreichen. Und wenn ich Sie recht verstehe, möchten Sie auf keinen Fall, daß so etwas geschieht. Der unzuverlässige, lausige Russe, wie Sie sich auszudrücken beliebten, ist der Garant unserer Sicherheit. Selbst wenn er morgen ein Schuldgeständnis ablegt und alles erzählt, was er weiß, ist das völlig ungefährlich für uns, denn es besteht keine Möglichkeit, uns zu finden und seine Aussagen zu überprüfen. Eine Metallkapsel, die in eine Faust paßt, kann man zufällig auf der Straße finden, aber ein beladener Wagen hat immer einen Absender, und es gibt immer Leute, die wissen, wann, wo und mit wem der Lieferant sich getroffen hat. Es ist mir ausgesprochen peinlich, Sie an diese simplen Fakten erinnern zu müssen.«

»Alles, was Sie sagen, ist völlig richtig, aber leider ohne jeden Nutzen«, sagte der Japaner kalt, »denn es trägt nicht dazu bei, die Lösung des Problems zu beschleunigen. Was muß geschehen, damit die Arbeit wieder aufgenommen werden kann?«

»Wir können den Russen unter Druck setzen und ihm noch mehr Geld anbieten. Oder eine andere Quelle suchen.«

»Was ist billiger?«

»Das bleibt sich gleich.« Der Amerikaner zuckte mit den Schultern. »Die Suche nach einer neuen Quelle wird ein rundes Sümmchen kosten und das Risiko erhöhen. Deshalb wird es klüger sein, dieses Geld unserem Lieferanten zu bezahlen, damit er die Lösung seines Problems vorantreibt.«

»Was für ein Problem hat er eigentlich, Carl? Könnten Sie ihm nicht irgendwie helfen?«

»Das weiß ich nicht und will es auch nicht wissen. Der Russe muß seine Probleme selbst lösen, ohne unsere Hilfe. Er bekommt von uns genug Geld für seine Lieferung. Es wäre dumm und gefährlich, sich in seine Angelegenheiten einzumischen.«

»Das Unternehmen erfordert also neue Investitionen«, konstatierte Akira-San unzufrieden. »Das gefällt mir nicht, Carl. Ist es nicht möglich, daß Ihr Russe uns einfach erpressen will?«

Der Amerikaner lächelte.

»Ich schätze Ihr Feingefühl, Akira-San. In Wirklichkeit glauben Sie, daß ich es bin, der Ihnen das Geld aus der Tasche ziehen will. Ihr Verdacht ist unbegründet, aber ich kann ihn leider durch nichts anderes entkräften als durch mein Wort. Sie haben nur die Wahl, mir zu glauben. Jedenfalls kann ich versuchen, den Russen unter Druck zu setzen, ohne ihm ein zusätzliches Entgelt zu versprechen. Ich weiß, wie man das macht.«

»Dann machen Sie.« Der Japaner nickte. »Wenn es Ihnen gelingt, wenigstens einen Teil der Ausgaben einzusparen, werde ich dafür sorgen, daß Ihr Honorar erhöht wird.«

Zwei Stunden später läutete in der Moskauer Botschaft eines GUS-Landes das Telefon. Einer der untergeordneten Botschaftsmitarbeiter nahm den Hörer ab und hörte sich aufmerksam an, was am anderen Ende der Leitung gesagt wurde. Die Aufgabenstellung bestand darin, die Namen und Adressen einiger Firmen festzustellen, ebenso die Namen ihrer leitenden Angestellten, vorzugsweise der Direktoren und Chefingenieure.

6

Suren Udunjan schloß seinen Wagen ab und ging zu seinem Haus. Im Treppenhaus war, wie immer, das Licht defekt, der Treppenabsatz vor dem Lift versank im Halbdunkel, in das nur das schwache Deckenlicht aus dem ersten Stockwerk einfiel. Suren drückte auf den Liftknopf, machte einen Schritt zum Briefkasten und holte den Schlüsselbund aus der Tasche.

In diesem Moment legte sich plötzlich eine Hand auf seine Schulter. Surik wandte sich abrupt um und erstarrte. Vor ihm stand der Mann aus der Metro, Berkowitsch, der auch jetzt denselben hellbraunen Regenmantel trug.

»Warum hast du mich überfallen?« fragte er mit leiser, monotoner Stimme.

»Du bist doch gestorben«, flüsterte Surik. Seine Lippen und seine Zunge gehorchten ihm nur widerwillig.

»Natürlich bin ich gestorben«, antwortete der Tote mit derselben monotonen Stimme. »Und nun möchte ich wissen, warum du mich umgebracht hast.«

Mit einem rasselnden Geräusch öffnete sich die Lifttür, doch im rettenden Innern des Fahrstuhls herrschte das Dunkel eines bodenlosen Abgrunds. Auch hier war die Deckenbeleuchtung defekt. Surik unternahm eine verzweifelte Anstrengung, um seine Glieder aus der Erstarrung zu lösen, dann sprang er buchstäblich hinein in das schwarze Loch. Doch der Tote erwies sich als nicht weniger behende. Er folgte Surik auf den Fersen in den Lift und stellte sich so hin, daß sowohl der Ausgang versperrt war als auch das Tableau mit den Etagenknöpfen.

»Warum hast du mich überfallen? Warum hast du mich umgebracht?« brabbelte der Tote. Seine traurige Stimme wurde leiser und leiser, sie war nur noch ein unheilvolles Raunen, doch dem zu Tode erschrockenen Udunjan schien es, als brüllte ein Lautsprecher neben seinem Ohr. Er konnte sich nicht zu dem Versuch entschließen, den Lift zu verlassen, um auf die Straße hinauszulaufen, denn in diesem Fall hätte er sich an dem Toten vorbeizwängen müssen, der dicht neben der Lifttür stand. An so eine Möglichkeit konnte Surik nicht einmal denken.

»Ich habe dich nicht überfallen«, flüsterte er halb tot vor Angst. »Ich habe dich nur am Fuß gestoßen, daran kannst du nicht gestorben sein.«

»Und woran bin ich nach deiner Meinung gestorben?« raunte der Tote kaum hörbar. Surik konnte deutlich den Leichengeruch spüren, der von ihm ausging.

»Du bist hingefallen und hast dich gestoßen. Ehrenwort, du bist selbst gefallen und hast dir den Kopf aufgeschlagen. Bei Gott, ich war es nicht, ich habe dich nicht umgebracht. Du bist selbst gefallen! Du selbst! Ich bin unschuldig!«

Surik schrie schon fast, eiskalter Schweiß rann ihm den Rücken hinunter. Überraschenderweise schloß sich die Tür des Lifts plötzlich von selbst, der Fahrstuhl machte einen Ruck und schwebte fast lautlos nach oben. Im fünften Stock öffnete sich die Tür, und im hellen Licht, das in die Kabine einbrach, sah Udunjan, daß außer ihm niemand im Lift war.

ACHTES KAPITEL

1

»Nun, Anastasija Pawlowna, dieses Mal haben Sie sich nicht getäuscht«, verkündete Bokr, der Nastja am frühen Morgen anrief. »Udunjan ist wirklich der letzte Mensch, den Stanislaw Berkowitsch in seinem Leben gesehen hat. Nutzt Ihnen diese Information etwas?«

»Sie stiftet eher noch größere Verwirrung. Ich freue mich natürlich, daß meine Nase mich nicht getäuscht hat, aber der Fall wird dadurch nicht klarer. Es scheint, als hätten unsere Schützlinge bisher nichts getan, was uns Aufschlüsse über ihr kriminelles Handwerk geben könnte.«

»Nein, bisher nicht«, bestätigte Bokr. »Wir beobachten sie sehr genau, aber bis jetzt haben wir sie bei keiner einzigen verdächtigen Kontaktaufnahme und keiner einzigen verdächtigen Handlung ertappt. Sie schmoren in ihrem eigenen Saft. Resnikow war einmal zur Warenbeschaffung in Istanbul, einer meiner Männer ist im selben Flugzeug mitgeflogen, hin und zurück, aber es ist ihm nichts von Bedeutung aufgefallen. Obwohl man in so einer Situation natürlich nie sicher sein kann. Vielleicht hat Resnikow sich in Istanbul mit jemandem getroffen, aber dann hat er es so geschickt angestellt, daß niemand es bemerken konnte. Oder er hat sich mit überhaupt niemandem getroffen, sondern nur ein Telefonat aus seinem Hotelzimmer geführt, aber das konnten wir, verzeihen Sie uns bitte, beim besten Willen nicht überprüfen.«

»Mein Gott, Bokr«, seufzte Nastja, »wieviel Geld haben Sie denn, daß Sie Ihre Leute sogar ins Ausland schicken können?«

»Sehr indiskret, Anastasija Pawlowna, sehr indiskret.« Bokr ließ sein wunderbar kreischendes, schnarrendes Gelächter hören. »Aber Eduard Petrowitsch hat viel Geld. Sollten Sie das etwa nicht wissen? Übrigens, noch ein kleines Detail. Resnikow hat sich vor etwa einem Monat die linke Hand verbrüht, ziemlich böse, er hat bis vor kurzem einen Verband getragen. Aber das nur ganz nebenbei.«

»Das ist es«, sagte Nastja zufrieden, »jetzt geht die Sache auf.«

»Was geht auf?« Bokr verstand nicht.

»Die Hand ist es, die verbrühte Hand. Die Personenbeschreibung, die Dascha dem Milizionär gegeben hat, paßt auf Tausende von Männern. Aber auf der Notiz stand, daß der Mann die linke Hand in der Manteltasche hält. Wenn Resnikow an diesem Tag einen Verband trug, dann ist es durchaus denkbar, daß auch er die Hand in der Manteltasche hatte. Deshalb sind unsere Freunde davon überzeugt, daß Dascha mit ihrer Personenbeschreibung eben ihn gemeint hat. Sie haben mir eine Freude gemacht, Bokr, ich danke Ihnen. Diese Hand hat mir keine Ruhe gelassen. Jetzt paßt alles zusammen.«

Bokr schwieg eine Weile, Nastja hatte sogar den Eindruck, daß die Verbindung abgerissen war.

»Hallo! Hallo, Bokr!« rief sie unsicher in den Hörer.

»Ich bin hier«, antwortete er. »Darf ich Ihnen noch etwas sagen?«

»Natürlich, ich höre.«

»Onkel Tolja und Ed von Burgund hatten recht. Sie sind wirklich einzigartig.«

»Wie meinen Sie das?«

»Wie ich es sage. Ich wollte nur meine Bewunderung für Sie zum Ausdruck bringen, etwas ungeschickt vielleicht. Wann soll ich mit meinem Bericht zu Ihnen kommen?«

»Ich erwarte Sie ... Übrigens, nein, ich habe es mir anders überlegt. Können Sie jetzt gleich kommen? Sie fahren mich zur Arbeit, und unterwegs unterhalten wir uns. Es ist Zeit, daß wir unsere Strategie ändern.«

2

Er mochte den Stadtteil nicht, obwohl er hier seine Kindheit verbracht hatte und jeden Stein kannte. Vielleicht wurde er nicht gern an seine Kindheit erinnert, obwohl es keineswegs eine schwere, entbehrungsreiche Kindheit war, ganz im Gegenteil. Eine normale Kindheit in einer normalen Familie. Aber Igor liebte die Erinnerung an diese Zeit nicht.

Die Mutter war, wie immer, unzufrieden, als er kam. Er brachte ihr zwei riesige Taschen mit Lebensmitteln, aber sie begann sofort, sich zu beklagen und Igor vorzuhalten, er habe ihr lauter sinnloses ausländisches Zeug angeschleppt, er hätte lieber ein normales, anständiges Stück Fleisch kaufen sollen. Jetzt ging Igor mit dem Einkaufsnetz in der Jackentasche zu dem kleinen Markt nebenan, um frisches Kalbfleisch zu besorgen.

Er betrat die Parallelstraße und blieb wie angewurzelt stehen. Direkt vor ihm stand der weiße Shiguli. Wieder derselbe. Er kniff die Augen zusammen und machte eine kurze, heftige Bewegung mit dem Kopf, doch das Auto stand unverändert da und zeigte ihm provokativ sein unverwechselbares Kennzeichen.

Jerochin wich zur Seite, stand eine Weile da und dachte nach, dann betrat er das nächstbeste Geschäft und stellte sich in die Nähe des Schaufensters, aus dem man das weiße Auto gut sehen konnte. Er fragte sich nicht, wie lange er hier so stehen und warten konnte, er wußte nur, daß er keine Wahl hatte, er mußte so lange ausharren, bis der Unbekannte zu seinem Wagen zurückkehren würde. Und dann mußte er versuchen herauszufinden, wer er war.

Die junge Kassiererin warf Igor verwunderte Blicke zu, doch er beachtete sie nicht. Er stand einfach da und wartete.

Es war bereits kurz vor eins, das Geschäft leerte sich, eine mit Eimer und Lumpen bewaffnete Putzfrau tauchte auf.

»Junger Mann, wir haben Mittagspause«, erklärte sie in einem so empörten Tonfall, als hätte man ihr ein Stück Brot aus dem Mund gerissen. Und in diesem Moment erblickte Igor IHN. Er kam aus dem gegenüberliegenden Haus, in Begleitung einer jungen Frau in einem schwarzen Mantel und mit einem schwarzen Tuch auf dem Kopf. Igor erkannte sie sofort. Es war unmöglich, sie nicht zu erkennen, obwohl es so viele Jahre her war ... Er erinnerte sich zu gut an ihr Gesicht von DAMALS. Und sie hatte sich seither nicht sehr verändert. Lieber Gott, dachte er, der Mann ist ihr Vater, die beiden sehen sich verblüffend ähnlich. Sie sind beide hochgewachsen, schlank, sie haben beide diese scharf ausgeprägten Gesichtszüge, dieselben grauen Augen unter den geraden, zu den Schläfen hinstrebenden Brauen. Wie war doch gleich der Name? Vakar? Ja, genau, Vakar.

... Der Geschädigte Vakar Andrej ...

... Die Geschädigte Vakar Jelisaweta ...

An den Prozeß gegen den Bruder von Jura Oreschkin hatte Igor nur noch undeutliche, bruchstückhafte Erinnerungen. Gegen ihn und seine minderjährigen Freunde wurde nicht verhandelt, sie traten als Zeugen gegen Oreschkin auf, der wegen Anstiftung zum Mord angeklagt war. Zum Gericht wurden sie von ihren Eltern begleitet, von einem Revierbeamten, einer jungen Inspektorin für Jugendkriminalität und einem Kripobeamten. Man hielt sie alle vier an den Händen fest und ließ sie nicht los. Igor hatte große Angst, daran erinnerte er sich genau, alles andere verlor sich im Nebel. Der Gerichtssaal war voller Menschen, doch ihre Gesichter flossen zu einem einzigen undeutlichen Fleck zusammen. Er erkannte niemanden von den Anwesenden und erinnerte sich an nichts.

Aber das Mädchen ... Es hielt den Jungen in der blauen Jacke an der Hand und erschien Igor damals unglaublich schön, wahrscheinlich deshalb, weil ihr Gesicht vor Glück und Hoffnung leuchtete. Als Kolja Sakuschnjak sie umstieß und der rotznasige Ravil sie mit den Füßen zu treten begann, tat sie Igor einen Moment lang sogar leid ...

Jerochin ging wieder nach Hause, den Markt hatte er vergessen.

»Und das Fleisch?« fragte die Mutter mit einem unzufriedenen Blick auf ihren Sohn, der mit leeren Händen zurückgekommen war.

»Die Markthalle war geschlossen, sie haben heute Reinigungstag«, log Igor. »Hör mal, Mutter, weißt du etwas über Jura Oreschkin? Wohnt er immer noch in seiner alten Wohnung?«

»Oreschkin?« Die Mutter sah Igor erstaunt an. »Weißt du es denn nicht? Der ist doch gestorben, liegt schon seit zwei Jahren unter der Erde.«

»Gestorben? Wieso denn?«

Igor spürte, wie seine Knie weich wurden, und setzte sich auf den Küchenhocker.

»Er ist eben einfach gestorben«, sagte die Mutter triumphierend. Sie hatte die Freunde ihres Sohnes nie gemocht und war überzeugt davon, daß sie ihn verdorben hatten.

»Man hat ihn erschlagen wie einen räudigen Hund, den Säufer. Er lag einen halben Tag in der Toreinfahrt, bis man ihn fand. Die Leute gingen vorbei und dachten, da liegt ein Betrunkener und schläft. Nebenan ist ein Spirituosengeschäft, und dein Jura hat sich dort ewig in der Warteschlange herumgedrückt.«

Jerochin kam allmählich wieder zu sich. Nein, alles war gar nicht so schlimm, wie es schien. Jura war ein Säufer, und alle Säufer endeten früher oder später auf ähnliche Art. Dummerweise hatte Igor überhaupt keine Verbindung mehr zu den Freunden seiner Kindheit. Nach der Besserungsanstalt stromerten sie noch eine Weile miteinander herum, dann kamen sie zur Armee, und nach der Armee hatten sie sich nicht wiedergesehen. Warum war es so gekommen? Weil jeder inzwischen sein eigenes Leben hatte und kein Interesse mehr an den alten Freunden? Oder nistete im Unterbewußtsein aller ein schwarzes, unauslöschliches Grauen ob des einst begangenen Mordes, und sie trafen sich nicht, um sich nicht erinnern zu müssen?

3

Sie alle wohnten in der Nachbarschaft, keine zehn Gehminuten voneinander entfernt. Nachdem Igor an dem Haus vorbeigegangen war, in dem Jura Oreschkin gewohnt hatte, bog er um die Ecke, durchquerte eine Grünanlage, und nach einigen Minuten stieg er bereits die Treppen zu Sakuschnjaks Wohnung hinauf. Ihm öffnete eine steinalte Frau, Koljas Großmutter. Jerochin wunderte sich, daß sie noch am Leben war. Bereits in seiner Kinderzeit war sie eine runzelige, ausgetrocknete, halb blinde Greisin gewesen. Seltsamerweise sah sie immer noch genauso aus wie damals.

»Guten Tag, Omachen«, rief Igor munter. »Erinnern Sie sich noch an mich?«

»Schrei nicht, Söhnchen«, antwortete die Alte mit überraschend ruhiger und überhaupt nicht greisenhafter Stimme. »Ich bin zwar blind, aber nicht taub. Was willst du?«

»Ich bin Igor Jerochin. Ich bin mit Nikolaj in eine Klasse gegangen? Erinnern Sie sich?«

»Natürlich erinnere ich mich an dich, Igor Jerochin, sehr gut sogar. Worum geht es?«

»Ich möchte Nikolaj sprechen«, sagte er und fühlte sich plötzlich eingeschüchtert. Er hatte einfach nicht erwartet, daß die Großmutter so gut hörte und sich auch noch an ihn erinnerte.

Die Alte schwieg einen Moment, dann sprach sie zwei leise, unverständliche Worte.

»Ich auch.«

»Wohnt er denn nicht mehr hier? Ist er umgezogen?«

»Ja, er ist umgezogen«, seufzte die Alte, »an einen sehr fernen Ort.«

»Können Sie mir die Adresse geben?«

Sie drehte sich um und verschwand schweigend im Innern der Wohnung. Jerochin blieb unentschlossen vor der Tür stehen, er wußte nicht, ob er der Alten folgen sollte oder nicht. Nach einer Minute kam sie zurück, sie wischte mit einem Taschentuch an ihren Augen herum.

»Was willst du von Nikolaj?« fragte sie streng.

»Ich wollte ihn sehen. Wieso? Ist es nicht erlaubt? Wir waren immerhin Freunde.«

»Du wirst ihn schon noch früh genug sehen, du brauchst dich nicht zu beeilen. Wenn es soweit ist, wirst du ihn sehen«, sagte die Alte traurig.

»Ist er etwa im Gefängnis?«

»Wenn es nur so wäre! Aber dort ist er auch nicht. Nikolaj ist im Jenseits«, antwortete sie leise und begann zu weinen. »Man hat ihn voriges Jahr umgebracht.«

»Wer hat ihn umgebracht?« fragte Igor krampfhaft schluckend. Sein Mund wurde trocken, und seine Knie begannen zu zittern.

»Woher soll man das wissen?« seufzte die Alte. »Er war ein Lump und ist einer geblieben. Angeblich hat er Geld erpreßt. Sie waren viele, eine ganze Bande. Ständig haben sie irgendwas untereinander aufgeteilt, Märkte, Geschäfte, ich habe es nicht verstanden. Ist es nicht egal, wer ihn umgebracht hat? Er ist nicht mehr da, das ist das Entscheidende. Warum und wieso – das ist Gottes Wille. Geh wieder, Söhnchen, quäl meine Seele nicht!«

Igor ging zum nächsten Häuserblock, und während er sich dem Haus näherte, in dem einst Ravil Gabdrachmanow mit seinen Eltern gewohnt hatte, begriff er, daß er Angst hatte. Jura Oreschkin war ein Säufer, bei dem war alles klar. Kolja Sakuschnjak hatte Schutzgelder erpreßt, sein gewaltsamer Tod war ebenfalls der folgerichtige Abschluß des Lebens, das er geführt hatte, dazu kam, daß er ein heilloser Dummkopf war. Wenn sich jetzt herausstellt, daß Ravil gesund und am Leben ist, dachte Igor, dann ist alles halb so schlimm. Alles kann sich als Zufall erweisen, als ein verrücktes Zusammentreffen unglücklicher Umstände. Lieber Gott, mach, daß Ravil lebt!

Auf Igors Läuten an der Wohnungstür öffnete niemand. Er wartete noch eine Weile, dann läutete er an der Nachbartür. Ihm öffnete ein kleines Mädchen in Schuluniform. An einem Fuß trug sie einen Hausschuh, der andere steckte noch in einem

Stiefelchen, offenbar war sie gerade erst von der Schule nach Hause gekommen.

»Guten Tag, Schwesterchen«, sagte Igor mit einem freundlichen Lächeln. »Sag mal, wohnen die Gabdrachmanows noch in Wohnung zweiundvierzig?«

»Nein.« Das Mädchen schüttelte den Kopf. Es zerrte keuchend an dem verklemmten Reißverschluß des Stiefels herum. »In der zweiundvierzig wohnen die Petritschenkos, ihr Sohn ist zwei Klassen über mir, ich gehe jeden Morgen mit ihm zur Schule. Und Sie sind ein Freund von Onkel Ravil, ja?«

»Genau, Schwesterchen, du bist ein kluges Mädchen«, sagte Jerochin, der plötzlich grundlos erfreut war. »Wo ist Ravil denn?«

»Die sind umgezogen. Onkel Ravil hat Rosa geheiratet, und sie haben getauscht.«

»Was haben sie gemacht?« fragte Igor verständnislos.

»Sie haben einen Wohnungstausch gemacht, damit die jungen Leute getrennt von den Eltern wohnen können.«

Die Kleine wiederholte mit ernsthafter Miene Wörter und Sätze, die sie von den Erwachsenen gehört hatte, aber sie machte es so natürlich, als sei sie selbst die Quelle aller Informationen über die Hausbewohner und über den ganzen Wohnblock.

»Warte, so machst du den Verschluß kaputt«, sagte Igor lachend, während er das Mädchen amüsiert betrachtete. »Komm, ich helfe dir.«

Er ging in die Hocke und öffnete geschickt den Reißverschluß.

»Und wer ist Tante Rosa?« fragte er.

»Rosa ist die Tochter von Tante Nurija und Onkel Schura-Tatarin. Kennen Sie Rosa nicht? Das ganze Haus kennt sie. Sie hat immer die obdachlosen Hunde gefüttert. Sie ist so gut, ein Mensch mit einem goldenen Herzen.«

Igor mußte sich das Lachen verkneifen. Aus dem Mund des Mädchens klang das schrecklich komisch. Natürlich erinnerte er sich bestens an Onkel Schura-Tatarin und an seine Tochter.

In Wirklichkeit hieß er Scharafetdin, aber die Nachbarn hatten seinen tatarischen Namen schnell auf einen einfachen russischen Nenner gebracht und Schura daraus gemacht. Er war ein sehr geschickter Handwerker und schlug nie jemandem eine Bitte ab. Er half seinen Nachbarn immer mit großer Bereitwilligkeit, und in dem riesigen Wohnhaus gab es keinen einzigen Menschen, der nicht wußte, wer Schura-Tatarin war. Er hatte eine stille, immer schwangere Ehefrau namens Nurija und ein ganzes Rudel Kinder, deren jüngstes Rosa war. Rosa war verrückt nach Tieren, sie pflegte kranke Vögel und fütterte herrenlose Hunde und Katzen. Sie war zwei Jahre jünger als Ravil, und seit jeher wurden die beiden tatarischen Kinder »Braut und Bräutigam« genannt. In Wahrheit fiel Ravil das Mädchen zum ersten Mal auf, als er aus der Besserungsanstalt zurückkehrte. Da war er siebzehn und sie fünfzehn.

»Du weißt nicht zufällig, wo Ravil jetzt wohnt?« fragte Igor das gesprächige Mädchen.

»Nein. Mein Papa weiß es, aber er kommt erst abends nach Hause. Kommen Sie abends noch mal vorbei, mein Papa sagt es Ihnen.«

»Ich danke dir, Schwesterchen.«

»Bitte«, sagte das Mädchen mit gewichtiger, würdevoller Miene.

4

Und wieder hatte Igor Jerochin eine schlaflose Nacht. Am Vorabend war er in das Haus zurückgekehrt, in dem das ulkige, gesprächige Mädchen wohnte, und hatte von dessen Eltern die neue Adresse bekommen, obschon nicht die von Ravil, sondern die von Rosas Eltern. Es stellte sich heraus, daß an dem Wohnungstausch beide Familien beteiligt gewesen waren, sie hatten ihre zwei Dreizimmerwohnungen gegen drei Zweizimmerwohnungen getauscht, und so hatten die jungen Leute eine eigene Wohnung bekommen. Doch Schura-Tatarin, der lange Zeit in dem Haus gewohnt hatte, hatte allen Hausbewohnern zum Abschied seine neue Adresse dagelassen und darauf bestanden, sich bei irgendwelchen Pannen oder Schäden in den Wohnungen nur an ihn zu wenden.

Es war schon zu spät gewesen, um noch zu Rosas Eltern zu fahren. Igor verschob den Besuch auf den nächsten Tag und verbrachte eine schlaflose Nacht. Er suchte ruhelos nach einer Erklärung für die seltsame Tatsache, daß zwei seiner Freunde umgekommen waren und er mehrmals dem Vater des ermordeten Jungen begegnet war. Manchmal gelang es ihm, zu einer sehr einfachen, harmlosen Interpretation zu kommen, für ein paar Minuten wurde er ruhiger und atmete erleichtert auf. Doch seine Gedanken kreisten weiter, und bald schon erschien ihm die gefundene Erklärung an den Haaren herbeigezogen, sie kam ihm künstlich und dumm vor, während der andere, sich immer mächtiger aufdrängende Gedanke der einzig richtige zu sein schien. Aber Igor wollte es nicht glauben, er stellte sich immer wieder vor, wie er am nächsten Tag Ravil finden, wie er ihm alles erzählen und mit ihm zusammen lauthals über seine Ängste lachen würde.

Ravil war in ihrer einstigen Clique der weiße Rabe. Er galt als Musterschüler, als Streber, immer war er als erster mit den Deutschübungen fertig und kannte sich sehr gut in Geschichte aus. Er war ein schmächtiger, sensibler Brillenträger und suchte immer die Gesellschaft der breitschultrigen, trinkfesten Klippschüler, die auf der Toilette rauchten, über ein ansehnliches Repertoire saftiger Flüche verfügten und durch die Zähne spuckten. Sie schrieben die Hausaufgaben bei ihm ab, er half ihnen bei den Kontrollarbeiten in Physik und Mathematik, und dafür erlaubten sie ihm, sich ihnen anzuschließen. Sie brachten ihm bei, Wein zu trinken, Karten zu spielen und schmutzige Witze zu erzählen. Sie ließen ihn am »Erwachsenenleben« teilhaben, obwohl sie nicht älter waren als er. Gnädig erlaubten sie ihm, ihnen dabei zuzusehen, wie sie unter Anleitung eines einstigen Schwerathleten, der sich um den Verstand gesoffen hatte, Gewichte stemmten. Ravil vergötterte sie. Er betete sie an. Er war zu allem bereit, um ihre Anerkennung zu erlangen.

Jetzt, viele Jahre später, begriff Igor Jerochin plötzlich, daß der kleine Ravil nicht der Dummkopf war, für den sie ihn damals hielten. Er war schwach und unglücklich. Aber er war gescheiter als sie. Und jetzt setzte Igor seine ganze Hoffnung auf ihn. Ravil würde die Sache sofort durchschauen, er würde eine Erklärung finden und Igor beruhigen. Es konnte nicht sein, daß alles so war, wie es zu sein schien. Es durfte nicht sein!

Am nächsten Tag stürzte Igor zu Onkel Schura-Tatarin. Als er dessen Wohnung nach einer halben Stunde wieder verließ, wußte er, daß alle Hoffnung dahin war. Auch Ravil war nicht mehr am Leben, und seine Frau Rosa, die mit einem kleinen Kind zurückgeblieben war, bekam jeden Monat Geld von einem Unbekannten. Ziemlich viel Geld, hatte Onkel Schura gesagt, es sei eine große Hilfe für Rosa. Offenbar habe sich ein guter Mensch gefunden, wahrscheinlich jemand aus Ravils Bank, alle dort Angestellten waren gut situierte Leute, wie Onkel Schura meinte, und es sei ja keine Sünde, einem armen Mädchen zu helfen, das ins Unglück geraten war.

Doch Igor wußte mit Bestimmtheit, daß es hier nach nichts weniger roch als nach Mildtätigkeit. Für den naiven Onkel Schura war das Wort »Bank« untrennbar mit dem Wort »Wohlstand« verbunden, und Wohlstand war für ihn gleichbedeutend mit Edelmut. Aber Jerochin ließ sich nicht täuschen. Bank – das bedeutete Geld, und er wußte nur zu gut, daß Geld einherging mit Bosheit, Habgier und Grausamkeit. Und von wohlhabenden Leuten konnte bei den Mitarbeitern dieser Bank ohnehin keine Rede sein. Eine ganz gewöhnliche, staatliche Sparkasse. Dort arbeiteten dieselben armen Schlucker wie überall. Aber wie sollte der alte Tatare mit fünf Klassen Schulbildung das verstehen!

Die Witwe bekam das Geld natürlich vom Mörder ihres Mannes. Das bedeutete, daß dieser Mann überzeugt war von der Gerechtigkeit seiner Sache und daß er sie konsequent verfolgte. Igor Jerochin war der letzte der vier, an dem Vakar sich für das einstige Verbrechen rächen würde. Er hatte nicht umsonst so viele Jahre gewartet, nicht umsonst so lange Geduld gehabt. Jetzt würde er sein Vorhaben unweigerlich ausführen, was immer ihn das kosten würde.

Als Igor am Abend nach Hause kam, empfand er zum ersten Mal in seinem Leben wirkliche Angst. Das war nicht einmal nur Angst, das war Grauen, das Grauen vor dem Unvermeidbaren, das den Menschen auf heimtückische Weise willenlos macht, ihm Ergebung einflüstern und dazu verleiten will, willfährig auf sein Ende zu warten. Igors erster Gedanke war, sich bis zur Besinnungslosigkeit zu betrinken, um diesem Grauen wenigstens für kurze Zeit zu entfliehen. Doch es gelang ihm, seine Schwäche zu überwinden. Gegen Morgen, nachdem er sich die ganze Nacht schlaflos im Bett gewälzt hatte, war er zu dem Schluß gekommen, daß er seinem Gegner zuvorkommen mußte. Er, Igor Jerochin, würde es nicht zulassen, daß man ihn umbrachte. Er würde als erster zuschlagen. Wenn es Vakar gelungen war, drei Menschen zu ermorden, ohne gefaßt zu werden, dann war es offensichtlich, daß bei der Miliz niemand eine Verbindung zwischen diesen drei Morden und jener alten Geschichte herstellte. Und wenn es so war, dann würde man auch Vakars Mörder nicht unter denen suchen, die vor langer Zeit seinen Sohn umgebracht hatten. Und niemand würde jemals etwas erfahren ...

5

Wladimir Sergejewitsch Vakar hatte die Prüfungsergebnisse in die Unterrichtsabteilung gebracht und wollte soeben auf den Korridor hinaustreten, als er hinter sich eine Stimme vernahm. Veronika, die Lehrerin für Methodik, war erstaunt.

»Ist das die Möglichkeit? Sie haben heute nur eine einzige Fünf gegeben. Was ist los mit Ihnen, Wladimir Sergejewitsch?«

Vakar war in der ganzen Generalstabsakademie dafür berühmt, daß er keinerlei Unwissen in seinem Unterrichtsfach duldete und seine Prüflinge mit äußerster Strenge beurteilte. Alles blieb bei ihm wirkungslos. Protektion, Schmeichelei, Geschenke.

Es gibt Berufe, bei denen Unwissen zu fatalen Folgen führt, pflegte er zu sagen. Das gilt vor allem für Ärzte, Ingenieure und Militärs. Wenn ein Fehler, den man macht, Menschen das Leben kosten kann, dann hat man kein Recht auf Fehler.

Er geizte nicht mit Fünfern und verbot kategorisch, eine nicht bestandene Prüfung bei einem anderen Lehrer zu wiederholen. Wenn so etwas doch vorkam, wenn es einem findigen Studenten gelang, durch Professor Vakars Maschen zu schlüpfen und die Prüfung bei einem anderen Lehrer abzulegen, fand Wladimir Sergejewitsch unweigerlich eine Möglichkeit, das Prüfungsergebnis anzufechten und den Schlaumeier so lange durch das unwegsame Gelände des Spezialfaches Taktik zu hetzen, bis er halbwegs sicher war, daß er seinen Fehler nicht wiederholen würde.

Heute war er erstaunlich nachsichtig gewesen, und obwohl er kaum ein »Ausgezeichnet« vergeben hatte, wie immer, war heute tatsächlich nur eine Fünf unter seinen Noten gewesen. Heute hatte er bemerkt, daß sein zukünftiges Opfer ihn verfolgte. Heute war tatsächlich ein ungewöhnlicher Tag.

»Heute bin ich milde gestimmt.« Vakar lächelte Veronika zu. »Wahrscheinlich haben wir heute eine günstige Planetenkonstellation, die Leistungen der Studenten waren ungewöhnlich gut.«

Zurückgekehrt in sein Büro, legte er seine Generalsuniform ab und zog seine Zivilkleidung an. Er überlegte einen Moment, zog sich erneut aus, hängte den Anzug in den Schrank, schlüpfte in seinen Sportdreß und ging hinunter in die Trainingshalle.

»Genosse General!« Der Ausbilder spannte sich vor ihm wie eine Saite.

»Guten Abend, Hauptmann.« Vakar nickte und ging eilig zum anderen Ende der Halle, wo die Kampfroboter standen.

Er schlug auf seinen künstlichen Gegner ein und wich seinen zahlreichen Armen und Beinen aus, die danach trachteten, ihm Schläge auf den Kopf zu versetzen, ihn an Schultern und Schenkeln zu treffen. Seine durchtrainierten Hände spürten keinen Schmerz beim Zusammenstoß mit der harten Holzoberfläche des Roboters, mit weichen, federnden Bewegungen schützte er seinen hageren Körper vor den Schlägen der heimtückischen Holzteile, während seine Augen jede Gefahrenquelle fest im Blick behielten.

Am heutigen Tag hatte sich alles verändert. Wladimir Vakar hatte jetzt einen Gegner. Diesmal handelte es sich nicht um ein willenloses Opfer, nicht um einen heruntergekommenen Alkoholiker, nicht um einen kleinen, gutgläubigen Schurken und Erpresser, nicht um einen stillen, nichtsahnenden Bankangestellten, diesmal handelte es sich um einen wirklichen Gegner. Um einen brutalen Mörder, der wußte, daß er gejagt wurde, und die Absicht hatte, als erster zuzuschlagen, dem Jäger zuvorzukommen. Vakar hatte gesehen, wie Jerochin den jungen Milizionär auf die Baustelle gelockt hatte und ohne ihn zurückgekehrt war. Der General brach damals Igors Beschattung ab, er wartete eine Weile an der Metro, dann ging er zur Baustelle und warf einen Blick hinter den Zaun. Das, was er dort sah, bestätigte seinen Verdacht. Er sagte niemandem etwas von seiner Entdeckung, denn hätte man seinen Namen in Verbindung mit dem von Jerochin gebracht, wäre man womöglich dem Geheimnis der drei vorangegangenen Morde auf die Spur gekommen. Außerdem hätte ihn Igors Verhaftung um die Möglichkeit gebracht, seine Pflicht vor Jelena und Lisa zu erfüllen, und dann hätte der bedrückende, ihm so widerwärtig gewordene Zustand der Trauer in seinem Haus nie ein Ende genommen.

Vakar sah Jerochins verhaßtes Gesicht vor sich, während er mit dem Roboter kämpfte, dessen Angriffe mit geschickten Schlagkombinationen konternd. Jelena hatte ihm noch vierzehn Tage Zeit gegeben, und von diesen Tagen waren bereits zwei verstrichen. Wenn er es nicht rechtzeitig schaffte, konnte er seine Frau verlieren, denn in ihrer manischen Beharrlichkeit würde sie zweifellos ausführen, was sie sich vorgenommen hatte. Sie würde für den Mord an Jerochin irgendeinen Nächstbesten anheuern, und der würde sie mit sich auf die Anklagebank ziehen. Ich muß es schaffen, sagte Vakar sich im Takt zu seinen Hieben und Sprüngen, mit denen er angriff und auswich, ich muß es schaffen. Und von jetzt an war er der Situation Herr. Er würde nicht länger tatenlos und ergeben darauf warten, daß Igor zum Übernachten zu seiner Auserwählten fuhr, um dann, am nächsten Morgen, das abgelegene, leere Gelände zu überqueren. Nein, von jetzt an konnte er die Sache selbst in die Hand nehmen. Da Jerochin ihn verfolgte, konnte er ihn genau dahin locken, wo er ihn haben wollte. Jerochin würde ihm folgen wie ein Esel der Mohrrübe. Und dann konnte er endlich einen Schlußstrich unter diese ganze Geschichte ziehen.

Nach dem ausgiebigen Training ging Vakar unter die Dusche. Während er unter dem kühlen Wasserstrahl stand, fühlte er eine angenehme Müdigkeit in seinen Muskeln und stellte befriedigt fest, daß er durch das Training nicht im geringsten außer Atem geraten war. General Vakar war bestens in Form.

6

Viktor Kostyrja begriff im ersten Moment gar nicht, was ihn geweckt hatte. Die grünen Leuchtziffern des elektronischen Weckers zeigten vier Uhr an. Er schloß die Augen wieder, und in diesem Moment hörte er das Läuten an der Tür.

»Worauf wartest du?« murmelte Viktors Bettgenossin im Halbschlaf, während sie sich auf die andere Seite drehte. »Es läutet schon zum zweiten Mal. Wer, zum Teufel, ist das, mitten in der Nacht?«

Kostyrja schlüpfte schnell in seinen Slip, ging hinaus auf den Flur und drückte sein Auge an den Spion. Das Treppenhaus war hell erleuchtet, und er erblickte vor sich ein durch die Linse verzerrtes Frauengesicht.

»Wer ist da?« fragte er vorsichtig.

»Mach auf, Kostyrja, ich muß ein paar Worte mit dir reden«, antwortete die Unbekannte. »Mach auf, hab keine Angst!«

Viktor legte die Türkette vor und schloß auf. Vor ihm stand eine junge Frau, deren Körper von oben bis unten von grellrotem Leder umspannt war. In dem langen schwarzen Lockendickicht ihrer Haare leutete ein ebenfalls rotes Lederband. Die oberen Knöpfe der ledernen Bluse standen offen, Viktors Blick fiel auf eine schwere Goldkette mit einem großflächigen Anhänger, der die Form einer Blüte hatte. Viktor bemerkte sogar, daß ein Blatt der Blüte abgebrochen war.

Die Frau machte keinerlei Anstalten, die Wohnung zu betreten, sie schien nicht einmal die vorgelegte Türkette zu bemerken.

»Hör zu, Kostyrja«, sagte sie mit halblauter Stimme, »laß das Mädchen in Ruhe. Wir haben eigene Absichten mit ihr, und du schwirrst ständig um sie herum und störst. Sei dir im klaren darüber, daß wir keine Zeugen gebrauchen können. Wenn du sie weiterhin verfolgst, wirst du zum Augenzeugen, und dann landest du ganz schnell auf dem Friedhof. Hast du kapiert?«

Kostyrja schwieg verdattert.

»Und noch etwas, mein Lieber«, fuhr die Fremde fort, »du bist, soviel ich weiß, ein unterwürfiger Mensch, du machst, was man dir sagt. Deshalb laß auch deinen Chef wissen, was ich dir gesagt habe, meine Worte betreffen auch ihn. Und damit er dir glaubt – hier hast du ein Foto von mir. Er soll es vor dem Einschlafen anschauen. Und er soll sich das Bild gut einprägen. Gott bewahre ihn davor, daß er sich mir noch einmal in den Weg stellt.«

Sie schleuderte Viktor ein weißes Kuvert vor die Füße, drehte sich um und lief eilig die Treppen hinab. Am meisten erstaunte Viktor die Tatsache, daß er ihre Schritte nicht hörte. Sie bewegte sich vollkommen lautlos. In dem Augenblick, in dem sie aus seinem Blickfeld verschwunden war, schien sie sich in Luft aufgelöst zu haben.

Auf unsicheren Beinen kehrte Viktor ins Zimmer zurück, setzte sich aufs Bett und zündete sich eine Zigarette an. Seine Bettnachbarin schlief tief und fest, das Gesicht zur Wand gekehrt. Verdammt noch mal, sollte er sich wirklich getäuscht haben in Dascha? Er war so felsenfest von ihrer Unschuld überzeugt gewesen. Die Tatsache, daß sie damals im Geschäft seiner Überwachung entkommen war, hielt er für ein bedauerliches Mißgeschick. Seine Überlegungen wurden vom ohrenbetäubenden Schrillen des Telefons unterbrochen.

»Lieber Gott, hört das denn nie auf in diesem Haus«, stöhnte das Mädchen auf dem Bett und wühlte den Kopf tiefer in die Kissen.

Der Anruf kam von Surik. Seine Stimme klang so, als wäre ihm soeben ein Gespenst erschienen.

»Kostyrja, ich habe gerade Besuch gehabt.«

»Von wem?« fragte Viktor und fühlte ein widerwärtiges Ziehen in der Magengrube.

»Irgendein Weib, ganz in Rot. Schrecklich, grauenvoll. Sie sagt, daß wir das Mädchen in Ruhe lassen sollen, sonst ist es das Ende für uns alle.«

»Wann war sie bei dir?«

»Gerade eben. Kostyrja, was sollen wir machen? Wir müssen Artjom anrufen ...«

»Ich habe dich gefragt, wann sie bei dir war«, wiederholte Viktor seine Frage langsam und mit Nachdruck. »Denk genau nach!«

»Ich muß nicht nachdenken«, heulte Surik auf. »Ich habe es dir doch gesagt. Gerade eben. Ich habe auf die Uhr gesehen, als ich zur Tür gegangen bin. Es war genau vier. Und jetzt ist es zehn nach vier.«

»Hat sie dir ein Foto dagelassen?« fragte Kostyrja, ohne zu begreifen, was er eigentlich fragte, denn das, was er wissen wollte, konnte sich unmöglich in der Wirklichkeit ereignet haben.

»Woher ... woher weißt du das?« fragte Udunjan stotternd.
»Zum Teufel, was ist das gewesen? Eine Erscheinung? Bei mir war diese Frau auch. Und auch genau um vier. Wie hat deine ausgesehen?«
»Na ja, so ... Von oben bis unten in rotem Leder, schwarze Haare, auf dem Kopf ein Band oder so was, auch rot. Die Knöpfe der Bluse oben offen, halbnackte Titten. Sonst habe ich vor Schreck nichts gesehen.«
»Was hat sie dir gesagt?«
»Daß wir aufhören sollen, das Mädchen zu beschatten, wir stören sie. Sie haben ihre eigenen Absichten mit ihr, sie wollen keine Zeugen.«
»Hat sie auch etwas vom Friedhof gesagt?«
»Hat sie.«
»Und hat sie auch etwas über den Chef gesagt?«
»Hat sie. Ich soll ihm das Foto geben, sagte sie.«
»Alles genau wie bei mir«, hauchte Kostyrja. »Eins zu eins. Haben wir vielleicht beide halluziniert?«
»Und das Foto?« widersprach Surik. »Es liegt hier vor mir, ich kann es anfassen.«
»Vielleicht handelt es sich doch um zwei verschiedene Frauen, was meinst du?« fragte Viktor hoffnungsvoll. »Wollen wir uns treffen und die Fotos miteinander vergleichen?«
»Einverstanden«, antwortete Udunjan bereitwillig. »Du zu mir oder ich zu dir?«
»Ich komme zu dir«, erwiderte Kostyrja schnell. Er konnte seine Freundin nicht mitten in der Nacht auf die Straße setzen, und er wollte auch nicht, daß sie Zeugin seiner Unterhaltung mit Surik wurde.
Er hatte sich bereits angezogen und war gerade dabei, einen Zettel zu schreiben, um dem Mädchen zu erklären, wo es den Schlüssel hinlegen sollte, falls er länger ausbleiben sollte, als das Telefon erneut klingelte. Es war wieder Surik, und diesmal klang seine Stimme noch tonloser.
»Kostyrja, eben hat mich Igor angerufen. Bei ihm war sie auch.«

»Himmel Arsch, was geht hier vor?!« fluchte Viktor. »Ich wohne in Beljajewo, du in Marina Rostscha, Igor am Retschnoj Woksal. Auch nachts und mit dem schnellsten Auto schafft man das nicht schneller als in zwanzig Minuten. Wie ist so was möglich?«

»Ich weiß nicht«, flüsterte Surik. »Kostyrja, ich habe Angst.«

»Hast du Igor gesagt, daß ich auf dem Weg zu dir bin?«

»Ja, er will auch kommen. Kostyrja, beeil dich, ich halte es nicht mehr aus, ich verliere den Verstand.« Er weinte fast.

»Mach dir nicht in die Hose, ich bin gleich da.«

Eine halbe Stunde später saßen die drei in Suriks riesiger Vierzimmerwohnung, die er für irrsinniges Geld gemietet hatte. Auf dem Tisch vor ihnen lagen drei Fotos. Es handelte sich um verschiedene Aufnahmen, aber auf allen dreien war dieselbe Frau zu sehen. Genau die, welche vor einer Stunde in ein und derselben Minute vor allen drei Männern gleichzeitig erschienen war.

»Ja, sie ist es«, konstatierte Jerochin, nachdem er die Fotos eins nach dem anderen inspiziert hatte.

»Zweifellos«, bestätigte Surik niedergeschmettert. Der überstandene Schrecken hatte seine riesigen, hellen Augen verdüstert. Die Begegnung mit dem Toten im Lift war noch ganz frisch in seiner Erinnerung, und jetzt das ... Sollten diese zwei Kretins zu verstehen versuchen, was hier vorging, er, Udunjan, verstand überhaupt nichts mehr. Diese verfluchten Atheisten hatten den Leuten das Hirn vollgeschissen. Es gibt keinen Gott, keinen Teufel, keine Wunder, Tote werden nicht wieder lebendig ... Von wegen. Man mußte nur genau hinsehen. Es gab alles, und alles konnte jederzeit passieren. Jeder schuldlos Ermordete rächte sich. Nur daß es nicht jedem gegeben war, das zu sehen. Er, Suren, sah es, aber Igor und Kostyrja war es nicht gegeben.

»Irgendein Scheißdreck«, sagte Kostyrja. »So etwas gibt es nicht. Man hat uns in der Schule beigebracht, daß solche Dinge nicht existieren.«

»Du mit deiner Schule«, spottete Jerochin mit matter Stimme.

»Drei Klassen und sechsmal sitzengeblieben. Das war deine ganze Schule.«

»Mach nur Witze, nur zu. Gleich platzt dir der Bauch vor Lachen, und deine Innereien fliegen durch die Gegend.« Kostyrja stellte wieder eine seiner düsteren physiologischen Prognosen. »Wenn du so gescheit bist, dann sag uns lieber, was wir jetzt machen sollen.«

»Wir müssen zu Artjom fahren«, erwiderte Igor entschieden. »Das dürfen wir ihm nicht verheimlichen. Vielleicht sind wir ja wirklich jemandem auf den Schwanz getreten. Damit muß er sich auseinandersetzen.«

»Wird er nicht denken, daß wir alle drei übergeschnappt sind? Du bist immer ein bißchen vorschnell, Igor, du machst es dir zu einfach. Wegen jedem Fliegenschiß rennst du zu Artjom, damit er entscheidet. Aber was zum Kuckuck nützen ihm Mitarbeiter, die nichts selbst entscheiden können, die mit jeder Kleinigkeit zu ihm gelaufen kommen. Drei ausgewachsene Männer, die sich in die Hosen machen, weil ihnen angeblich ein Gespenst erschienen ist. Warum sollten wir ihm unsere Hilflosigkeit zeigen? Wenn wir so weitermachen, schickt er uns früher oder später zum Teufel, und dann ade Valuta. Ist dir so etwas noch nie in den Sinn gekommen?«

Igor betrachtete Kostyrja mit Interesse. Sieh einer an, dachte er, der ist ja ganz schön von sich eingenommen. Will gut dastehen vor dem Chef. Auf so unerwartete Weise offenbaren sich die Menschen. Dabei kennen wir uns schon so lange. Eigentlich ist er nicht besser und nicht schlechter als andere, ein durchschnittlicher Schwachkopf, durchschnittlich zuverlässig, durchschnittlich vorsichtig, obwohl, nein, was die Vorsicht betrifft, davon hat er mehr als andere, aber das schadet der Sache nicht. Nie hat er sich aufgespielt, hat nie versucht, den Kopf zu weit aus dem Fenster zu strecken, und jetzt ... er hat also auch seinen Stolz! Oder ist es einfach nur Habgier und die Angst, seine Einnahmequelle zu verlieren? Am ehesten wohl das zweite. Warum begreifen die Leute nicht, daß man sich seine Eitelkeiten verkneifen muß, wenn es um die Sache geht!

»Was meinst du, Surik?« Jerochin wandte sich an den völlig in sich zusammengesunkenen Freund.

Udunjan sah Igor mit wunden Augen an, die sein Gesicht nun nicht mehr mit dem Licht engelhafter Unschuld erleuchteten, sondern sich in zwei schlammige Tümpel mit dunklem, stehendem Wasser verwandelt hatten.

»Wir müssen zu Artjom fahren«, sagte er nur.

NEUNTES KAPITEL

1

Irina Resnikowa band sich eine schmucke, bestickte Schürze über den eleganten Hausanzug, der aus einer dunkelgrünen Seidenhose und einer zartgrünen Bluse bestand, und begann, das Abendessen zuzubereiten. Artjom war in puncto Essen sehr anspruchsvoll, und sie gab sich immer größte Mühe, es ihm recht zu machen.

Es gibt noch Zeichen und Wunder, dachte Irina, während sie eine Zwiebel in feine Ringe schnitt und den verdünnten Essig mit Zucker verrührte. Irgendwann vor vielen Jahren hatte sie geglaubt, daß sie den jungen, ungeschlachten Aspiranten mit den bebrillten Augen glücklich gemacht hatte, indem sie ihm erlaubte, sie zu heiraten und ihr zukünftiges Kind als das seine anzuerkennen. Als man ihr auf der Entbindungsstation zum ersten Mal den neugeborenen Säugling brachte, entdeckte sie voller Überraschung ein winziges, bohnenförmiges Muttermal auf seinem Rücken. Artjom hatte genau dasselbe Muttermal, an genau derselben Stelle zwischen den Schulterblättern. Irina dachte ein wenig nach und erinnerte sich, daß sie Artjom tatsächlich irgendwann zu sich gerufen hatte, damit er ihr defektes Tonbandgerät reparierte, und für seinen Liebesdienst hatte sie ihn, wie immer, mit ihrem Körper bezahlt. Sie war damals schwer betrunken gewesen, wie übrigens jedesmal, wenn sie Artjom erlaubte, in ihr Bett zu kommen, in nüchternem Zustand tat sie das nie. Warum war sie damals, als sie von ihrer Schwangerschaft erfuhr, eigentlich so fest davon überzeugt gewesen, daß der Vater des Kindes ihr wunderbarer Prinz war? Wahrscheinlich deshalb, weil sie es so sehr wollte. In den ganzen neun Monaten war es ihr kein einziges Mal in den Sinn gekommen, daß der Vater des Kindes ihr komischer, verliebter Nachbar sein könnte.

Irina beschloß, die Überraschung bis zur Entlassung aus dem Krankenhaus für sich zu behalten. Mit einem Lächeln erinnerte sie sich jetzt an die verwunderten Gesichter der Krankenschwestern beim Anblick des Paares, das sich unter irrem Gelächter auf der Schwelle des Krankenhauses umarmte. Artjom war etwas angespannt aus dem Auto gestiegen, mit einem riesigen Blumenstrauß in der Hand, und hatte schüchtern auf die Krankenschwester geblickt, die, neben seiner Frau stehend, den Säugling auf den Armen hielt. Irina ging rasch auf ihn zu und sagte ihm ein paar Worte, Artjom erstarrte zuerst, dann brach er plötzlich in haltloses Gelächter aus, er lachte und wischte sich dabei die Tränen aus den Augen. Schließlich begann auch Irina zu lachen. So standen sie da, beide lachend, überglücklich, wie es schien, und hatten offenbar sogar ihren Sohn vergessen.

Wer hätte damals gedacht, daß Irina sich in eine wunderbare Ehefrau verwandeln würde, die ihren Mann zärtlich umsorgte und sich jeden Tag ein Menü aus drei Gängen für ihn ausdachte. Niemals wäre sie selbst auf die Idee gekommen, daß so ein Leben ihr gefallen könnte. Allerdings, das mußte man Artjom lassen, verwöhnte er sie zum Dank für ihre häuslichen Mühen nach Strich und Faden, er machte mit ihr Urlaub im Ausland, kaufte ihr luxuriöse Klamotten und brachte sie auf das Parkett der großen Welt. Nein, Irina Resnikowa hatte weiß Gott keinen Grund, sich über das Leben zu beschweren, das sie führte. Und vor ihr lag ein noch besseres und bequemeres Leben voller Reichtum.

Nachdem sie die Zwiebeln in die Marinade eingelegt hatte, begann sie, einen fetten, aromatischen Hering zu putzen. Artjom liebte es, zum Abendessen ein gutes Gläschen Wodka zu trinken, immer nur ein Gläschen, mehr erlaubte er sich niemals, aber die Vorspeise, die sie ihm zu diesem Gläschen reichte, mußte erstklassig sein. Außerdem wollte sie ihm süße, gefüllte Pfefferschoten servieren, als Hauptgericht gegrillten Stör und zum Tee warmen Krautkuchen. Er würde zufrieden sein.

»Häschen, denk an deine Medizin, in einer halben Stunde gibt es Abendessen!« rief Irina ihrem Mann aus der Küche zu. Sie achtete sorgsam darauf, daß er sich stets an die Anweisungen der Ärzte hielt.

Nach einer halben Stunde setzte Artjom sich an den Tisch, kippte schweigend sein Glas Wodka hinunter, nahm sich von dem Hering und ging zu den Pfefferschoten über. Sein Schweigen sagte Irina, daß er vorhatte, etwas Wichtiges mit ihr zu besprechen.

»Ist alles in Ordnung, mein Häschen?« fragte sie vorsichtig.

»Ich bin nicht sicher. Heute hat Sewa angerufen, er ist nervös.«

»Warum?«

»Er will Geld, darum. Wenn etwas schiefgeht, wird er es sein, den sie am Arsch packen. Darum beeilt er sich und will so viel wie möglich abzocken. Und die Kunden sind auch ungeduldig. Die machen mir auch Feuer unterm Arsch und drohen damit, daß sie sich nach einem anderen Lieferanten umsehen werden, wenn ich mich nicht an die Spielregeln halte. Mit einem Wort, Druck von allen Seiten. Diese Idioten!« Er schlug grimmig mit der Gabel auf den Tisch. »Die Habgier ist es, die die Menschen umbringt, die Habgier.«

»Und was sollen wir machen, Häschen? Vielleicht hat es keinen Sinn, noch länger zu warten? Was sagen unsere Jungs?«

»Unsere Jungs haben den Verstand verloren, wie es scheint. Mit dieser Verkäuferin aus dem ›Orion‹ haben wir uns offenbar verrannt. Es scheint, daß sie mit unseren Angelegenheiten gar nichts zu tun hat, daß das Ganze ein Irrtum war. Und jetzt sitzen wir in der Scheiße. Oder die Jungs spielen irgendein falsches Spiel mit uns. An die Geschichte mit der Frau, die allen dreien gleichzeitig erschienen sein soll, glaube ich nicht. Ich bin durch und durch Materialist, mein Kätzchen, ich glaube nicht an Erscheinungen, und das ›Beamen‹ gibt es bis jetzt nur im Film. Ich habe die Fotos gesehen, die sie ihnen angeblich dagelassen hat, habe mit jedem von ihnen einzeln gesprochen, und stell dir vor, alle drei sagen haargenau dasselbe. Bis hin zu dem abgebrochenen Blütenblatt an ihrem Anhänger. Entweder haben sie sich perfekt abgesprochen, um mir einen Bären aufzubinden, oder der Teufel treibt seine Scherze mit uns. Doch da es keinen Teufel gibt, bleibt nur eine Antwort. Und die gefällt mir ganz und gar nicht.«

»Und was hast du beschlossen?«

»Ich habe beschlossen, noch zwei, drei Tage abzuwarten. Das Leben ist schließlich kostbarer als Geld, nicht wahr, mein Kätzchen?«

»Und du glaubst, daß uns in drei Tagen alles klar sein wird?«

»Ganz gewiß«, sagte Artjom entschieden.

2

»Ich verstehe nicht, wozu du das alles anzettelst!« Alexander Kamenskij schrie seine Halbschwester beinah an. »Ich möchte, daß du mir entweder genau erklärst, was vor sich geht, oder zugibst, daß du mich an der Nase herumführst.«

Nastja saß in ihrem Lieblingssessel in der Zimmerecke, sie hatte die Beine untergeschlagen und trug ein warmes Tuch um die Schultern. In der Wohnung war es kalt, wie immer, von Jahr zu Jahr konnte sie sich nicht dazu entschließen, die riesigen Spalten in der Balkontür abzudichten, und die Heizkörper waren meistens nur lauwarm.

Geduldig hörte sie ihrem aufgeregten Halbbruder zu, sie begriff, daß sie nicht mehr darum herumkommen würde, ihm irgendwelche Erklärungen abzugeben, und dazu hatte sie weder Zeit noch Kraft.

»Warum regst du dich so auf?« beschwichtigte sie ihn. »Ich gehe meinen beruflichen Pflichten nach und stelle nicht die geringsten Anforderungen an dich. Sascha, in Gottes Namen, beruhige dich, und laß mich in Ruhe arbeiten.«

»Arbeiten nennst du das!« fuhr er Nastja an. Sein bleiches Gesicht hatte sich vor Wut gerötet, das zerzauste helle Haar sträubte sich nach allen Richtungen. »Und nach allem erwartest du, daß ich dir glaube.«

»Ich verstehe dich nicht.« Nastja hob erstaunt die Augenbrauen. »Seit wann erweckt es Mißtrauen in dir, wenn ein Mensch seine Arbeit machen möchte? Ist das etwa ein Beweis für Verlogenheit und Heuchelei?«

»Gut, fangen wir noch einmal von vorne an. Ich bin mit einem Problem zu dir gekommen. Richtig?«

»Richtig.«

»Das Problem bestand darin, daß das Verhalten meiner Geliebten mir verdächtig erschien. Ich kannte sie damals nicht einmal zwei Monate, und es ist durchaus verständlich, daß ich nach dieser kurzen Zeit nicht von ihrer Ehrlichkeit überzeugt sein konnte. Deshalb habe ich dich um deine Hilfe gebeten, um herauszufinden, ob meine Geliebte womöglich eine banale Kriminelle und Bandenkomplizin ist. War es so?«

»Ja, so war es.« Nastja nickte. Sie hörte ihrem Halbbruder gern zu, er hatte eine Begabung für logische und folgerichtige Gedankengänge, und das gefiel ihr. Sie beobachtete Alexander und hörte nicht auf, sich darüber zu wundern, wie ähnlich sie einander waren, und das nicht nur äußerlich. Vielleicht war er etwas trockener, zynischer, kälter als sie. Obwohl man auch ihr kaum übertriebene Sentimentalität und Herzensgüte vorwerfen konnte.

»Du hast herausgefunden«, fuhr Alexander fort, »daß Dascha keine Kriminelle ist. Ich danke dir dafür, du hast mir einen großen Gefallen getan. Jetzt kann ich meinen Freunden wieder in die Augen sehen und sie ohne Befürchtungen zusammen mit meiner Freundin besuchen, weil ich dank deiner Hilfe weiß, daß ich ihnen keine Spionin ins Haus bringe. Das ist alles.«

»Ja, und weiter?« fragte Nastja ungeduldig. »Worum geht es?«

»Genau das sollst du mir erklären«, brauste Alexander erneut auf. »Nach meiner Ansicht geht es sonst um nichts mehr. Aber ständig passiert etwas, und jetzt behauptest du auch noch, daß Dascha irgendeine Gefahr droht. Wie soll ich das verstehen?«

Nastja streckte ihre eingeschlafenen Beine aus und stellte sie auf den Boden. Sofort spürte sie an ihren Füßen die feuchte, kalte Luft, die durch die heimtückischen Spalten der Balkontür ins Zimmer drang. Sie griff nach der braun karierten Decke, die auf dem Sofa lag, und legte sie sich auf die Knie, so daß ihre Füße bedeckt waren.

»Sascha«, sagte sie mit müder Stimme, »ich mache meine Arbeit. Ich muß Rätsel lösen, raten, tasten und in fremden Geheimnissen herumwühlen. Das ist nun einmal mein Beruf, verstehst du? Warum regt dich das so auf?«

»Weil diese ganze Arbeit keinen Pfifferling wert ist. Und wie soll ich das hier verstehen?« Er deutete mit dem Finger auf die Kassetten und Videos, die sich neben dem Fernseher türmten. »Woher diese ganze Informationsflut? Das alles kannst du nicht allein beschafft haben. Also arbeiten an diesem Fall noch andere Leute.«

»Ja, an diesem Fall arbeiten noch andere Leute«, bestätigte Nastja mit einem Seufzer. »Und was folgt daraus? Du hast offenbar deine eigene Version der Dinge. Ich bin bereit, dir zuzuhören.«

»Meine Version besteht in der Überzeugung, daß Dascha in Wirklichkeit doch nicht sauber ist. Du versuchst, ihr auf die Schliche zu kommen, aber mir sagst du nichts davon, weil du weißt, daß ich sofort meine Verbindung zu ihr abbreche, wenn ich erfahre, daß sie mit Kriminellen in Verbindung steht, und dann wirst du keinen Zugang mehr zu ihr haben. Solange sie die Geliebte deines Halbbruders ist, kannst du in Kontakt mit ihr bleiben, ohne sie mißtrauisch zu machen. Sobald sie nicht mehr meine Freundin ist, hast du keinen Grund mehr, dich mit ihr zu treffen. Oder du hältst mich für einen Schwachkopf und glaubst, daß ich sofort zu Dascha renne und alles ausplaudere, wenn du mir die Wahrheit sagst. Wenn nämlich noch andere

Leute an dem Fall arbeiten, bedeutet das, daß wirklich ein Fall existiert. Du kannst mich erschlagen, aber ich glaube nicht daran, daß es bei dir in der Petrowka Leute gibt, die aus reinem Enthusiasmus arbeiten, weil die Neugier sie treibt oder weil sie dir einen persönlichen Dienst erweisen wollen. Wenn ermittelt wird, dann gibt es eine Anweisung von oben und einen ganz realen Kriminalfall. Habe ich etwa nicht das Recht, die Wahrheit über diese Dinge zu erfahren?«

»Nein, hast du nicht«, sagte Nastja mit einem entwaffnenden Lächeln. »Du hast kein Recht darauf, Sascha. Darin liegt der Reiz meines Berufs. Wenn ich will, rede ich, wenn ich nicht will – nimm es mir nicht übel, aber von einem Mitarbeiter der Kripo kann nur der Chef Auskunft verlangen. Und selbst der nicht immer. Wir haben das Recht, etwas zu verschweigen. Hast du das nicht gewußt?«

»Offenbar hast du eine ganze Menge zu verschweigen.«

»Nun ja, ein Ermittlungsbeamter hat immer etwas zu verheimlichen«, lachte sie. »Könntest du denn Dascha wirklich so einfach verlassen?«

»Wahrscheinlich könnte ich es.« Sascha zuckte mit den Schultern. »Wenn ich erfahren sollte, daß sie in einen Kriminalfall verwickelt ist, würde ich es jedenfalls auf der Stelle tun.«

»Sie ist schwanger«, sagte Nastja unvermittelt und sah ihrem Halbbruder direkt ins Gesicht.

»Tatsächlich?« entgegnete er beinah ungerührt. »Dann wird sie eben eine Abtreibung machen. Zum Glück ist das heutzutage kein Problem.«

»Du bist ein Idiot! Ein dummer, selbstgerechter Egoist! Sie liebt dich, verstehst du, sie liebt dich! Kannst du das nicht begreifen? Sie liebt dich und will das Kind zur Welt bringen. Sie ist absolut sauber, mit irgendwelchen kriminellen Machenschaften hat sie nicht das geringste zu tun. Sie ist ein großartiges, unerschrockenes, wunderbares Mädchen. Du hast ein märchenhaftes Glück, daß sie dich liebt. Und du redest haarsträubenden Unsinn, nennst sie eine Geliebte und eine Kriminelle, du sprichst von ihr, als wäre sie eine von fünf

Affären, die du gleichzeitig unterhältst, als wäre sie nur eins von fünf Mädchen, die dir allesamt nichts bedeuten. Vielleicht wird dich nie mehr jemand so lieben wie sie. Das ist doch genau das, was du so vermißt hast in deinem Leben und was du in der Tat mehr brauchst als alles andere auf der Welt. Du hast dich selbst an die Wand gedrängt, bildest dir allen möglichen Unsinn ein, hast ohne Liebe geheiratet, weil du glaubst, daß du vom Schicksal benachteiligt wirst. Warum hast du dich so beeilt, was hat dich getrieben? Warum hast du nicht auf die Frau gewartet, die du liebst? Wäre etwa die Welt untergegangen, wenn du statt mit zweiundzwanzig mit zweiunddreißig geheiratet hättest? Ich weiß, in deinem blödsinnigen *business* gelten eigene Gesetze, nur ein verheirateter Mann ist ein solider, zuverlässiger Mitarbeiter. Du wolltest dir ein Renommee schaffen, und jetzt, mit sechsundzwanzig, hast du einen Haufen Geld und noch mehr Komplexe, und du bist bereit, eine dich liebende Frau diesen zwei Reichtümern zu opfern. Ist es das, was du erreichen wolltest?«

Warum tue ich das? unterbrach Nastja sich innerlich. Das ist grausam. Ich hätte sanfter mit ihm sprechen müssen. Oder überhaupt den Mund halten. Was gehen mich seine Liebesangelegenheiten an? Was geht es mich an, ob er Dascha verläßt oder nicht? Aber schließlich ist er ja mein Bruder. Mir tut das Herz weh, wenn ich ihn anschaue. Obwohl – was heißt schon Bruder! Ich kenne ihn ja kaum. Aber er ist mir so ähnlich ...

Alexander stand am Fenster und wandte Nastja den Rücken zu.

»Warum sollte ich dir glauben?« fragte er mit dumpfer Stimme, ohne sich umzuwenden.

»Dann glaub mir eben nicht«, sagte sie ruhig. »Aber laß uns endlich zu einem Schluß kommen. Entweder du glaubst mir und unterstützst mich, oder du glaubst mir nicht und hörst auf, mich zu stören. Entscheide dich!«

»Dasselbe kann ich zu dir sagen«, erwiderte Sascha starrsinnig. »Entweder du vertraust mir und legst die Karten auf den Tisch, oder ...«

»Oder du stellst dich mir in den Weg und versuchst, mir zu schaden. Wolltest du das sagen? Hör zu, Kamenskij, in meinem Leben gab es nur einen einzigen Menschen, dem es gelungen ist, mich einzuschüchtern und mir seinen Willen aufzuzwingen. Ich gebe ehrlich zu, daß ich große Angst vor ihm hatte. Aber schließlich habe ich auch ihn ausgetrickst. Und der war ein anderes Kaliber als du. Hör also auf, mir zu drohen. Laß uns nicht streiten. Ich mache sowieso, was ich für richtig halte. Sogar mein Chef erlaubt mir das, und er ist Ermittlungsbeamter mit dreißigjähriger Dienstzeit auf dem Buckel, er beherrscht das Handwerk weit besser als ich.«

Alexander stand immer noch mit dem Rücken zu ihr, und Nastja bemerkte plötzlich, daß seine Schultern bebten.

»Sascha, was hast du?« fragte sie erschrocken. »Was ist los? Sascha!«

Sie sprang vom Sessel auf, trat zu ihm und drehte ihn zu sich um. Sein Gesicht war schmerzverzerrt, er hielt mit Mühe die Tränen zurück.

»Saschenka, was ist denn? Habe ich dich gekränkt? Sei nicht böse, bitte. Du mußt doch nicht ... Ist es wegen Dascha?«

Er nickte schweigend und schluchzte irgendwie tonlos auf.

»Was soll ich denn jetzt machen?« fragte er heiser, gegen die Tränen ankämpfend. »Ich kann meine Frau nicht verlassen, weil ich nicht auf Katenka verzichten kann. Ich kann es nicht. Aber wenn du mir nichts vormachst und Dascha mich wirklich liebt und das Kind zur Welt bringen will, dann muß ich wählen. Mein Gott, warum hast du mir das alles gesagt!« stöhnte er auf. »Ich will so sehr, daß man mich liebt. Du kannst dir gar nicht vorstellen, wie sehr ich es will. Für eine Frau, die mich liebt, würde ich alles opfern. Alles, bis auf meine Tochter. Ich habe nicht geahnt, daß ich eines Tages vor so einer Entscheidung stehen würde, denn ich war davon überzeugt, daß es die Frau, die mich liebt, nicht gibt auf der Welt.«

»Wie kann man so etwas im voraus wissen?« fragte Nastja leise. »Das Leben ist schön, weil es voller Überraschungen ist. Aber du hast dich dieser Schönheit beraubt, weil du dich für so klug und erfahren gehalten und alles im voraus berechnet hast. Ich kann dir keinen Rat geben. Du mußt das alles selbst entscheiden.«

»Aber ich weiß nicht, wie«, sagte er gequält.

»Ich weiß es auch nicht.«

Alexander verließ Nastja bedrückt, ja niedergeschmettert. Er war noch sehr jung, und moralische Entscheidungen waren immer schwer zu treffen. Während Nastja die Tür hinter ihm schloß, dachte sie daran, daß Geld den Menschen nicht erwachsener und weiser machte, im Gegenteil, es beseitigte Probleme, mit denen andere sich herumschlagen mußten, aber gerade dadurch wurden sie reifer und klüger. Es war, als würde man auch bei sehr geringer Kurzsichtigkeit ständig eine Brille tragen. Das Auge gab seine Aufgabe an die Brille ab, die Sehkraft verkümmerte, weil sie nicht mehr beansprucht wurde, und die Kurzsichtigkeit schritt voran.

3

Viktor Kostyrja folgte Dascha Sundijewa auf der gewohnten Strecke zwischen der Universität und ihrem Haus. Hat sie denn gar keine Angst, so spät allein nach Hause zu gehen, fragte sich Viktor verwundert, der das Mädchen wieder einmal durch die dunklen, schlecht beleuchteten Straßen »begleitete«: Überall Dreck und Matsch, man hätte nicht einmal rennen können im Notfall, ständig mußte man aufpassen, wo man seinen Fuß hinsetzte. Es war schon fast Mitternacht, und die Straßen waren menschenleer.

Das Mädchen wirkte heute nicht so gelassen wie sonst. Gewöhnlich ging es ohne Eile, nicht schnell und nicht langsam, ohne sich umzusehen. Nach Viktors Überzeugung war es ohne jeden Argwohn. Aber heute schien der Gang des Mädchens unsicher zu sein, irgendwie ungleichmäßig, so als wäre es beunruhigt. Obwohl der Grund dafür natürlich ganz einfach unbequeme Schuhe sein konnten oder eine schlechte Stimmung.

Viktor folgte Dascha in gebührendem Abstand, zum Glück hatte er beneidenswert gute Augen. Ein Auto, das mit großer Geschwindigkeit an ihm vorbeifuhr, bespritzte ihn mit schmutzigem Wasser, und er zischte ihm einen ebenso schmutzigen Fluch hinterher. Plötzlich erstarb sein Schritt. Der Wagen hielt mit quietschenden Bremsen direkt neben dem vor ihm gehenden Mädchen. Dascha beschleunigte ihren Schritt, doch aus dem Auto sprangen zwei bullige Typen heraus. Einer von ihnen packte Dascha von hinten am Nacken, der andere riß eine Pistole aus der Tasche und preßte den Lauf an den Bauch des Mädchens. Alles das geschah blitzschnell und völlig lautlos, Viktor hatte den Eindruck, Zeuge eines Stummfilms zu sein. Er preßte sich mit dem Rücken gegen eine Hauswand, um sich unsichtbar zu machen, und starrte reglos auf die Szene, die sich in einiger Entfernung abspielte. »Wir können keine Zeugen gebrauchen. Wenn du sie weiterhin verfolgst, wirst du zum Augenzeugen und landest ganz schnell auf dem Friedhof.« Er erinnerte sich nur zu gut an die Worte der Frau in dem roten Lederanzug.

Dascha wurde in den Wagen gezerrt, die Türen schlugen zu. Alles war vorbei.

Viktor wartete noch ein wenig, bevor er sich wieder in Bewegung setzte. Er ging nach vorn, zu der Stelle, von der Dascha soeben verschwunden war, zog eine Taschenlampe hervor und leuchtete auf den Boden. Dort war Blut. Ganz zweifellos war das Blut. Warum hatte er keinen Schuß gehört? Weil es eine Pistole mit Schalldämpfer war? Ja, wahrscheinlich. Eine schöne Geschichte...

4

Nastja spulte das Videoband erneut zurück und schaltete auf Wiedergabe. Warum ließ ihr die Szene beim Markt von Konkowo keine Ruhe? Sie sah sich die Aufzeichnung zum hundertsten Mal an und begriff nicht, warum sie an dieser Stelle immer wieder dieses seltsame Gefühl der Unruhe beschlich. Dieses Gefühl ließ nicht nach, im Gegenteil, es wurde immer stärker in ihr, aber der Grund dafür blieb ungreifbar.

Ihre Augen schmerzten vor Anstrengung, ihr Kopf begann zu dröhnen. Sie ging in die Küche, wo Ljoscha Tschistjakow gewissenhaft Patiencen legte. Auf der Herdplatte brutzelte Fleisch unter dem Deckel eines riesigen Topfes.

»Hunger?« fragte Ljoscha, ohne die Augen von den Karten zu heben, und legte die rote Farbe auf die schwarze.

»Bis jetzt noch nicht, nur mein Kopf tut weh.«

»Das kommt vom Hunger«, erklärte der Mathematikprofessor gewichtig. »Du mußt etwas essen, dann wird es sofort besser.«

»Na gut«, stimmte sie ohne Begeisterung zu. Vielleicht würde es ja wirklich besser werden, wenn sie etwas aß.

Lustlos stocherte sie mit der Gabel auf ihrem Teller herum, obwohl sie sonst mit großem Appetit verschlang, was Ljoscha auf den Tisch zauberte. Er konnte ausgesprochen gut kochen, während sie für das kulinarische Handwerk keinerlei Begabung besaß, und dazu kam ja noch ihre legendäre Faulheit ...

»Ljoschenka, könntest du vielleicht versuchen, mir zu helfen?« fragte sie vorsichtig. Sie hielt ihr Ansinnen für ausgesprochen unverschämt. Nicht genug, daß Ljoscha ihr seinen Computer in die Wohnung gebracht hatte und lange gezwungen war, bei ihr zu wohnen, obwohl es für ihn in Shukowskoje sicher bequemer war und er es von dort auch näher zur Arbeit hatte, nicht genug, daß er einkaufte und sie bekochte, nun wollte sie ihn auch noch um seine abendliche Patience bringen, damit er ihr bei ihrer eigenen Arbeit half. Jedes gewöhnliche Mannsbild hätte mich zusammen mit meinen »Primotschki« längst zum Nordpol geschickt, dachte sie. Wie hält Ljoscha mich nur aus? Sie hatte soeben in Gedanken einen Ausdruck von Bokr gebraucht und wunderte sich darüber. Wie schnell so etwas haften blieb!

»Worin besteht das Problem?« erkundigte sich Tschistjakow seelenruhig.

»Ich schaue mir die ganze Zeit eine Aufzeichnung an, und aus irgendeinem Grund gefällt sie mir nicht. Etwas stimmt nicht, aber ich begreife einfach nicht, was es ist. Ich habe mir die Aufnahme schon so oft angeschaut, daß ich überhaupt nichts mehr sehe. Ich brauche einen frischen Blick.«

»Zum Beispiel meinen?«

»Ja, zum Beispiel deinen. Willst du mir helfen?«

»Es wird mir nichts anderes übrigbleiben«, sagte er scherzhaft und seufzte. »Es ist gefährlich, dir eine Bitte abzuschlagen, schließlich bekommst du jeden Abend Besuch von einem Kriminellen. Womöglich wirst du dich bei ihm über mich beschweren.«

»Ljoscha«, sagte sie vorwurfsvoll. »Er ist kein Krimineller. Das ist längst vorbei. Bokr ist ein sehr sympathischer Mensch.«

»In der Tat, sehr sympathisch«, bestätigte Ljoscha. »Ein kleines Ungeheuer mit schiefer Nase, das die Äuglein verdreht und dabei wiehert. Halb Richard Gere, halb Paul Newman. Und etwas von Fernandel ist auch dabei. Übrigens war er ja heute noch gar nicht da. Was ist los, schwänzt er?«

»Er kommt um elf, jetzt ist es erst zehn vor zehn.«

»Um elf? Warum eigentlich nicht um ein Uhr nachts? Oder um zwei? Am besten, er übernachtet gleich bei uns, wenn er so sympathisch ist.«

»Hör bitte auf!« Nastja unterdrückte mühsam ihren Ärger. »Meine Arbeit hat nun einmal ihren Preis, und ich wäre dir außerordentlich dankbar, wenn du das akzeptieren würdest.«

Ljoscha gab immer bereitwillig nach, wenn er einer Frage keine grundsätzliche Bedeutung beimaß. Dies war eine durchaus schätzenswerte Eigenschaft, wenn man den schwierigen Charakter seiner Freundin Nastja Kamenskaja bedachte.

»Er gefällt mir ganz einfach nicht, das ist alles. Ist mir das erlaubt, oder muß ich ohne Ausnahme jeden lieben? Es bringt mich richtiggehend auf die Palme, wenn ich höre, wie ihr zusammen lacht wie die Verrückten. Mit mir bist du nie so lustig.«

Ich bin eine Idiotin, dachte Nastja, wütend auf sich selbst.

Er ist eifersüchtig, und ich predige ihm Moral. Mein Gott, warum kann ich nicht sensibler sein, warum muß ich alle Menschen ständig beleidigen? Ich habe ganz zweifellos irgendeinen moralischen Defekt.

»Aber dafür liebe ich nur dich. Komm schon, Ljoschenka, sei nicht eingeschnappt, laß uns lieber rübergehen und das Video ansehen.«

Sie setzten sich nebeneinander aufs Sofa, und Nastja stellte den Fernseher an. Um das Experiment so objektiv wie möglich zu gestalten, bat sie Ljoscha, sich nicht nur die Szene in Konkowo anzusehen, sondern auch einige Szenen davor und danach.

»Nun, was meinst du? Hast du nicht das Gefühl, daß in dem Abschnitt über Konkowo etwas nicht stimmt? Daß da etwas anders ist als in den anderen Szenen?«

»Nein.« Ljoscha zuckte mit den Schultern. »Ich habe nichts besonderes bemerkt.«

»Das Kunststück ist nicht gelungen«, konstatierte sie enttäuscht. »Und ich habe so große Hoffnungen in deine Augen gesetzt...«

Sie holte eine Zigarette aus der Packung und schnippte mit dem Feuerzeug. Es brannte nicht, nur ein Funke flog heraus. Sie versuchte es noch einige Male, aber das Feuerzeug war leer.

»Ljoschenka, sei so lieb, in meiner Handtasche muß noch ein Feuerzeug sein«, murmelte sie, während sie, mit der Zigarette zwischen den Lippen, auf das angehaltene Bild starrte, auf dem Igor Jerochin neben der Metrostation »Konkowo« zu sehen war.

Ljoscha stand ergeben auf, ging in den Flur und kam mit dem Feuerzeug zurück. Es schnipste leise, Ljoschas Hand führte die Flamme ans Ende der Zigarette...

Und in diesem Moment begriff Nastja, warum ihr die auf dem Bildschirm erstarrte Szene so mißfiel.

5

Bokr erschien pünktlich um elf, was Nastja ein weiteres Mal die Zuverlässigkeit von Eduard Denissowitschs Leuten bewies. Schweigend hörte er sich Nastjas gestammelte Erklärungen an. Sie war immer noch nicht in der Lage, ihrer Aufregung Herr zu werden.

»Sehen Sie sich diesen Mann an.« Sie deutete mit dem Finger auf die Gestalt auf dem Bildschirm. »Ich sehe ihn bereits zum zweiten Mal. Das kann kein Zufall sein, denn beide Male taucht er gleichzeitig mit Jerochin auf.«

»Und wann haben Sie ihn zum ersten Mal gesehen? Sie haben mir davon nichts erzählt.«

»Das war noch vor Ihrem Einsatz. An dem Tag, an dem ich von Dascha erfuhr, daß sie beschattet wird. Ich hatte beschlossen, ihren Beschatter etwas genauer unter die Lupe zu nehmen, und suchte mir vor dem Geschäft einen günstigen Beobachtungsposten. Ich konnte in meiner Handtasche kein Feuerzeug finden, und ein Mann, der in meiner Nähe stand, gab mir Feuer. Das war genau er. Verstehen Sie, Bokr, das war kein zufälliger Passant, er stand vor dem Geschäft genau wie ich, und zwar an der Stelle, von der aus man Jerochin am besten im Auge hatte.«

»Soll das heißen, daß dieser Typ ihn beschattet? Oder glauben Sie, daß er ihn bewacht?«

»Lieber Himmel, Bokr!« Nastja ergriff mit beiden Händen ihren Kopf. »Ich weiß überhaupt nicht mehr, was ich glauben soll. Jeder scheint hier jeden zu beschatten. Dieser Typ kann kein Leibwächter sein, sonst wäre er Ihnen doch längst aufgefallen. Er taucht ja nie zusammen mit Jerochin auf, ich meine, nie direkt an seiner Seite. Sie haben kein einziges Mal miteinander gesprochen. Außerdem erinnere ich mich genau daran, daß er eine Weile vor dem Geschäft stand und dann wegging, wonach Jerochin noch fast eine Stunde an seinem Platz blieb. Ein Bodyguard hätte seinen Posten doch nicht einfach so verlassen.«

»Also müssen wir davon ausgehen, daß Jerochin außer von uns von noch jemandem beschattet wird. Eine interessante Epidersion. Ein richtiges Perdimonokel! Haben Sie Anweisungen für mich?«

»Sie müssen diesen Mann unbedingt identifizieren. Ich weiß nicht, wie, aber Sie müssen es versuchen.«

»Das ist eine Kleinigkeit, Anastasija Pawlowna«, winkte Bokr ab. »Wenn er hinter Jerochin her ist, haben wir ihn sofort.«

»Und wenn es anders ist? Wenn er seine Aufgabe bereits erfüllt hat und nicht daran denkt, noch einmal in Jerochins Nähe aufzutauchen?«

»Keine Unkereien bitte.« Bokr gab sein wieherndes Gelächter von sich. »Wenn er auftaucht, werden Sie die Information innerhalb von vierundzwanzig Stunden bekommen, das garantiere ich Ihnen. Und wenn er nicht auftaucht, werden wir ihn im Lauf einer Woche finden.«

»Wie wollen Sie das machen, Bokr? Das ist doch unmöglich.«

»Anastasija Pawlowna, so ein Wort ist mir unbekannt. Ich kenne das Wort ›schwierig‹, das Wort ›langwierig‹, aber Wörter wie ›unmöglich‹ oder ›aussichtslos‹ existieren nicht für mich. Ich habe als Kind vergessen, sie zu lernen.«

Für den Bruchteil einer Sekunde hatte Nastja das Gefühl, daß ihre Augen ihr einen Streich spielten. Sie sah plötzlich einen klugen, starken Menschen vor sich, einen selbstbewußten, geradlinigen und klarsichtigen Mann, der über einen nüchternen Blick auf sich und seine Möglichkeiten verfügte, der absolut zuverlässig und unbeirrbar war. Es war ein verdammt anziehender Mann.

Sie zwinkerte verwirrt mit den Augen und entdeckte vor sich wieder den kleinen, komischen Bokr in einem langen, durchnäßten grauen Mantel und in kanariengelben Söckchen. Der »Goldjunge« des Ed von Burgund.

6

Natürlich fanden sie ihn. Zwar nicht binnen vierundzwanzig Stunden, aber auch nicht erst nach einer Woche. Vier Tage nach Bokrs Unterredung mit Nastja tauchte der Mann wieder in der Nähe von Jerochin auf. Bokr selbst nahm sich der Sache an.

Er folgte dem Fremden durch halb Moskau. Es war von Vorteil, daß das Beschattungsobjekt nicht das Auto benutzte, sondern die Metro. Bokr hielt das für einen ausgesprochenen Glücksfall, da er der Meinung war, daß das Verhalten eines Menschen in einem öffentlichen Verkehrsmittel sehr viel über ihn aussagte. Man konnte beobachten, ob er versuchte, bei der erstbesten Gelegenheit einen Sitzplatz zu ergattern, oder ob er lieber stehend fuhr; ob er während der Fahrt las, über etwas nachdachte oder einfach vor sich hin döste; ob er Frauen und alten Leuten den Vortritt ließ oder sich rücksichtslos durch die Menge boxte; ob er auf der Rolltreppe stehenblieb oder in Fahrtrichtung mitlief, besonders dann, wenn es nach oben ging; ob er die Münze für das Drehkreuz im voraus zur Hand hatte oder ob er an der ungünstigsten Stelle stehenblieb und langwierig in seinen Taschen zu wühlen begann, so daß die anderen Fahrgäste über ihn stolperten; ob er den zahllosen Bettlern in den Durchgängen etwas gab oder nicht; ob er bei den Zeitungs- und Süßwarenhändlern etwas kaufte – dies und vieles andere half Bokr dabei, das Psychogramm eines Menschen zu erstellen.

Als er dem Mann zum ersten Mal in die Metro folgte, bemerkte Bokr, daß dieser keine Münze in den Schlitz des Drehkreuzes steckte wie alle andern, sondern dem Kontrolleur irgendein Dokument vorwies. Während der Kontrolleur seine Augen auf das Papier heftete, gelang es Bokr in Sekundenschnelle, den Namen Vakar und das Wort »Generalstab« zu entziffern. Auf der Rolltreppe stehend, die in gleichmäßigem Tempo nach unten fuhr, dachte er einen Moment nach und beschloß, sofort die Kamenskaja anzurufen, auch wenn das zur Folge hatte, daß er den Mann erst einmal wieder aus den Augen verlor. Der Name Vakar war so selten, daß man die Identität des Fremden höchstwahrscheinlich ohnehin über das Adressenbüro feststellen konnte, zumal er ein Angehöriger des Generalstabs zu sein schien. Und womöglich würde der Name der Kamenskaja auf Anhieb mehr sagen, als er durch aufwendige Beschattung je herausfinden konnte.

»Vakar?« wiederholte Nastja nachdenklich, nachdem sie Bokr angehört hatte. »Vakar, Vakar ... Ja, natürlich, Andrej Vakar, 1985. Er war elf Jahre alt, als er ermordet wurde. Ich kann mich gut an diesen Fall erinnern, weil ich damals gerade meine Stelle bei der Miliz angetreten hatte und alles noch ganz neu und aufregend war. Sollte der Mann womöglich sein Vater sein? Oder irgendein anderer Verwandter?«

»Er ist um die fünfzig«, bemerkte Bokr, »aber das sieht man nur aus der Nähe. Er hat eine schlanke, sportliche Figur, einen federnden Gang, nimmt Treppen im Laufschritt. Aber an den grauen Haaren und den Falten erkennt man den Fünfziger.«

»Ja, ich erinnere mich dunkel«, sagte Nastja, »obwohl ich gestehen muß, daß ich ihn damals, auf dem Twerskoj Boulevard, nicht sehr genau angeschaut habe. Er gab mir Feuer, ich bedankte mich, das war alles. Es ist richtig, daß Sie mich sofort angerufen haben. Trotzdem erwarte ich Sie heute abend bei mir.«

Nachdem Nastja den Hörer aufgelegt hatte, stürzte sie sofort zum Safe und erinnerte sich im selben Moment, daß alle Fallanalysen der letzten zehn Jahre bei ihr zu Hause lagen. Sie hatte sie mitgenommen, um die Daten in den Computer einzugeben, und seitdem lag die berühmte graue Mappe mit den rosafarbenen Bändchen in der Schublade ihres Schreibtisches. Sie warf einen Blick auf die Uhr. Es war halb drei, Knüppelchen würde ihr sicher nicht erlauben, jetzt schon nach Hause zu gehen, es gab noch viel Arbeit. Aber sie hatte auch keine Geduld, bis zum Abend zu warten. Was tun?

Sie griff nach dem Telefonhörer, zum Himmel flehend, daß Ljoscha zu Hause war. Sie hatte Glück.

»Ljoschenka, arbeitest du?«
»Ja, ich arbeite, Genosse Major.«
»Geh doch bitte mal in mein Verzeichnis.«
»Da ist es«, antwortete er nach einigen Sekunden. »Und was jetzt?«
»Jetzt klicke bitte ›Ermittlung – Auswertungen 1985‹ an, und dann geh auf ›Suchen‹.«
»Ja, Befehl ausgeführt. Was suchen wir?«
»Vakar.«
»Wie?« fragte Ljoscha nach. »Buchstabiere bitte.«
Nastja buchstabierte.
»Ja, so einen gibt es.«
»Lies mir bitte vor, was über ihn drinsteht.«
»Das ist sehr viel«, entrüstete sich Ljoscha. »Du hast wohl überhaupt kein Gewissen?«
»Nein, Lieber, ich habe kein Gewissen, ich sitze auf Kohlen. Lies bitte, lies doch endlich!«
»Sechzehn Prozent der aufgeklärten Mordfälle konnten aufgrund ›heißer Spuren‹ mit Hilfe von Streifenposten ...«
»Nein, das kannst du weglassen. Geh zum nächsten Absatz.«
»Gut, zweiter Absatz. Ich lese. Der Geschädigte, Andrej Vakar, geboren 1974, wurde durch Messerstiche getötet, die ihm von halbwüchsigen Rowdys zugefügt wurden. Die Täter waren zum Zeitpunkt der Tat noch nicht strafmündig. Gegen den älteren Bruder des Beteiligten, der die Tat angestiftet hatte, wurde ein Strafverfahren eingeleitet. Die vier Halbwüchsigen begingen den Mord, um damit eine Spielschuld zu begleichen. Bei den Tätern handelt es sich um Jurij Oreschkin, geboren 1971, Igor Jerochin, geboren 1971, Ravil Gabdrachmanow, geboren 1971, Nikolaj Sakuschnjak, geboren 1971. Alle vier besuchen die Schule Nr. 183 im Moskauer Stadtteil Kirowskij. Im Zusammenhang mit der Tat wurden der Schwester des Opfers, Jelisaweta Vakar, geboren 1969, leichte Körperverletzungen beigebracht. Die Halbwüchsigen wurden fünfzig Minuten nach Begehung der Tat und zwanzig Minuten

nach Eingang der Tatmeldung beim Bereitschaftsdienst der Kripo festgenommen.«

»Ljoscha, ich möchte etwas für dich tun.«

»Wie meinst du das?« fragte er erstaunt.

»Verlange von mir, was du willst, ich werde alles tun, nur schenk mir noch eine Viertelstunde deiner Zeit.«

»Wirst du mich heiraten?«

»Ja.«

»Du bist eine Lügnerin«, seufzte er. »Aber was soll's. Gib deine Anweisungen.«

»Geh bitte noch mal auf ›Ermittlung – Auswertungen‹ und dann auf ›Annex-O‹.«

»Ich hab's. Soll ich öffnen?«

»Ja. Dann gehe wieder auf ›Suchen‹ und gib die Familiennamen ein.«

»Welche Familiennamen?«

»Natürlich diejenigen, die du mir eben vorgelesen hast. Die Namen der vier Halbwüchsigen, die Andrej Vakar ermordet haben.«

»Glaubst du etwa, an die erinnere ich mich noch? Nastja, tickst du noch richtig?«

»Jurij Oreschkin«, sagte sie ihm vor.

»So einen gibt es«, bestätigte Ljoscha. »1992 U, steht hier.«

»Das habe ich mir gedacht«, sagte sie leise. »Jetzt Nikolaj Sakuschnjak.«

»Den gibt es auch. 1993 U. Nastja, was bedeutet das?«

»›Annex – O‹ ist die Namensliste von Opfern, das heißt, von Ermordeten. Hinter dem Namen steht das Jahr, in dem der Mord begangen wurde. U bedeutet, daß die Tat unaufgeklärt geblieben ist. Wenn da A steht, dann handelt es sich um einen aufgeklärten Mordfall.«

»Hier gibt es noch ›Annex – T‹. Was ist das?«

»Das ist die Namensliste der Täter. Aber schweife jetzt nicht ab, Ljoscha. Sieh nach, ob es einen Igor Jerochin gibt.«

»Nein, so einen gibt es nicht.«

»Bis jetzt noch nicht«, murmelte sie kaum hörbar.

»Was sagst du?« fragte Ljoscha.
»Nichts. Ich denke nur laut. Jetzt bitte Ravil Gabdrachmanow.«
»Hier ist er. 1993 U.«
»Unglaublich! Jetzt öffne bitte die Datei für 1992.«
»Wir suchen nach Jurij Oreschkin, stimmt's?«
»Stimmt. Du bist ein kluges Köpfchen.«
»Das ist dein Einfluß. Sage mir, mit wem du umgehst ...«

ZEHNTES KAPITEL

1

Sie weinte im Schlaf. Im Traum erschienen ihr die ermordete Dascha Sundijewa und ihr bleicher, völlig gebrochener Halbbruder Sascha. Er hielt ein neugeborenes Kind auf den Armen, und während sie den Säugling betrachtete, dachte sie: An allem bin ich schuld. Wenn ich nicht so viele Fehler gemacht hätte, wäre Dascha noch am Leben. Dann kam ihr der rettende Gedanke, daß Dascha zum Zeitpunkt ihres Todes noch am Anfang der Schwangerschaft war, und deshalb konnte es sich keinesfalls um ihr Kind handeln, das Sascha auf den Armen hielt. Und wenn es dennoch ihr Kind war, dann mußte Dascha aus anderen Gründen gestorben sein, denn... Sie kam nicht dazu, diesen Gedanken zu Ende zu denken, denn es überfiel sie im Traum eine solche Verzweiflung, daß sich ihr ganzer Körper vor Schmerz zusammenkrampfte. Sie wollte laut schreien, aber ihrer Kehle entwich nur ein halb gehauchter, halb murmelnder Laut. Sie nahm ihre ganze Kraft zusammen, um zu schreien, weil sie glaubte, daß ihr dann wenigstens ein bißchen leichter würde. Und endlich gelang es ihr. Sie schrie auf und erwachte.

Das Kopfkissen war naß von Tränen. Ljoschas Arm umfaßte sie.

»Was ist mit dir, mein Herz?« fragte er leise. »Hast du geträumt?«

Sie antwortete nicht, drängte sich enger an ihn und versteckte ihr Gesicht an seiner Schulter.

Mit dem Schlafen war es vorbei. Während sie sich bemühte,

gleichmäßig zu atmen und sich nicht im Bett umherzuwälzen, um Ljoscha nicht zu stören, ging sie in Gedanken immer wieder alle Daten und Fakten durch und spielte das ihr am nächsten Tag bevorstehende Gespräch mit Gordejew durch. Dieses Gespräch verhieß nichts Gutes.

Sie hatte viel Zeit vertan, um herauszufinden, wer die entscheidende Kontaktperson der Weberschiffchen war. Aus irgendeinem Grund war sie davon überzeugt gewesen, daß diese Kontaktperson nicht zum inneren Kreis der Weberschiffchen gehörte und daß letztere diese Person aus ihr unbekannten Gründen vorübergehend mieden. Sie hatte geglaubt, daß die Männer irgendeine Gefahr witterten und deshalb alles taten, um denjenigen, der den Schlüssel zur Lösung des Rätsels in der Hand hielt, vor den Blicken Fremder zu schützen. Aber sie hatte sich geirrt. Denn als Boß hatte sich Resnikow erwiesen, derselbe Resnikow, der von Anfang an offen im Blickfeld stand und sich vor niemandem versteckte. Kein anderer als er war es, den die drei sofort aufsuchten, als ihnen das begegnete, was sie nicht verstehen und erklären konnten. Sie hatte alles falsch gemacht. Alles von Anfang an. Um ihr Interesse an der Weberschiffchen-Clique nicht preiszugeben, hatte sie darauf verzichtet, ihre dienstlichen Vollmachten wahrzunehmen und ihre Kollegen um Hilfe zu bitten. Vielleicht hätte sie auf offiziellem Weg sehr viel schneller und einfacher herausgefunden, wer und was Artjom Resnikow wirklich war. Bokr und seiner Truppe konnte das nicht gelingen, weil es unmöglich war, allen zwanzig, dreißig Leuten, mit denen Daschas Beschatter täglich verkehrten, wirklich gründlich auf den Zahn zu fühlen. Sicher, von diesen zwanzig, dreißig Leuten wäre Resnikow als einer der ersten ins Visier geraten, weil Dascha ihn an genau dem Tag in der Metro gesehen hatte, an dem alles begann. Aber was folgte daraus? Was war kriminell daran, wenn jemand in der Metro fuhr?

Vorsichtig, bemüht, Ljoscha nicht zu wecken, schlüpfte sie aus dem Bett, warf sich einen warmen Frotteemantel über die Schultern, schlich auf Zehenspitzen in die Küche und schloß die Tür hinter sich. Sie zündete das Gas an und stellte den Wasserkessel auf die Flamme. Es war kurz nach drei, aber sie wußte, daß es mit dem Schlafen sowieso vorbei war. Sie stand vor dem Fenster und betrachtete stumpfsinnig ihr Spiegelbild in der dunklen Scheibe, für eine Weile hatte sie sogar vergessen, worüber sie eigentlich nachdenken wollte.

Das Wasser kochte, Nastja brühte sich eine Tasse Pulverkaffee auf, warf ein paar Zuckerstücke und eine dicke Zitronenscheibe hinein und zündete sich eine Zigarette an. Es vergingen weitere zwanzig Minuten, bis es ihr gelang, sich zusammenzureißen und jene schwarze Schwermut zu überwinden, mit der sie aufgewacht war und die sie buchstäblich lähmte, die mit Zentnergewichten an ihr hing.

Sie räumte den Tisch ab, breitete weiße Blätter auf der Tischplatte aus und begann zu arbeiten. Allmählich füllten sich die Blätter mit Häkchen, Kringeln, Pfeilen, kurzen Anmerkungen, Frage- und Ausrufungszeichen.

Vakar war ihre letzte Hoffnung. Wenn er Jerochin seit langem beschattete, wußte er vielleicht Dinge, die Bokr und seine Truppe nicht wußten. Und wenn Jerochin in den Mord an dem Milizionär Kostja Maluschkin verwickelt war, dann konnte Vakar auch das wissen. Doch wenn ihr zweiter Verdacht zutraf und Vakar etwas mit dem Tod der drei Kindheitsfreunde von Igor Jerochin zu tun hatte, würde er niemals eine Aussage gegen Jerochin machen, denn damit würde er zugeben, daß er die Absicht hatte, Jerochin zu ermorden. Und dies wiederum wäre gleichbedeutend mit dem Geständnis, daß er auch die anderen drei umgebracht hatte. Was immer Vakar wissen mochte, er würde schweigen. Und der Mord an Maluschkin würde niemals aufgeklärt werden, sofern Jerochin kein Schuldgeständnis ablegen würde. Und das würde er zweifellos niemals tun.

Nein, es hatte wohl keinen Sinn, auf Vakar zu hoffen. Wenn er drei Morde begangen hatte und nicht ins Netz gegangen war, hatte Nastja keine Chance, ihn mit ihren nackten Händen zu packen. Sie mußte sich etwas Schlaues ausdenken, um ihn auszutricksen. Es sei denn, er hatte mit den drei Morden gar nichts zu tun. Dann gab es eine Chance, wenn auch nur eine geringe. Nastja ging gewohnheitsmäßig alle denkbaren Varianten durch, das war ihr unumstößliches Prinzip bei der Lösung aller Fälle, aber tief im Innern glaubte sie diesmal nicht an einen Erfolg.

Ihr aufrichtiger Neid galt Bokr, dem »Goldjungen«, für den das Wort »aussichtsslos« nicht existierte. Wie gern hätte auch sie diese Sicherheit besessen.

2

Suren Udunjan und Viktor Kostyrja parkten ihr Auto einen Häuserblock entfernt von dem Haus, in dem Dascha wohnte, und gingen zu Fuß weiter. Vor dem Haus stand ein Bus und davor eine kleine Gruppe von Menschen. Die Frauen trugen schwarze Kopftücher, manche hielten rote Nelken in der Hand.

»Es sieht nach einer Beerdigung aus«, bemerkte Kostyrja halblaut. »Dort steht auch ihr Galan, siehst du ihn?«

Surik nickte wortlos. Artjom hatte sie losgeschickt, damit sie herausfanden, was mit Dascha geschehen war. Zuerst hatten sie einen Blick ins »Orion« werfen wollen, doch am Eingang hatten sie einen verdächtigen Typen bemerkt, der mit demonstrativer Gleichgültigkeit alle Ein- und Ausgehenden beobachtete. Er erinnerte stark an einen Beamten, der auf Personen angesetzt war, die sich für die verschwundene Verkäuferin interessierten. Deshalb hatten sie sich nicht entschließen können, den Laden zu betreten, und waren zu Daschas Haus gefahren.

Sie blieben in der Nähe des Busses stehen und versuchten angestrengt, etwas von dem zu erhaschen, was die Leute in den Trauerkleidern redeten.

»Die Eltern sind völlig am Ende ...«
»Der Kranz ist von den Kommilitonen ...«
»Warum müssen Menschen so jung sterben? ...«

»Diese Miliz ist doch völlig unfähig...«
»Dascha... lieber Gott, Daschenka...«
Plötzlich drehte einer der Männer sich um. Er fixierte Surik und Kostyrja einen Moment, dann kam er entschlossen auf sie zu.
»Wollt ihr auch zur Beerdigung? Woher kommt ihr? Von der Universität?« fragte er resolut.
»Nein, nein«, murmelte Surik mit unschuldigem Augenaufschlag und erstauntem Gesichtsausdruck, »wir sind nur Passanten. Wir stehen nur hier, um eine zu rauchen. Entschuldigen Sie. Wer ist denn gestorben?«
»Ein junges Mädchen. Aber der Tod eines fremden Menschen sollte kein Anlaß für Neugier sein. Sie sollten weitergehen. Gleich werden die Eltern aus dem Haus kommen, und Sie stehen da, rauchen und gaffen... So etwas tut man nicht«, sagte der Mann ärgerlich.
»Natürlich, natürlich«, sagte Viktor schnell, schickte sich zum Gehen an und zog Surik mit sich. »Bitte entschuldigen Sie.«
Schnellen Schrittes gingen sie zum Auto zurück. Sie stiegen ein und bemerkten in der Eile den Mann nicht, der auf einer Bank neben dem parkenden Auto saß. Er hielt eine Hundeleine in der Hand, unweit von ihm tummelte sich ein lustiger, pfirsichfarbener Miniaturpudel. Als das Auto sich entfernt hatte, holte der Mann ein kleines Sprechfunkgerät aus der Tasche.
»Sie sind weggefahren«, sagte er. »Zur Sicherheit warten wir noch fünfzehn Minuten.«
Nach einer Viertelstunde stiegen die schwarz gekleideten Leute in den Bus ein.
»Fahren wir nicht zu früh ab?« fragte Nastja beunruhigt und warf einen Blick auf die Uhr. »Sie könnten zurückkommen und noch einmal nachsehen.«
»Nein, nein, es ist nicht zu früh«, beruhigte Bokr sie. »Wir haben lange genug gewartet, um sie glauben zu machen, daß die Eltern inzwischen aus dem Haus gekommen und wir zum

Friedhof abgefahren sind. Wollen wir hoffen, daß sie nicht sämtliche Friedhöfe der Stadt absuchen, um sich davon zu überzeugen, daß das Mädchen wirklich beerdigt wird.«

»Wollen wir es hoffen«, sagte Nastja.

3

Viktor Alexejewitsch Gordejew hörte Nastja aufmerksam zu. Nach der Krankheit, die er stoisch in der Vertikale überstanden hatte, sah er angegriffen aus, unter den Augen hatten sich Tränensäcke gebildet, seine Glatze glänzte vor Schweiß, und eine gewisse Kurzatmigkeit machte sich bemerkbar. Doch er schenkte seiner Unpäßlichkeit, wie immer, keine Beachtung, er blieb der, der er immer war: das zähe, zielstrebige und unbeirrbare Knüppelchen.

Nastja saß bereits seit fast einer Stunde in seinem Büro und berichtete ihm über den Stand ihrer Erkenntnisse bezüglich der vier schwierigsten Fälle, in denen gerade ermittelt wurde.

»Viktor Alexejewitsch, ich glaube, ich kann Informationen über den Mord an dem Milizionär Maluschkin beschaffen«, sagte sie vorsichtig, nachdem der offizielle Teil der Besprechung beendet war.

Gordejew nahm seine Brille ab und steckte den Bügel in den Mund, was bei ihm ein Ausdruck höchster Aufmerksamkeit war.

»Hat diese Möglichkeit etwas mit den Leuten zu tun, die dir dein liebenswürdiger Denissow zur Verfügung gestellt hat?«, fragte er ärgerlich.

»Ja und nein. Mit ihrer Hilfe habe ich einen Mann entdeckt, der vielleicht etwas Wichtiges weiß oder sogar gesehen hat. Doch dieser Mann steht in keinerlei Beziehung zu Denissows Leuten, er ist ein Fall für sich. Kurz gesagt, die Situation ist folgende: Wenn der Mann nichts weiß, sind wir mit diesem Mordfall offenbar in einer Sackgasse angelangt, und wenn er etwas weiß, dann wird er um keinen Preis etwas sagen, weil er selbst vorhat, denjenigen umzubringen, der Kostja Maluschkin erschossen hat. Im ersten Fall können wir nichts tun und im zweiten vermutlich auch nicht. Aber wir müssen es versuchen. Ich war heute in der Abteilung 37 und habe mit den Kollegen gesprochen, die Maluschkins Fall bearbeiten. Ihr Ermittlungsstand ist gleich Null, sie haben keinen einzigen Anhaltspunkt, keine einzige Spur. Und ich muß gestehen, daß sie mir nicht besonders gefallen haben. Wenn man ihnen eine Person überläßt, die vielleicht etwas weiß, werden sie alles verderben. Sie werden mit diesem Mann nicht fertig werden.«

»Hm. Willst du damit sagen, daß du mit ihm fertig wirst?«

»Ich fürchte, daß es auch mir nicht gelingen wird. Aber wenn Sie mir helfen würden ...«

»Angenommen, ich würde es tun. Hast du einen konkreten Plan?«

»Vorläufig nicht. Ich muß über diesen Mann so viel wie möglich erfahren, um einen brauchbaren Plan entwerfen zu können.«

»Wo befindet sich die Akte zum Mordfall Maluschkin?«

»Bei der Bezirksstaatsanwaltschaft. Der Untersuchungsführer ist Boldyrew. Aber man wird den Fall wohl kaum aufklären, Viktor Alexejewitsch. Niemand hat gesehen, wie Maluschkin seinen Posten verlassen hat, man weiß nicht, aus welchem Grund er das getan hat, wem er gefolgt und wie er auf die Baustelle geraten ist. Das weiß auch ich nicht, aber ich ahne, warum man ihn umgebracht hat. Ich ahne es nur, Beweise habe ich nicht. Ich ahne auch, wer ihn umgebracht hat, und der Mann, von dem die Rede ist, könnte gesehen haben, mit wem Kostja die Metrostation verlassen hat und wem er auf diese verfluchte Baustelle gefolgt ist. Eine Aussage dieses Mannes könnte uns den Beweis liefern, und dieser Beweis wäre praktisch der einzige, auf den wir in diesem Fall hoffen können. Es geht nur darum, daß es uns gelingt, die Aussage zu bekommen.«

»Gut.« Knüppelchen nickte. »Ich werde sehen, was sich machen läßt. Aber das alles gefällt mir nicht, Anastasija. Erstens mißfällt mir deine Eigenmächtigkeit. Zweitens mißfällt mir dein Mißtrauen gegenüber den Ermittlungsbeamten der Abteilung 37. Du bist verpflichtet, ihnen zu helfen, wenn du schon die Möglichkeit hast, anstatt die Sache an dich zu reißen.«

Nastja war bereits drauf und dran, ihrem Chef zu sagen, daß die Möglichkeit bestand, die drei lang zurückliegenden Mordfälle aufzuklären, doch aus irgendeinem Grund unterließ sie es. Es hätte sich angehört, als wolle sie sich rechtfertigen.

»Überhaupt kann ich dein Verhalten in dieser ganzen Angelegenheit nicht billigen«, fuhr Gordejew indessen fort, »aber du mußt selbst, ohne meine Hilfe, aus deinen Fehlern lernen, nur dann wird etwas aus dir werden. Wenn du sicher bist, daß du niemals bereuen wirst, die Dienste von Denissow in Anspruch genommen zu haben – bitte sehr, tu, was du für richtig hältst. Nur wenn er dich irgendwann an der Kehle packt und Gegenleistungen von dir fordert, dann komm nicht zu mir gelaufen, und bitte mich nicht um Schutz. Ich habe dich gewarnt. Wenn du sicher bist, daß du etwas kannst, was unsere Jungs nicht können – meinetwegen, ich werde dir helfen. Aber wenn sich herausstellt, daß du dich geirrt hast, daß die andern es besser und effektiver gemacht hätten als du, mußt du dafür geradestehen. Nach oben werde ich dich natürlich decken, aber hier, an dieser Stelle, wirst du dann andere Töne zu hören bekommen.«

»Ich habe alles verstanden, Viktor Alexejewitsch«, sagte Nastja verdrossen.

»Gut, wenn du verstanden hast, dann fang an. Ich höre.«

Nastja verbrachte noch eine geraume Zeit im Büro ihres Chefs und verließ es schließlich vollkommen niedergeschlagen. Die präzisen Fragen und gnadenlosen Einschätzungen Gordejews hatten ihre Zweifel an ihren Möglichkeiten noch vertieft. Warum hatte sie sich auf all das eingelassen? Und warum war ihr Halbbruder Sascha mit seinen Problemen zu ihr gekommen?!

Doch im selben Moment fiel ihr Dascha ein, der Schlimmes hätte zustoßen können, wenn man sie ihrem Schicksal überlassen hätte. Und der junge, rotbackige Kostja Maluschkin fiel ihr ein, dessen gewaltsamer Tod für immer ein weißer Fleck geblieben wäre, wäre nicht Sascha mit seinen Sorgen zu ihr gekommen.

4

In der fernen asiatischen Stadt brach die Nacht herein, doch die Arbeit im Labor lief auf Hochtouren. Die Versuche mußten bis zum ersten Januar abgeschlossen sein, und der Termin war so knapp bemessen, daß die Arbeit weder an den Wochenenden noch in den Nächten ruhen durfte.

Im Büro des Chefs herrschte dichte Stille. Die schallisolierten Wände ließen kein Geräusch hindurch, und der Raum besaß keine Fenster. Der Chef, ein dicker, krankhaft aufgeschwemmter Mann mit schütterem kastanienbraunem Haar und klobiger Nase schrieb etwas in einen Notizblock. Nein, es war vollkommen unmöglich, die Versuche rechtzeitig abzuschließen, wenn sich die Rohstofflieferungen weiterhin verzögern würden. Wenn die Versuchsergebnisse der nächsten drei, vier Tage zeigen würden, daß eine neue Variante des Geräts erarbeitet werden mußte, würde man ohne neuen Rohstoff nicht auskommen, und die Reserven waren alle verbraucht. Man würde den zugesagten Termin nicht einhalten können, und das würde eine empfindliche Honorareinbuße nach sich ziehen. Und weitere Verzögerungen würden zu noch größeren Unannehmlichkeiten führen.

Mike Steinberg, der vor kurzem noch Mischa oder Michail Markowitsch hieß und seine ganze Kindheit in der westlichen Ukraine, in Lwow, verbracht hatte, befand sich illegal in Asien. Er besaß weder einen Paß noch eine Aufenthaltsgenehmigung, noch die Staatsbürgerschaft. Alles das sollte er bekommen, wenn es ihm gelang, das Projekt rechtzeitig und erfolgreich abzuschließen. Gelang es ihm nicht, würde man ihm ganz einfach einen Tritt geben, vorher würde man ihn mit irgendeinem Medikament vollpumpen, das sein Verhalten so verändern würde, daß er sehr schnell von der Polizei aufgegriffen und im Irrenhaus landen würde. Damit würde das Leben des begabten Wissenschaftlers Mike Steinberg enden und die sinnlose Existenz eines Geisteskranken ohne Namen, ohne Familie und ohne Vergangenheit beginnen. Man hatte ihn darüber aufgeklärt, daß er sich in einem Land befand, in dem Gesetze und Menschenrechte nur sehr vage, verschwommene Begriffe waren, so daß er im Fall drastischer Maßnahmen, die gegen ihn ergriffen werden müßten, nicht mit dem Schutz des Staates zu rechnen hätte.

In der Tat wußte er nicht einmal genau, wo er sich befand. Er war geldgierig und selbstgewiß, und man hatte ihn einfach gekauft, wie einen Gegenstand auf einem Basar, man hatte ihn sofort gegriffen, als er auf dem Flughafen von Tel Aviv aus dem Flugzeug gestiegen war. Er war allein nach Israel ausgewandert, seine alten Eltern hatten sich kategorisch geweigert, Lwow zu verlassen, seine Frau hatte sich vor langer Zeit von ihm getrennt und nahm keinen Anteil mehr am Leben ihres geschiedenen Mannes. Seine historische Heimat hatte Mischa nach seiner Ankunft kaum zu Gesicht bekommen, sein Aufenthalt im Gelobten Land dauerte ganze vier Tage, die er in einem Hotel am Flughafen verbrachte. In diesen Tagen hatte man ihn geschickt bearbeitet, indem man sich seinen Hunger nach Geld zunutze machte, seine Angst vor Arbeitslosigkeit und Armut, seine Eitelkeit als Wissenschaftler. Man nahm ihm die Papiere ab und setzte ihn schließlich mit vier Begleitpersonen in ein Flugzeug nach Kanada. Die weitere Reise fand ausschließlich in Privatflugzeugen statt, deren Crews sich nicht gerade durch Gesprächigkeit auszeichneten. Seine Begleitpersonen hingegen waren sehr höflich und aufgeschlossen, wenn auch in bestimmten Grenzen. Deshalb konnte Mike Steinberg, als man ihn in das riesige unterirdische Labor brachte, nur raten, wo er sich befand, ob in China, Korea, Japan, Australien oder auf den Malediven. Irgendwann begriff er, daß er sich irgendwo in Asien aufhielt, aber wo genau – das blieb ihm ein Rätsel. Den Mitarbeitern des Projekts schien es auf Leben und Tod verboten zu sein, mit dem Versuchsleiter ein Wort zu wechseln, das über wissenschaftliche Belange hinausging, und überhaupt war jegliche Kommunikation äußerst begrenzt: Er hatte ein separates Büro, und alle Gespräche wurden entweder per Telefon geführt, über eine interne Leitung, die abgehört wurde, oder aber in Anwesenheit von einem der beiden Amerikaner, die, wie Mischa begriff, Mitarbeiter des Sicherheitsdienstes waren. Das verführte nicht gerade dazu, der Zunge freien Lauf zu lassen.

Steinberg drückte den blauen Knopf der internen Gesprächsanlage. Sofort öffnete sich die Tür, und das Büro betrat einer der Amerikaner, die Mischa für sich die Zerberusse nannte.

»Sie wünschen, Doktor?«

»Wie sieht es aus mit der Rohstofflieferung?« fragte Mike unzufrieden. »Die Zeit läuft, wir haben kaum noch Reserven.«

»Wie lange können wir die Frist noch hinauszögern?«

»Drei Tage, allerhöchstens vier«, sagte der Versuchsleiter schroff. Er hatte schnell gelernt, in solchen Fragen hart und unnachgiebig zu sein.

Der Amerikaner sprach in ruhigem Tonfall mit ihm, er blieb immer distanziert, so als wolle er im Grunde nichts zu tun haben mit den Problemen dieses dicken, schwitzenden Mannes.

»Ich werde Bescheid sagen, daß Sie den Rohstoff in spätestens vier Tagen brauchen«, sagte er gleichmütig.

»Ich bitte darum«, parierte Steinberg, der nicht versuchte, seinen Ärger und seine Besorgnis zu verbergen. »Danke, ich will Sie nicht länger aufhalten.«

Der Zerberus drehte sich schweigend um und verließ den Raum.

Mike versuchte sich mit dem Gedanken zu trösten, daß die Verzögerung der Rohstofflieferung nicht seine Schuld war und daß man ihn deshalb nicht bestrafen würde, falls das Projekt nicht rechtzeitig zum Abschluß kommen sollte. Doch war dies nur ein schwacher Trost, denn er erinnerte sich sehr gut daran, daß er am Anfang nach eingefleischter sowjetischer Gewohnheit die Arbeit nicht allzu ernst genommen hatte, er hatte geschludert und gestümpert, lange Anlauf genommen und den großen Denker gespielt. Das war seinen Auftraggebern nicht verborgen geblieben. Zuerst hatte man ihn sanft gerügt, dann folgten unverblümte Drohungen, nachdem man ihn darüber aufgeklärt hatte, daß im Februar die Wahlkampagne im Land startete und das Projekt, in das man riesige Summen investiert hatte, bis dahin abgeschlossen sein mußte, weil es sonst seinen Sinn verlor. Schließlich hatte man die Sprache auf die geheimnisvolle Psychodroge gebracht und auf die geschlossene psychiatrische Klinik. Mike glaubte ihnen aufs Wort, denn solche Vorgehensweisen waren ihm aus Rußland bestens bekannt. In letzter Zeit wuchs in ihm sogar die Befürchtung, daß ihm das angedrohte Schicksal ganz unabhängig vom Ausgang des Projektes bevorstand. Er war nur so lange ungefährlich für seine Auftraggeber, solange er in diesem stinkenden, hermetisch von der Außenwelt abgeschlossenen Bunker saß. Nach Abschluß der Arbeit würde man ihn freilassen müssen. Und es erschien sehr fraglich, ob das für seine Auftraggeber nicht zu riskant war ... Deshalb tat Mike alles, um sich von seiner besten Seite zu zeigen, in der Hoffnung, daß sie ihn auch weiterhin für ihre Zwecke einsetzen würden. Mit traurigem Sarkasmus erinnerte er sich an den Anfang, an seine Träume vom großen Geld, während er jetzt nur noch darauf hoffte, am Leben zu bleiben.

Zwei Etagen höher, in einem Büroraum genau derselben Art, berichtete der amerikanische Zerberus seinem Landsmann von den Forderungen des wissenschaftlichen Projektleiters.

»Da kommt mir ein reizvoller Gedanke«, lachte Carl erheitert auf. Nach mehreren Stunden sitzender Tätigkeit entspannte er seine athletischen Schultern und dehnte sich wohlig. »Gehen Sie zu ihm und bieten Sie ihm zusätzliches Honorar an, wenn er den Rohstoff auf eigene Kosten beschafft. Ich bin sicher, daß er sich darauf einläßt. Er möchte nur allzugern am

Leben bleiben und hat inzwischen begriffen, daß das Leben kostbarer ist als Geld. Akira-San hat wenig Lust, unserem russischen Lieferanten zusätzliche Summen für die Beschleunigung seiner Aktivitäten zu bezahlen, im Gegenteil, er hat versprochen, unser Honorar zu erhöhen, wenn wir ihm zusätzliche Kosten ersparen. Und diese zusätzlichen Kosten sind nicht zu vermeiden. Denn diese Asiaten sind nicht in der Lage, selbst etwas zu erfinden, ihr ganzer technischer Fortschritt basiert auf geklauten Technologien und Ideen. Sie kaufen europäische und amerikanische Gehirne und beuten sie für ihre Zwecke aus, für das Management engagieren sie Japaner und sind bei alledem sagenhaft geizig. Wir könnten nun einen Russen zwingen, einem anderen Geld zu geben, und auf diese Weise unsere eigenen Einnahmen etwas aufbessern.«

»Keine schlechte Idee«, lächelte der Zerberus. »Es wird damit enden, daß Steinberg das ganze Projekt selbst finanziert, um seine Haut zu retten. Auf seinem Konto sind bereits beträchtliche Summen aufgelaufen, soll er sie ruhig in unsere gemeinsame Sache investieren.«

Die beiden brachen in schallendes Gelächter aus.

Eine Stunde später läutete in der Moskauer Botschaft eines GUS-Landes das Telefon.

»Sagen Sie ihm, daß wir bereit sind, ihm das Dreifache zu bezahlen, wenn er zu einem Treffen innerhalb der nächsten drei Tage bereit ist. Findet das Treffen erst in einer Woche statt, bezahlen wir nur noch das Doppelte. Nach Ablauf von zwei Wochen sind wir bereit, die Ware zum alten Preis entgegenzunehmen. Wird auch diese Frist überschritten, brechen wir unsere geschäftlichen Beziehungen mit ihm ab und wenden uns an einen anderen Lieferanten.«

5

Artjom Resnikow goß sich ein großes Glas Grapefruitsaft ein und warf einen Eiswürfel hinein. Er schob sich eine Tablette in den Mund und trank das Glas in einem Zug aus. In einer halben Stunde würde Irina das Mittagessen servieren.

Er ging in die Küche, wo seine Frau am Herd hantierte, und ließ sich schwerfällig auf die Eckbank fallen. Es machte ihm Spaß, Irina bei der Arbeit zuzusehen, ihm gefiel ihre hagere, mädchenhafte Figur, das gepflegte jugendliche Gesicht mit dem sorgfältig frisierten grauen Haar. Er war kategorisch dagegen, daß Irina sich das Haar färbte. Wie schon in jugendlichen Jahren erregte ihn auch heute noch der Gedanke, daß sie um vieles älter war als er.

»Na, mein Häschen, hast du inzwischen Sewa erreicht?« fragte sie, während sie appetitliche Fleischstücke in der Pfanne wendete.

»Er ist auf Dienstreise und kommt erst am Montag zurück. Das große Geld geht uns durch die Lappen.«

»Ärgere dich nicht«, sagte Irina lächelnd. »Zuviel Geld ist immer gefährlich, das weißt du. Ich mag das Risiko nicht. Der doppelte Preis ist auch nicht schlecht. Sobald Sewa zurück ist, bekommst du die Ware und erledigst alles in einer Woche. Es ist überhaupt nicht nötig, ihm zu sagen, daß wir den doppelten Preis bekommen. Du rechnest mit ihm ab wie immer, so kommen wir beide trotzdem auf unsere Kosten.«

»Soll ich den Jungs etwas davon sagen, was meinst du?«

»Das hätte noch gefehlt!« fauchte Irina. »Diese Schwachköpfe bekommen ohnehin schon viel mehr, als ihnen zusteht. Lassen sich von einer Frau in Rot erschrecken. Man hat Drillingsschwestern in ein und dieselben Kleider gesteckt, hat sie alle drei denselben Text aufsagen lassen, und die haben sich sofort in die Hosen gemacht, bilden sich überirdische Erscheinungen ein. Kommen sofort mit eingezogenem Schwanz zu dir gerannt, anstatt den eigenen Verstand zu gebrauchen.«

»Schon gut, Kätzchen, reg dich nicht auf«, sagte Resnikow sanft. »Es ist ja nichts passiert. Unsere Konkurrenten sitzen offenbar auch in der Scheiße, wenn sie es nötig hatten, das Mädchen zu beseitigen. Jedenfalls werden sie uns jetzt in Ruhe lassen, sie haben genug eigene Sorgen. Und wir können wieder unser eigenes Spiel spielen.«

»Und der ermordete Milizionär?« fragte Irina. Sie drehte das Gas unter der Pfanne ab und wandte sich dem Salat zu. »Wir wissen bis jetzt nicht, ob die Miliz hinter uns her ist. Warum hat das Mädchen ihm den Zettel mit deiner Beschreibung zugesteckt?«

»Nicht auf alle Fragen gibt es eine Antwort, Kätzchen, aber unsere Sache läuft. Wenn unsere Konkurrenten wirklich mit der Miliz in Verbindung stehen würden, hätte man längst herausgefunden, wer diesen Sergeanten aus der Metro umgebracht hat, und Igor wäre längst im Knast. Das ist so sicher, wie zwei mal zwei vier ist. Aber Igor läuft frei herum und ist bei bester Gesundheit. Und unsere Konkurrenten haben jedes Interesse an uns verloren. Sie haben begriffen, daß es für sie selbst kein Segen ist, wenn sie sich mit uns anlegen. Hätten sie nicht genug eigene Probleme, hätten sie das Mädchen nicht umgebracht. Glaubst du etwa, daß sie in so einer Situation ihre Zeit an uns verschwenden werden? Sie haben schließlich auch etwas im Kopf.«

»Bist du sicher?« fragte Irina mißtrauisch.

»Zu etwa neunzig Prozent. Ein Restrisiko bleibt immer und bei allem, das ist kein Grund, sich einschüchtern zu lassen. In einer Woche werden wir bereits anderthalb Millionen Dollar auf unserem Konto haben und können langsam daran denken, unsere Koffer zu packen, um von hier zu verschwinden.«

»Ich weiß nicht, Häschen, irgendwie habe ich diesmal ein ungutes Gefühl«, sagte Irina. »Sollten wir nicht abwarten, bis wir hundertprozentig sicher sind?«

»Wir können nicht mehr warten«, antwortete Artjom. Allmählich wurde er ungeduldig. »Begreifst du das denn nicht? Sewa sitzt mir im Nacken, er braucht das Geld auch so schnell wie möglich, weil er selbst auf dem Absprung ins Ausland ist. Wenn ich ihm die Ware nicht abnehme, sucht er sich einen anderen Abnehmer. Und wo finde ich dann einen anderen Sewa? Auch der Kunde setzt mir die Pistole auf die Brust, wenn wir noch länger zögern, wendet er sich an einen anderen Lieferanten – und aus der Traum. Wir verdienen keinen einzigen Cent mehr, und alle unsere Pläne sind dahin.«

»Gut, Häschen, du weißt es besser«, seufzte Irina, holte das Besteck aus der Schublade und begann, den Tisch zu decken.

6

Vakar genoß das Alleinsein in der leeren Wohnung. In der letzten Zeit hatte er dazu selten Gelegenheit gehabt. Lisa verfiel immer öfter in Depressionen, sie saß zu Hause, geisterte wie ein Schatten durch die Wohnung und bedrängte Vakar mit dem stummen Vorwurf in ihren Augen. Seine Frau hüllte sich nicht länger in eisiges Schweigen, sie sortierte demonstrativ die Sachen und Bilder ihres Sohnes und erging sich in lauten Selbstgesprächen über ihr Lieblingsthema. Die Kinderseele, die keine Ruhe finden konnte, die Unfähigkeit des Vaters, die Gerechtigkeit wiederherzustellen. Wladimir Sergejewitsch war so wenig wie möglich zu Hause, er blieb bis spätabends im Büro oder beschattete Jerochin. Heute war Donnerstag, Lisa war zu Dmitrij Sotnikow gegangen, auch seine Frau hatte das Haus verlassen, und ein paar Stunden lang konnte Vakar frei atmen.

Die Frist, die Jelena ihm gesetzt hatte, war schon fast abgelaufen, und er wußte bereits, wann und wie er seine schwere, qualvolle, aber unvermeidliche Pflicht erfüllen würde. Heute konnte Wladimir Sergejewitsch es sich erlauben, zu Hause zu bleiben. Ohne Eile brachte er seine Alltags- und seine Paradeuniform in Ordnung, kontrollierte Mantel und Pelzmütze. Anfang November fand die alljährliche Truppenbesichtigung in Winterausrüstung statt. Danach sortierte er endlich die Papiere in seinem Schreibtisch, zerriß alles Überflüssige und warf es in den Papierkorb. Den Rest verteilte er in sorgfältig beschrifteten Aktenordnern. In der Tiefe seines Schreibtisches stieß er auf seine alten Schulterstücke, die er einst als Oberst getragen hatte, und mit Wehmut dachte er daran, daß er niemals in eine Uniformjacke geschlüpft war, deren Schulterstücke von Jelenas Hand angenäht waren. Die Ehefrauen aller seiner Offizierskollegen verfolgten die militärische Laufbahn ihrer Männer mit aufgeregter Anteilnahme und hielten das Annähen des neuen, mit einem zusätzlichen Stern verzierten Schulterstükkes für ihre heilige Pflicht. Nur Jelena wußte nie so richtig Bescheid, wann ihrem Mann ein neuer Dienstgrad verliehen wurde und wann die nächste Beförderung zu erwarten war. Den Rang des Obersten hatte man ihm vorzeitig verliehen, und als eine der Offiziersfrauen ihre Verwunderung darüber zum Ausdruck brachte, daß Vakar bereits mit sechsunddreißig Jahren Oberst geworden war, hatte Jelena nur gleichmütig mit den Schultern gezuckt. Ja, wirklich? hatte sie gesagt. Ist das nicht immer so? Ich verstehe nichts von diesen Dingen.

Nach dem Ordnen der Papiere setzte Vakar sich mit Genuß an den aufgeräumten Tisch und verbrachte zwei Stunden damit, die Vorlesung für den nächsten Tag vorzubereiten. Er besaß viel neues Material, das er ordnen und systematisieren mußte, er überlegte sich didaktische Vorgehensweisen, überprüfte Karten und Skizzen, veränderte und ergänzte das eine und andere. Erst danach erlaubte er sich, sich mit einem Buch aufs Sofa zu legen. Doch er konnte nicht lesen. Seine Gedanken kreisten um Jerochin und sein eigenes, so aussichtslos verfahrenes Leben.

Das Geräusch des Schlüssels in der Tür zwang ihn, sich zu erheben. Er gestattete es sich nie, in Gegenwart seiner Frau oder seiner Tochter auf dem Sofa zu liegen.

Jelena betrat das Zimmer.

»Du bist zu Hause?« fragte sie mit einer Verwunderung, als wäre es die einzige Bestimmung ihres Mannes, sich auf den Straßen herumzutreiben, um den letzten der vier Mörder zu ermorden. »Ist etwas passiert?«

»Nichts ist passiert. Ich bin nur nach Hause gekommen, um mich umzuziehen. Ich wollte gerade gehen«, erwiderte der General, kurz und trocken wie immer.

Er wechselte den Trainingsanzug gegen Jeans, ein Wollhemd und eine leichte Lederjacke aus, steckte seine Zigaretten und die Brieftasche ein, nahm den Autoschlüssel und verließ ohne ein weiteres Wort die Wohnung. Jelena fragte nicht, wohin er ging und wann er zurückkommen würde, das interessierte sie nicht, deshalb hatte er längst aufgehört, ihr etwas darüber zu sagen.

Vakar trat hinaus auf die Straße und schlug im Schlenderschritt die Richtung zum Sustschewskij-Bahnhof ein. Er hatte keinerlei Ziel, er nahm sich vor, über den Rigaer Bahnhof und den Mir-Prospekt bis zur Sucharewka zu gehen, dort konnte er in die Metro steigen und zurückfahren. Er rechnete sich aus, daß er auf diese Weise erst gegen Mitternacht zu Hause sein würde, Jelena und Lisa würden bereits schlafen, und niemand würde ihn mit Fragen und Vorwürfen quälen.

Am Rigaer Bahnhof blieb er an der Kreuzung stehen und wartete auf das Umschalten der Fußgängerampel, als ihn plötzlich jemand vorsichtig an der Schulter berührte. Er vernahm eine leise Stimme neben sich.

»Wladimir Sergejewitsch?«

Er drehte sich abrupt mit dem ganzen Körper um, wie auf das Kommando »Kehrt um«, und erblickte eine Frau. In der Dunkelheit konnte er ihr Gesicht nicht erkennen, er sah nur, daß sie groß, hager und jung war.

»Meinen Sie mich?« fragte er verwundert.

»Wenn Sie Wladimir Sergejewitsch heißen, dann meine ich Sie.«

»Kennen wir uns?«

»Nein«, erwiderte die Frau. »Aber ich würde Sie gern kennenlernen. Lassen Sie uns zur Seite gehen, hier stören wir die Passanten.«

Er folgte ihr ergeben und blieb mit ihr zusammen unter einer Straßenlaterne stehen.

»Hier sind meine Papiere.«

Die Frau reichte ihm ihren Dienstausweis. Auf der Fotografie erkannte er jene unscheinbare graue Maus wieder, der er vor kurzem auf der Straße Feuer gegeben hatte. Er erinnerte sich daran, daß er sie amüsiert betrachtet und gedacht hatte, sie würde dastehen und auf einen Freund warten, der nicht kam. Anastasija Pawlowna Kamenskaja, Majorin der Miliz.

Im Gesicht des Generals zuckte nicht ein einziger Muskel. Er war wirklich in ausgezeichneter Form.

ELFTES KAPITEL

1

Nastja Kamenskaja und Wladimir Vakar saßen auf einer kleinen Bank in einem stillen Moskauer Hinterhof. Es war bereits vollkommen dunkel, nur die erleuchteten Fenster warfen einen schwachen Lichtschein in den Hof. Es fiel ein kalter, unangenehmer Sprühregen, Nastja hatte ihre Kapuze übergezogen, Vakar saß mit unbedecktem Kopf da.

»Kennen Sie einen Mann namens Igor Jerochin?« fragte Nastja.

Vakar dachte einen Moment nach, bevor er antwortete.

»Vor neun Jahren hat ein Halbwüchsiger, der Igor Jerochin hieß, meinen Sohn umgebracht. Wenn Sie den meinen, dann kenne ich ihn.«

»Ja, ich meine genau den. Wann haben Sie ihn zuletzt gesehen?«

»Vor zwei, drei Tagen. Er hat offenbar seine Mutter besucht, die in einer Nachbarstraße von mir wohnt.«

»Sagen Sie, Wladimir Sergejewitsch, sind Sie Jerochin vielleicht irgendwann einmal in der Nähe der Metrostation ›Taganskaja‹ begegnet?«

Vakar schwieg. Schließlich fragte er:

»Kann ich den Grund Ihrer Fragen an mich erfahren?«

»Natürlich. Vor einem Monat wurde neben der Metrostation ›Taganskaja‹ der Milizionär Konstantin Maluschkin ermordet. Ich habe den Verdacht, daß Jerochin ihn umgebracht hat. Deshalb suche ich nach Beweisen, das ist alles. Also, Wladimir Sergejewitsch, haben Sie Jerochin dort gesehen?«

»Was tut das zur Sache, ob ich ihn gesehen habe oder nicht?«
»Das ist keine Antwort auf meine Frage, Genosse General.«
»Ich werde nicht antworten, solange ich den Grund Ihrer Fragen nicht kenne.«

»Gut, ich werde versuchen, Ihnen die Sache zu erklären. Man hat Maluschkin etwa anderthalb Stunden nach der Tat erschossen auf einer Baustelle gefunden. Bis dahin hat er seinen Dienst in der Metrostation versehen. Weder von den Angestellten der Metro noch bei der Miliz weiß jemand, warum er seinen Posten verließ und weshalb er zur Baustelle ging. Obwohl es gegen die Dienstvorschrift ist, ist er, ohne jemandem Bescheid zu sagen, einfach weggegangen. Allerdings war er noch sehr jung und unerfahren, er arbeitete erst seit zwei Monaten bei der Miliz. Unsere Ermittlungsbeamten haben alles versucht, um einen Zeugen zu finden, der gesehen hat, mit wem Maluschkin die Metrostation verlassen hat, aber bis jetzt ist es ihnen noch nicht gelungen. Mein Gespräch mit Ihnen ist ein weiterer Versuch, so einen Zeugen zu finden.«

»Verzeihen Sie, Anastasija Pawlowna, irgend etwas stimmt an Ihren Ausführungen nicht«, bemerkte Vakar. »Sie haben mir eben gesagt, daß nach Ihren Erkenntnissen Igor Jerochin den Milizionär getötet hat. Also wissen Sie doch, mit wem Maluschkin die Metrostation verlassen hat. Wozu brauchen Sie da noch Zeugen?«

Mit dir ist es nicht einfach, General, dachte Nastja. Du willst nicht lügen, du hast offenbar Prinzipien. Aber die Wahrheit willst du mir auch nicht sagen. Und trotzdem hast du dich verraten. Habe ich denn etwas davon gesagt, daß der Mann, mit dem Maluschkin die Metrostation verlassen hat, und derjenige, der ihn umgebracht hat, ein und dieselbe Person sind? Nein, General, ich habe nichts dergleichen gesagt. Das hast du gesagt, weil du alles gesehen hast.

»Sehen Sie, Wladimir Sergejewitsch, das, was ich weiß, ist eine Sache, und das, was die Grundlage für die Erhebung einer Anklage schafft, eine ganz andere. Tausende von Verbrechern sind auf freiem Fuß, obwohl es auf der Hand liegt, daß sie schuldig sind, aber der Kripo fehlen die Beweise. ›Ich weiß‹ und ›Ich kann beweisen‹ – das sind völlig verschiedene Dinge. Ich habe nur Indizien gegen Jerochin, und die nützen mir überhaupt nichts. Und wenn ich ganze Waggons davon hätte. Ich brauche einen einzigen direkten Beweis. Die Aussage eines Zeugen, der gesehen hat, daß Maluschkin zusammen mit Jerochin die Baustelle betreten und daß Jerochin kurz darauf den Ort allein wieder verlassen hat, könnte so ein Beweis sein. Das wäre die Lokomotive, an die man die Waggons anhängen könnte. Verstehen Sie jetzt den Grund meiner Fragen?«

»Ja. Aber ich möchte trotzdem nicht antworten.«

»Warum nicht?«

»Weil ich nicht möchte«, sagte der General mit gleichmütiger Stimme.

»Ich verstehe«, antwortete Nastja ebenso gleichmütig. Sie hatte nichts anderes erwartet. Sie rauchten beide schweigend, ohne noch ein weiteres Wort zu wechseln. Vakar machte keine Anstalten wegzugehen, und Nastja wußte das zu würdigen.

»Haben Sie mich eigentlich erkannt, Wladimir Sergejewitsch?« fragte sie plötzlich.

»Ja, ich habe Sie erkannt.«

»Darf ich fragen, was Sie an jenem Tag auf dem Twerskoj Boulevard gemacht haben?«

»Ich habe eingekauft.«

»Wußten Sie, daß an der Stelle, wo wir uns begegnet sind, nur wenige Meter von uns entfernt, auch Igor Jerochin stand?«

»Ja, ich habe ihn gesehen.«

Der Teufel soll dich holen, General, warum lügst du nicht? fragte Nastja sich verstimmt. Wenn du versuchen würdest, die Unwahrheit zu sagen, würde ich dich sofort an der Kehle packen und nicht mehr loslassen. Aber du bringst es fertig, mir die Wahrheit so zu sagen, daß ich nirgends einhaken kann.

»Und sind Sie schon einmal auf dem Warenmarkt von Konkowo gewesen?«

»Ja.«

»Haben Sie Jerochin dort auch getroffen?«

»Ja. Aber ist Konkowo nicht ziemlich weit entfernt von der Taganskaja-Straße? Mir entgeht schon wieder der Sinn Ihrer Fragen, Anastasija Pawlowna.«

Wieder trat drückendes Schweigen ein. Nastja hatte das Gefühl, sich wie ein Karussellpferd im Kreis zu bewegen und nicht ausbrechen zu können aus dem Kreis.

»Wladimir Sergejewitsch, ich weiß etwas mehr, als Sie glauben. Doch bevor ich offen mit Ihnen zu sprechen beginne, möchte ich Ihnen folgendes sagen. Zwischen meinem Wissen und einem Gerichtsurteil liegen Welten. Jetzt und hier auf dieser Bank bin ich keine Amtsperson, ich habe keinen Protokollblock bei mir, ich schreibe nichts auf, und nichts von dem, was Sie mir sagen, kann gegen Sie verwendet werden, solange Sie es nicht an offizieller Stelle wiederholen. Haben Sie mich verstanden?«

»Ja«, antwortete der General in bereits gewohnter Kürze.

»Verfolgen Sie Jerochin, weil Sie ihn umbringen wollen?«

Das erneute Schweigen zwischen den beiden war jetzt wie elektrisch aufgeladen. Nastja hatte das Gefühl, sie würde im nächsten Moment ohnmächtig werden vor Anspannung, wenn der General nicht zu reden beginnen würde.

»Ich möchte auf Ihre Frage nicht antworten«, sagte er schließlich.

»Im Jahr 1992 haben Sie Jurij Oreschkin umgebracht, im Jahr 1993 Sakuschnjak und Gabdrachmanow. Jetzt ist Igor Jerochin an der Reihe. Begreifen Sie doch, Wladimir Sergejewitsch, ich kann den Mord an Maluschkin ohne Ihre Aussage nicht aufklären, und Sie verweigern mir die Aussage, weil Sie ihr Interesse an Jerochin nicht preisgeben möchten. Aber wenn Sie ihn ermorden, werde ich mit Sicherheit wissen, wer es gewesen ist. Und Sie werden sich für alle vier Morde verantworten müssen. Solange Jerochin lebt, kann ich nicht beweisen, daß Sie die anderen drei umgebracht haben, das müssen Sie mit Ihrem eigenen Gewissen abmachen, denn ich habe sowieso keine Beweise, es sei denn, Sie würden ein Geständnis ablegen. Aber nach dem Mord an Jerochin werde ich Sie aller vier Morde überführen, darauf können Sie sich verlassen. Geben Sie Ihr Vorhaben auf. Überlassen Sie Jerochin mir ... Bitte«, fügte Sie leise hinzu.

»Ich bin bereit, für alles, was ich tue, die Verantwortung zu übernehmen«, sagte der General eisig. »Aber ich habe nicht vor, Ihnen bei der Ermittlungsarbeit zu helfen.«

Ich hatte recht, du bist nicht zu kriegen, dachte Nastja traurig. Du fürchtest weder das Gefängnis noch die Schande. Aber irgendeine Schwachstelle mußt auch du haben, denn ein Mensch bist du ja trotzdem. Und diese Schwachstelle werde ich finden.

»Sonst haben Sie mir nichts zu sagen?«

»Nein, sonst nichts.«

»Sehr schade«, sagte Nastja und erhob sich von der Bank. »Dann will ich Ihre Zeit nicht länger in Anspruch nehmen. Aber vielleicht denken Sie trotzdem noch einmal über das nach, was ich Ihnen gesagt habe.«

»Wohnen Sie weit weg von hier?« fragte er plötzlich übergangslos.

»Ja, ich wohne in der Stschelkowskij-Straße.«

»An der Metro?«

»Nein, man muß noch vier Haltestellen mit dem Bus fahren.«

»Ich werde Sie begleiten.«

»Wozu?« fragte sie erstaunt.

»Eine Frau sollte zu so später Stunde nicht allein unterwegs sein«, sagte Vakar entschieden.

»Ich bin keine Frau, ich bin Kriminalbeamtin, und ich brauche keine Begleitung.«

»Haben Sie eine Waffe?«

»Ja, sie liegt im Safe.«

»Warum haben Sie sie nicht bei sich?«

Will er mich etwa belehren? fragte Nastja sich widerwillig. Er scheint kein schlechter Mensch zu sein, dieser General Vakar, aber er macht einen sehr unglücklichen Eindruck.

»Ich trage keine Waffe«, antwortete Nastja schulterzuckend. »Ich kann im Grunde gar nicht mit ihr umgehen.«

»Das ist schlecht«, sagte Vakar streng. »Gibt es denn bei der Miliz keine entsprechende Ausbildung, keine regelmäßigen Schießübungen?«

»Es gibt alles, aber ich drücke mich.«

»Das ist schlecht«, wiederholte Vakar. »Ich werde Sie begleiten.«

»Das ist nicht nötig, an der Metrostation wartet ein Wagen auf mich.«

»In diesem Fall bitte ich um Entschuldigung für meine Aufdringlichkeit«, sagte er trocken, drehte sich abrupt um und ging in Richtung Sustschewskij-Bahnhof.

2

Dmitrij Sotnikow unterhielt sich widerwillig mit Nastja.

»Hegen Sie irgendeinen Verdacht gegen Wladimir Sergejewitsch?« fragte er mißtrauisch.

»Nicht im geringsten«, log sie, ohne mit der Wimper zu zucken. »Es geht nur darum, daß er ein wichtiger Mordzeuge für uns ist, aber aus unverständlichen Gründen weigert er sich, eine Aussage zu machen. Mir scheint, daß meine Hartnäckigkeit in dieser Sache ihm irgendwie zusetzt, und ich würde gern etwas mehr über ihn erfahren, um mich ihm gegenüber so taktvoll wie möglich zu verhalten. Bitte erzählen Sie mir doch etwas über seine Familie.«

»Warum? Warum gehen Sie nicht zu ihm nach Hause und sehen sich alles selbst an?«

»Weil ich niemanden beunruhigen will, der eine so schreckliche Tragödie durchlebt hat«, sagte sie aufs Geratewohl. Und traf ins Schwarze. Dmitrij wurde sofort zugänglicher.

»Sie wissen also Bescheid?«

»Natürlich.«

»Jelena Viktorowna ist völlig ...« Er hielt inne, er wollte Lisas Mutter nicht beleidigen und suchte nach den richtigen Worten. »Kurz, sie verharrt seit dem Tod ihres Sohnes in ständiger Trauer und zwingt die ganze Familie, im ewigen Schatten der Tragödie zu leben. Es geht nur um Andrjuscha. Sein Zimmer, seine Sachen, seine Bilder, seine Gedichte, seine Fotos. Und so weiter.«

»Und die Tochter?«

»Um Lisa steht es ebenfalls schlecht. Sie ist krank, nimmt ständig Tabletten und lebt nur von der Erinnerung an ihren Bruder. Wenn Sie meine Meinung hören wollen – sie haben den General völlig erdrückt. Er ist schließlich ein normaler Mann mit einer normalen Psyche und muß Tag für Tag in diesem Reich der Tränen und der ewigen Klage leben.«

»Kennen Sie Wladimir Sergejewitsch gut?«

»Nein, nicht sehr gut. Ich bin seit vielen Jahren mit Lisa bekannt.«

»Und wie stehen Sie zu ihr?«

Sotnikow sah Nastja mit einem befremdeten, vorwurfsvollen Blick an.

»Was tut das zur Sache?«

»Nichts. Ich habe nur gefragt. Liebt Lisa Sie?«

»Wahrscheinlich.«

»Und Sie?«

»Anastasija Pawlowna, Sie sind gekommen, um mit mir über Lisas Vater zu sprechen und nicht über Lisa und mich. Habe ich recht?«

»Ja, Sie haben recht. Aber da Sie Lisas Vater nicht sehr gut kennen, könnten mir Ihre Auskünfte über seine Tochter vielleicht dabei helfen, seinen Charakter etwas besser zu verstehen.«

»Lisa ... Nun, Lisa steht voll und ganz unter dem Einfluß ihrer Mutter. Sie geht jede Woche zum Friedhof und diskutiert allen Ernstes die Frage, ob Andrjuscha die Blumen gefallen haben, die sie ihm aufs Grab gestellt hat.«

»Glaubt Jelena Viktorowna etwa an die Unsterblichkeit der Seele?«

»Und wie sie daran glaubt! Sie geht zur Kirche und zwingt auch Lisa dazu. Sie hat sich sogar taufen lassen. Lisa sagt, daß die Taufpatin für ihre Mutter der einzige Lichtblick ist. Eine unantastbare Autorität.«

Nastjas Unterredung mit Sotnikow dauerte eine Stunde. Nach Ablauf dieser Zeit hatte sie sich ein ziemlich genaues Bild von der Lebenssituation des Generals gemacht und zweifelte nicht mehr daran, daß der Schlüssel zu dem unzugänglichen Zeugen genau in dieser Situation zu suchen war.

Nachdem sie Sotnikow verlassen hatte, rief sie Bokr an und erzählte ihm von der Kirche, die Jelena Vakar besuchte.

»Dort schwirrt auch eine gewisse Tante Ljuba herum, Jelenas Taufpatin. Schauen Sie sich die Dame doch mal etwas genauer an. Ich muß mich mit ihr unterhalten.«

»Bei uns gibt es auch Neuigkeiten«, sagte Bokr. »Resnikow ist aktiv geworden, ich erzähle Ihnen abends davon.«

Gegen Ende des Arbeitstages rief Gordejew Nastja zu sich. Sein Gesicht war gerötet vor Wut.

»Du bist ein durchtriebenes kleines Aas«, fuhr er Nastja an, kaum daß sie über die Schwelle seines Büros getreten war. »Warum zum Teufel hast du mir verschwiegen, daß Resnikow Zugang zu militärischen Objekten hatte? Ich habe versucht, Erkundigungen über ihn einzuziehen, aber sie haben mir nicht nur was gehustet, sondern sofort versucht, Informationen aus mir herauszupressen.«

»Das habe ich nicht gewußt«, sagte Nastja verwirrt, »Ehrenwort, ich habe es nicht gewußt. Über solche Informationen verfügte ich nicht.«

»Du hast es nicht gewußt? Das ist schlecht. Und wo haben deine hochgelobten Banditen hingeschaut? Jetzt können wir darauf warten, daß unser heldenmütiger Abwehrdienst uns das gesamte Material aus den Händen reißt, einschließlich des Falles Maluschkin. Du hast die Nuß schon fast geknackt, wenn ich es recht verstehe, aber die Lorbeeren werden wieder einmal sie ernten. Der Teufel muß mich geritten haben, daß ich mich dir zuliebe nach Resnikow erkundigt habe.«

»Warum regen Sie sich auf, Viktor Alexejewitsch?« versuchte Nastja zu beschwichtigen. »Ist doch egal, wer die Lorbeeren erntet, oder?«

»Egal?« brauste Knüppelchen auf. »Und deine Arbeit? Deine Nerven? Jeder Fall fordert dein Herzblut, dein gesamtes Talent, du lebst mit diesem Fall, kannst nachts nicht schlafen, riskierst dein Leben, verlierst den Appetit, jeder Fortschritt bei der Aufklärung macht dich glücklich, jeder Fehler, den du begehst, läßt dich verzweifeln. Jeder Fall, den du bearbeitest, ist ein Kind, das du aufziehst, mit dem zusammen du wächst, dessen Entwicklung, dessen Leiden und Krankheiten du teilst. Und dann kommt irgendein fremder Onkel und nimmt dir dieses von dir großgezogene Kind weg, er adoptiert es und erzählt allen, was für ein prächtiges Söhnchen er hat. Und alle beglückwünschen ihn. Als mir das zum ersten Mal passierte, war ich sogar noch etwas jünger als du. Und das hat mir damals ganz und gar nicht gefallen. Später passierte es immer wieder, und es mißfiel mir von Mal zu Mal mehr. Erst recht mißfällt es mir jetzt, wo wir dabei sind, den Mord an einem Milizionär aufzuklären, an einem Kollegen. Für uns, unter anderem auch für dich, meine Liebe, ist das eine Frage der Ehre. In jedem Land der Welt, das etwas auf sich hält, bringt ein Polizistenmord den ganzen Berufsstand auf die Beine. Du beißt dir an Vakar sämtliche Zähne aus, um eine Aussage von ihm zu bekommen, und bist bereit, der Abwehr einfach so, um der schönen Augen willen, Maluschkins Mörder auf dem Silbertablett zu servieren, mit Schwüren ewiger Liebe. Hast du denn überhaupt keinen Ehrgeiz im Leib?«

»Nein«, gab Nastja zu. »Und Ljoscha sagt, ich hätte auch kein Gewissen.«

»Der muß es ja wissen, dein Ljoscha«, brummte Knüppelchen, nachdem er nun seinen Dampf abgelassen hatte. »Ich frage mich, was Resnikow mit militärischen Objekten zu tun hat.«

»Er ist Kandidat der technischen Wissenschaften, das geht aus einem Gespräch zwischen Jerochin und Kostyrja hervor. Ich habe gehofft, Sie würden einiges über ihn herausbekommen.«

»Sie hat gehofft«, knurrte der Oberst. »Nachdem sie mich in wer weiß was hineingeritten hat. Ich wollte dir die Laune nicht verderben, aber es ist besser, ich sage dir die Wahrheit.«

»Offenbar ist es nichts Gutes.«

»Der Abwehrdienst hat sich bereits mit unserem Ministerium in Verbindung gesetzt. Sie haben sämtliche Unterlagen über Resnikow angefordert. Das Weitere kann man sich vorstellen: Zuerst kommt Resnikow an die Reihe, dann seine nähere Umgebung, also auch Jerochin, dann einer nach dem andern in Nahaufnahme. Das Jahr 1985 taucht auf, und damit auch die drei toten Kumpane von Jerochin. Jetzt ist nur noch eine kleine Anstrengung des Intellekts notwendig, und wir sind bei General Vakar. Den wird man dir zusammen mit Kostja Maluschkin direkt vor der Nase wegschnappen. Den Anweisungen des Ministeriums können wir uns nicht widersetzen. Aber in der Verwaltung sitzen zum Glück ein paar alte Hasen, die sofort verstanden haben, was mich so auf die Palme gebracht hat. Ich habe folgendes mit ihnen besprochen: Man wird die Unterlagen für die Abwehr sehr gewissenhaft, aber ohne allzu große Eile zusammenstellen. Zur Gewissenhaftigkeit sind wir verpflichtet, denn wenn wir etwas übersehen, d. h. ihnen etwas verheimlichen, und sie kommen selbst darauf, werden sie uns mit faulen Tomaten bewerfen und in aller Welt herumposaunen, daß die Miliz unfähig ist. Deshalb können wir uns hier keine Schwindeleien erlauben. Aber man wird sich, wie schon gesagt, mit der Abgabe der Unterlagen nicht beeilen, damit dir noch Zeit bleibt. Du hast diesen Vakar ja schon gepackt, er kann dir nicht mehr von der Angel gehen. Du bist und bleibst eben ein kluges Mädchen. Und wenn die ihn uns wegschnappen, werden sie gar nichts erreichen, und unser Kostja bleibt für immer und ewig ein unaufgeklärter Fall. Die Abwehr weiß vorläufig nichts von dem Mord, kann es aber jederzeit erfahren. Hast du alles verstanden?«

»Ja, ich habe verstanden«, nickte Nastja.

Sie kehrte zurück in ihr Büro, setzte Wasser auf und kochte sich einen Kaffee. Dann saß sie lange an ihrem Schreibtisch und starrte mit blinden Augen auf die mit Ölfarbe gestrichene Wand des Dienstzimmers, ab und zu nahm sie einen Schluck von dem dampfenden Kaffee. Sie brauchte den Schlüssel zu Vakars Geheimnis. Sie brauchte ihn so schnell wie möglich.

3

Wladimir Vakar begriff, daß er in Zeitnot geraten war. Die ihm von seiner Frau gesetzte Frist war fast abgelaufen, und er mußte eine schnelle Entscheidung treffen. Die Situation hatte sich grundlegend verändert. Jetzt hatte er keine Chance mehr, ungestraft zu bleiben, wenn er Jerochin umbrachte. Er würde ins Gefängnis gehen. Brachte er Jerochin nicht um, gab es zwei Möglichkeiten: Er konnte eine Zeugenaussage zu dem Mord an dem jungen Milizionär machen, und Jerochin würde im Gefängnis landen. Doch Jelena würde ihm auch dann keine Ruhe lassen, er würde weiterhin in der Hölle leben, und Tag für Tag würde es unerträglicher werden. Und früher oder später würde Igor aus dem Gefängnis entlassen werden. Und alles würde wieder von vorn beginnen.

Die zweite Möglichkeit war, Jerochin am Leben zu lassen und keine Zeugenaussage gegen ihn zu machen. Dann würde Jelena die Sache in die Hand nehmen, und alles würde noch schlechter ausgehen.

Er hatte drei Möglichkeiten, zwischen denen er wählen konnte.

Er konnte selbst in Gefängnis gehen.

Er konnte zulassen, daß Jelena ins Gefängnis ging.

Er konnte sein Leben in der Hölle fortsetzen ...

4

Artjom Resnikow sah seine Gehilfen aufmerksam an.

»Habt ihr alles verstanden?« fragte er streng. »Bereitet euch auf die Übergabe der Ware vor. Diesmal handelt es sich um einen großen Posten. Fangt so bald wie möglich mit dem Training an, damit alles glatt geht.«

Surik und Kostyrja zogen ihre Mäntel im Flur an, Jerochin war allein im Zimmer zurückgeblieben. Er fing Artjoms fragenden Blick auf.

»Ich muß mit dir sprechen«, sagte er verlegen.

Resnikow schloß die Tür hinter den Gästen und kehrte zurück ins Zimmer.

»Worum geht es? Leg los!«

Während er sich Jerochins Erzählung über Wladimir Vakar anhörte, kaute er unzufrieden an seinen Lippen und trommelte mit den Fingern auf seinem Knie herum.

»Du sagst, daß er dich die ganze Zeit beschattet?«

»Nein, nicht die ganze Zeit, nur von Fall zu Fall. Aber oft. Was soll ich machen, wenn er mir bei der Übergabe der Ware in die Metro folgt?«

»Seit wann geht das denn schon so?«

»Weiß der Teufel. Ich habe es erst vor kurzem bemerkt.«

»Du bist ein Idiot«, herrschte Artjom ihn wütend an. »Warum hast du bis jetzt geschwiegen? Wir hätten längst das Nötige getan.«

»Was meinst du damit?« fragte Igor mit einem Beben in der Stimme.

»Dieser Mann muß verschwinden. Ich gebe dir drei Tage. In drei Tagen muß die Sache erledigt sein. Ist das klar?«

»Darf ich die Jungs bitten, mir zu helfen?«

»Wie bitte?« Artjom verzog verächtlich die Lippen. »Bist du noch bei Trost? Es sind deine Sünden, mein Lieber, die Suppe mußt du allein auslöffeln. Laß die Jungs aus dem Spiel!«

»Aber warum denn, Artjom? Zu dritt wäre es viel einfacher.«

»Aber dann würden es auch drei wissen, das scheinst du völlig zu vergessen. So aber weiß es nur einer.«

»Und du.« Igor sah Resnikow unverwandt an.

»Ich zähle nicht«, grinste Artjom. »Ich habe in diesem Spiel den höchsten Einsatz, deshalb bin ich mehr als du daran interessiert, daß nichts herauskommt. Wir haben alles besprochen, Igor, es gibt nichts mehr zu sagen. Geh und bring diesen Vakar um, tu es, wo du willst, wie du willst, aber in spätestens drei Tagen darf er nicht mehr unter den Lebenden sein. Wenn er dich schon länger beschattet, kann er sehr vieles wissen. Er ist in jedem Fall gefährlich für uns.«

Nachdem Igor auf die Straße vor Artjoms Haus hinausgetreten war, empfand er zum ersten Mal keine Freude beim Anblick seines teuren, funkelnden Autos. Vor einigen Tagen hatte er beschlossen, seinen Verfolger umzubringen, aber jetzt, da die Tat endgültig bevorstand, da sie nicht mehr zu vermeiden und nicht mehr aufzuschieben war, fühlte er, daß es gar nicht so einfach war, sie zu begehen. Zum ersten Mal fragte er sich heute mit Erstaunen, wie es ihm gelungen war, dies bereits zweimal in seinem Leben zu tun. Zum ersten Mal damals, vor neun Jahren, als er noch überhaupt keine Ahnung davon hatte, was das Leben war und was es bedeutete, es jemandem zu nehmen. Zum zweiten Mal kürzlich, als er den rotbackigen Sergeanten erschoß, der nicht bereit war, ihm für fünfhundert Dollar den Papierfetzen auszuhändigen, den er von ihm verlangte. In beiden Fällen hatte er spontan getötet, ohne nachzudenken. Aber jetzt plante er einen Mord. Und das war etwas ganz anderes.

5

»Wissen Sie, Anastasija Pawlowna, ich glaube, unser General ist ganz schön in der Klemme«, sagte Bokr nachdenklich, während er, wie es seine Gewohnheit war, bei Nastja im Zimmer auf und ab ging.

»Wie kommen Sie darauf?« fragte Nastja, sofort hellhörig geworden.

»Diese Tante Ljuba, die ein ausgemachtes Scheusal ist, lungert Tag und Nacht in dieser Kirche und auf dem Friedhof herum, sie ist mit sämtlichen Totengräbern befreundet und trinkt Wodka mit ihnen. Es wimmelt dort von kriminellen Elementen, und unter ihnen geht das Gerücht, daß eine Kirchenbesucherin über Tante Ljuba einen Henkersknecht sucht.«

»Eine Kirchenbesucherin? Was für eine?« fragte Nastja ungeduldig.

»Eine bessere Dame, eine Frau Generalin. Mit diesen Worten haben sie es mir dort gesagt. Soll ich ein Treffen mit Tante Ljuba für Sie arrangieren?«

»Nein, Bokr, es ist nicht nötig.«

»Warum nicht?« fragte er aufrichtig enttäuscht. »Wir haben uns soviel Mühe gegeben.«

»Genau deshalb ist es nicht nötig. Sie haben schon alles für mich herausgefunden, ich weiß durch Sie bereits alles, was ich wissen will.«

»Dann ist es gut«, sagte er strahlend. »Und was Resnikow betrifft – der ist heute morgen nach Podlipki gefahren und hat dort einen Mann namens Sewa getroffen. Hier ist die Videoaufzeichnung.« Bokr legte eine Kassette auf den Tisch. »Wir mußten leider aus ziemlich großer Entfernung filmen. Aber alles Wichtige ist gut zu sehen. Sewa hat Resnikow ein Paket übergeben.«

»Haben Sie etwas über diesen Sewa herausgefunden?«

»Nein, fast gar nichts. Nur daß er in Podlipki wohnt. Wir haben natürlich seine Adresse, aber alles andere machen Sie lieber selbst. Für Sie ist es einfacher.«

»Bokr, ich möchte Sie um etwas bitten ...«

»Ich höre, Anastasija Pawlowna.«

Er unterbrach seine Wanderung durch das Zimmer und blieb direkt vor dem Sessel stehen, in dem Nastja saß.

»Ich fürchte, daß Vakar drauf und dran ist, Jerochin umzubringen. Bitte behalten Sie ihn so gut wie möglich im Auge. Wenn Sie den Eindruck haben, daß die Sache heiß wird, mischen Sie sich bitte sofort ein. Mit allen Mitteln. Rufen Sie mich zu Hilfe, packen Sie ihn an Händen und Füßen, und halten Sie ihn fest, tun Sie, was immer Ihnen einfällt, aber lassen Sie nicht zu, daß er noch einen Mord begeht.«

»Haben Sie etwa Mitleid mit Jerochin?« fragte Bokr mit einem sarkastischen Lächeln.

»Nein. Ich habe Mitleid mit Vakar. Er tut mir schrecklich leid«, sagte sie leise. »Ich möchte nicht, daß er hinter Schloß und Riegel kommt. Daran wird niemand Freude haben.«

»Und die Rechtsprechung? Die Rechtsprechung ist schließlich nicht dazu da, jemandem Freude zu bereiten, sondern dazu, für Gerechtigkeit zu sorgen. Oder etwa nicht, Anastasija Pawlowna?«

»Ich weiß es nicht, Bokr.« Nastja schüttelte verzagt den Kopf. »Der Rechtsprechung ist es nicht erlaubt, zu sehen, sie ist blind, Justitias Augen sind verbunden. Doch die Blindheit hat noch nie jemandem geholfen, die richtige Entscheidung zu treffen. Ich weiß nichts mehr, nichts, nichts, überhaupt nichts mehr!« Nastja schlug sich mit der Faust aufs Knie und brach in verzweifelte Tränen aus.

6

Sie saßen wieder in demselben stillen Hof, in dem sie sich zum ersten Mal unterhalten hatten. Diesmal hatten sie sich am Tag getroffen, abends hatte Wladimir Sergejewitsch keine Zeit. Als Nastja ihn anrief, versuchte er nicht, ein Treffen mit ihr abzuwehren. In trockenem, sachlichem Tonfall vereinbarte er mit ihr Ort und Zeit ihrer Verabredung.

»Haben Sie über unser letztes Gespräch nachgedacht?« fragte Nastja.

»Ja, ich habe nachgedacht.«

»Haben Sie Ihre Meinung geändert, oder lehnen Sie es nach wie vor ab, mit mir über Jerochin zu sprechen?«

»Ich habe meine Meinung nicht geändert«, sagte Vakar mit monotoner, irgendwie hölzerner Stimme.

»Hören Sie mich an, Wladimir Sergejewitsch. Ich verstehe Ihren Schmerz. Aber Rache hat noch nie im Leben etwas verändert. Sie kann Zerstörtes nicht wiederherstellen. Sie sind

Offizier mit Kriegserfahrung, Sie waren 1968 in der Tschechoslowakei, Sie waren in Afghanistan, Sie haben in Berg Karabach gekämpft. Sehen Sie, ich habe Ihre Laufbahn als Offizier studiert, und ich kann nicht glauben, daß Sie nicht verstehen, daß Rache nur ein schönes Wort ist, daß sie nur dann Sinn ergibt, wenn sie vom Schicksal selbst ausgeht und den Schuldigen etwas lehren kann. Rache, die von Menschenhand geübt wird, stürzt die Beteiligten immer nur in gegenseitigen Vergeltungszwang. Und Tote können nichts mehr lernen, nichts mehr begreifen, deshalb ist Rache sinnlos. Sind Sie mit mir einverstanden?«

»Als Offizier zweifellos.«

»Und als Vater?«

»Als Vater auch.«

»Warum dann das alles, Wladimir Sergejewitsch?«

Er schwieg.

»Gut, lassen wir das Vergangene ruhen, sehen wir uns die gegenwärtige Situation an«, fuhr sie fort. »Wissen Sie, was Ihre Frau vorhat?«

Er nickte schweigend.

»Ich ahne, was hier vor sich geht. Es ist Ihre Frau, die Sie zum Mord an Jerochin zwingen will. Andernfalls will sie die Sache selbst in die Hand nehmen. Ist es so?«

»Sie sind erstaunlich scharfsinnig«, sagte Vakar mit unverändert hölzerner Stimme.

»Und wenn ich Ihnen verspreche, daß aus der Sache nichts wird?«

»Weil Sie meine Frau unter Anklage stellen werden?«

»Nein. Weil ihr Plan einfach scheitern wird.«

»Das ist auch keine Lösung. Sie wird keine Ruhe geben, solange Jerochin am Leben ist.«

»Sogar dann, wenn er für fünfzehn Jahre ins Gefängnis geht?«

»Sogar dann. In diesem Fall werde ich nur einen Aufschub von fünfzehn Jahren bekommen. Und es wäre unmoralisch, darauf zu hoffen, daß meine Frau innerhalb dieser fünfzehn Jahre stirbt. Ich bin bereit, für alles, was ich getan habe, die

Verantwortung zu übernehmen. Sofern es Ihnen gelingt, mir meine Schuld zu beweisen«, fügte er mit einem spöttischen Lächeln hinzu.

Er ist wirklich wie aus Eisen, dachte Nastja verzweifelt. Was muß ich tun, um ihn zu erreichen? Ich habe noch einen Versuch.

»Wladimir Sergejewitsch, versuchen Sie einmal, die Sache von einer anderen Seite zu betrachten. Die Tragödie Ihrer Familie besteht darin, daß die Mörder Ihres Sohnes für ihre Tat nicht bestraft wurden. Jetzt wurde Kostja Maluschkin ermordet, der freilich älter war als Ihr Sohn, aber auch noch sehr jung, gerade zwanzig. Er kam gleich nach der Armee zur Miliz, hatte noch nichts erlebt, er hatte noch nicht einmal ein Mädchen. Er hat Eltern und zwei Brüder hinterlassen. Was wird geschehen, wenn sich nun seine Brüder ebenfalls an dem frei herumlaufenden Mörder rächen wollen? Kostjas Brüder sind noch halbwüchsig, ihre unreife Psyche wird verstümmelt werden von Haß und Rachsucht. Und sie werden, im Gegensatz zu Ihnen, niemals Genugtuung finden, denn den Mörder ihres Bruders wollen ja Sie umbringen. Befürchten Sie nicht, Wladimir Sergejewitsch, daß diese beiden Jungen sich zu moralischen Krüppeln entwickeln werden? Ihr eigenes Leben ist zerstört von fruchtloser Gier nach Rache, und Sie müssen doch etwas daraus gelernt haben. Wie können Sie zulassen, daß diese zwei Jungen, von denen einer fünfzehn ist, der andere siebzehn, ihr Leben auf dieselbe Weise zerstören? Ich habe die Familie besucht, ich habe mit Kostjas Brüdern und mit seinen Eltern gesprochen. Glauben Sie mir, es war ein schrecklicher Anblick. Sie haben das alles selbst durchlebt und können sich wahrscheinlich vorstellen, was ich dort gesehen und gehört habe. Kostjas Brüder haben am Grab geschworen, den Mörder zu richten. Sie sind bereits vergiftet von Haß und Rachsucht. So geben Sie mir doch bitte die Möglichkeit, den Mörder zur Verantwortung zu ziehen. Erinnern Sie sich an sich selbst, Wladimir Sergejewitsch, an Ihre Situation vor neun Jahren. Hätte man Ihnen damals gesagt, daß man die Mörder

Ihres Sohnes nur deshalb nicht vor Gericht stellen kann, weil ein Zeuge die Aussage verweigert, weil er sich aus irgendeinem Grund in stolzes Schweigen hüllt – was hätten Sie da empfunden? Was hätten Sie getan?«

Die Antwort des Generals war Schweigen.

Das war alles, dachte Nastja, jetzt habe ich mein Pulver verschossen. Wenn er auch jetzt nicht zuckt, dann ist alles verloren. Dann kann man nur noch abwarten, ihn beobachten und im Moment des Mordanschlags verhaften. Jerochins Leben werden wir vielleicht retten können, aber der General wird ins Gefängnis gehen. Nur Gott allein weiß, wie sehr ich nicht möchte, daß das geschieht!

Endlich brach Vakar das Schweigen.

»Habe ich Sie richtig verstanden, daß Sie keinerlei Beweise dafür haben, daß ich etwas mit den drei zurückliegenden Morden zu tun habe?«

»Ja, Sie haben mich richtig verstanden.«

»Und Sie haben auch keinerlei Beweise dafür, daß ich angeblich vorhabe, Jerochin zu ermorden?«

»Nein, ich habe keinerlei Beweise.«

»Könnte das, was ich eben gesagt habe, als Schuldgeständnis gewertet werden?«

»Nur von mir persönlich. Sonst von niemandem.«

»Warum?«

»Ich könnte sonst jemandem erzählen, daß Sie mir drei Morde gestanden haben, es würde mir nichts nützen. Sie könnten einfach behaupten, Sie hätten nur gescherzt. Und das wäre es dann gewesen. Ich habe keine Beweise. Ihr Geständnis müßte schriftlich vorliegen und von Ihnen unterschrieben sein, erst dann wäre es rechtskräftig. Alles andere sind Plaudereien auf einer Hinterhofbank.«

»Ich habe Ihnen keine drei Morde gestanden, bitte unterstellen Sie mir nichts.«

»Da sehen Sie, wie einfach es ist«, lachte Nastja gequält auf. »Sie nehmen Ihre Worte zurück, und damit hat es sich. Wissen Sie, sogar bei Gericht nehmen die Angeklagten sehr oft die Aussagen zurück, die sie während der Voruntersuchung gemacht haben. Sie nehmen sie einfach zurück und basta.«

»Und wie begründen sie das?« erkundigte sich Vakar.

»Der eine so, der andere anders. Man hat sie geschlagen, getäuscht, erpreßt, zur Aussage gezwungen, sie haben die Frage nicht verstanden, oder sie hatten Bauchweh, Kopfweh und Zahnschmerzen gleichzeitig. Der Phantasie sind keine Grenzen gesetzt.«

»Ich kann also davon ausgehen, daß Sie unter dem Strich tatsächlich überhaupt nichts gegen mich in der Hand haben?«

»Ja, davon können Sie ausgehen«, sagte Nastja sehr leise und sehr deutlich. Sie fühlte, daß ihre letzte Hoffnung zerronnen war. Sie hatte auf den geradlinigen, aufrichtigen Charakter des Generals gesetzt, sie hatte kein einziges Mal gelogen oder geblufft, sie hatte nicht versucht, ihn mit falschen Drohungen in die Enge zu treiben. Für seine Aussage gegen Jerochin hatte sie ihm Straffreiheit angeboten und alle Gründe dafür aufgezählt, den vierten Mord nicht zu begehen. Aber es hatte nicht funktioniert. Sie hatte sich verrechnet. Er würde Jerochin dennoch töten. Und ins Gefängnis gehen.

»Danke«, sagte Wladimir Vakar kalt. »Wenn Sie erlauben, für mich ist es Zeit. Ich muß zur Arbeit.«

»Alles Gute!« Nastja versuchte, das Beben in ihrer Stimme zu unterdrücken.

7

Er stieg aus dem Auto, seine Brust war übersät von funkelnden Generalssternen und Ordensleisten. Die Uniform stand ihm ausgesprochen gut.

Er betrat das Gebäude der Metrostation »Taganskaja«, suchte mit den Augen die Tür mit der Aufschrift »Miliz« und öffnete sie ohne zu zögern. Im Raum befanden sich drei Milizionäre, die beim Anblick des Generals unwillkürlich aufsprangen.

»Guten Tag«, grüßte der General unmilitärisch. »Ich würde gern erfahren, wo Ihr Kollege Konstantin Maluschkin begraben liegt.«

Einer der Sergeanten hatte bereits den Mund geöffnet, um mürrisch nach dem Warum zu fragen, besann sich aber unter dem eisigen Blick des Mannes in Generalsuniform.

»Haben Sie Kostja gekannt?« fragte er statt dessen.

Der General hielt es nicht für nötig, die Frage zu beantworten. Er richtete seinen Blick wortlos auf den Leutnant, den ältesten der drei Milizionäre.

»Kann ich bitte Auskunft bekommen?«

»In Kunzewo, Genosse General«, antwortete der Leutnant prompt, gleichsam hypnotisiert von der Kälte in den Augen des Mannes.

»Danke, Leutnant.«

Vakar drehte sich brüsk um und verließ den Raum.

Nach einer Dreiviertelstunde war er auf dem Friedhof. Er kaufte Blumen und näherte sich der Kirche, vor deren Eingang eine winzige alte Frau mit verkrümmtem Rücken stand.

»Sei gegrüßt, Mütterchen«, sagte er mit einem warmen Lächeln.

»Sei gegrüßt, Söhnchen.«

»Kannst du mir sagen, wo das Grab des Milizionärs ist? Man hat ihn vor etwa einem Monat beerdigt.«

»Du meinst Kostja? Der liegt dort hinten. Du gehst bis ans Ende der linken Reihe, dort biegst du nach rechts ab, und dann siehst du es gleich.«

»Hoffentlich verirre ich mich nicht. Ich bin zum ersten Mal hier bei euch.«

»Nein, nein, Söhnchen, keine Bange, du wirst es sofort sehen, es ist das Grab mit den meisten Blumen. Muß ein guter Junge gewesen sein, dieser Kostja, jeden Tag kommen sie ihn besuchen, die jungen Leute. Wer so viele Freunde hat, der muß auch den Tod nicht fürchten, stimmt's, Söhnchen?«

»Ich weiß nicht... Jeder fürchtet sich vor dem Tod«, widersprach der General.

»Aber nach drüben müssen wir trotzdem alle. Und wie stirbt denn einer, der weiß, daß kein Hahn nach ihm krähen, daß niemand ihm eine Träne nachweinen wird? Da hat es Kostja besser. An ihn erinnern sich viele, und das heißt, daß er noch lange auf der Welt sein wird. Also, linke Reihe bis zum Ende und dann nach rechts. Da, wo die vielen Blumen sind, da ist auch Kostja.«

Es war tatsächlich leicht, Maluschkins Grab zu finden. Vakar blieb in einiger Entfernung stehen, denn vor dem Grab erblickte er zwei Jungen, Kostjas Brüder. Vakar sah in ihre Gesichter und begriff. Das, was diese Frau von der Kripo ihm gestern zu erklären versucht hatte, offenbarte sich ihm jetzt mit gnadenloser Deutlichkeit. Kinder durften nicht verrohen, Kinder durften nicht hassen, sonst würden sie als Erwachsene nie lieben können. Der Durst nach Rache trocknete die Seele aus, er verbrannte sie, und unter der Asche würde sich nie mehr ein Keim des Guten regen können. Diese Kinder würden erwachsen werden und immer nach Rache trachten, wenn der Staat jetzt nicht für Gerechtigkeit sorgte. Sie würden anderen Leid zufügen und selbst wieder zu Objekten von Rache werden. Und so ohne Ende ... Gewalt erzeugte Gewalt, Schmerz erzeugte Schmerz, und Rache erzeugte nur Rache.

Er trat stumm an das Grab heran, legte die Blumen darauf, nickte Maluschkins Brüdern kurz zu und ging ohne ein Wort.

ZWÖLFTES KAPITEL

1

Die Wohnung, in der Dascha Sundijewa sich vorübergehend aufhielt, war klein und heruntergekommen, aber in der Zeit ihrer unfreiwilligen Gefangenschaft war es Dascha gelungen, ihr eine gewisse Wohnlichkeit und sogar Behaglichkeit zu verleihen. Sie hatte die Fenster blankgeputzt, die Kacheln in Bad, Toilette und Küche mit Scheuerpulver bearbeitet, sämtliche Vorhänge gewaschen und gebügelt, die Lampenschirme mit Seifenlauge abgewaschen und die ansehnlichsten Geschirrstücke und Nippsachen in ein offenes Regal gestellt. Schließlich sah ihre vorübergehende Unterkunft durchaus annehmbar aus. Und für Dascha war es ohnehin ein paradiesischer Ort, da sie sich hier jederzeit mit Sascha treffen konnte, ohne auf die diskrete Großzügigkeit seiner Freunde angewiesen zu sein.

Nach dem Gespräch mit seiner Halbschwester hatte Sascha sich auffällig verändert. Zweifellos gefiel ihm Dascha, mehr noch, er war bis über beide Ohren in sie verliebt, wie Nastja ganz richtig erkannt hatte, aber da er ein für alle Mal zu dem Schluß gekommen war, daß es Gegenseitigkeit in der Liebe für ihn nicht geben konnte, verhielt er sich zurückhaltend, er versprach Dascha nichts, redete mit ihr nicht über die Zukunft und sagte ihr niemals ein zärtliches Wort. Dascha jedoch gestand ihm ohne jede Scheu ihre Liebe, sie schmiegte sich an ihn und sah ihm hingebungsvoll in die Augen, so als würde sie seine Zurückhaltung und Kälte gar nicht bemerken. Sascha, der offene Gefühlsäußerungen nicht gewohnt war, hielt seine

Freundin insgeheim für ein bißchen dumm. Erst nachdem Nastja ihm die Leviten gelesen hatte, war er plötzlich zur Besinnung gekommen. Das, was er bisher für kindliche Naivität und Dümmlichkeit gehalten hatte, erschien plötzlich in einem ganz anderen Licht. Es fiel ihm wie Schuppen von den Augen. Dascha liebte ihn! Ihn, der als Kind immer nur die Kakerlake und der Spulwurm gewesen war. Guter Gott, was für ein Glück!

»Trotzdem verstehe ich nicht, wozu dieses ganze Theater nötig ist«, sagte er starrsinnig. »Man hätte doch einfach den Anschein erwecken können, daß du weggefahren bist.«

»Aber nein, Sascha, versteh doch«, versuchte Dascha zu erklären, während sie zärtlich seine Schultern und seinen Rücken streichelte. »Wenn wir sie glauben gemacht hätten, daß ich weggefahren bin, hätten sie auf meine Rückkehr gewartet. Weiß man denn, was sie im Sinn haben? Aber so gibt es mich einfach nicht mehr. Man hat mich umgebracht. Und damit hat es sich.«

»Und warum hat man die Mädchen morgens um vier auf sie gehetzt?«

»Du bist wirklich begriffsstutzig, Sascha«, lächelte Dascha. »Man mußte verhindern, daß irgendwelche Zweifel in ihnen aufkommen, man mußte ihnen zu verstehen geben, daß es Leute gibt, die mich ermorden wollen. Man hat sie ordentlich ins Bockshorn gejagt, und dann ist das passiert, was sie bereits erwartet hatten. Verstehst du jetzt?«

»Oh, wie gut das tut!« Sascha rekelte sich wohlig auf dem Bett. »Bitte streichle mich doch noch einmal zwischen den Schulterblättern. Ja, hier. Oh, was für eine Wohltat! Übrigens, warum hat man das Theater eigentlich um vier Uhr morgens veranstaltet? Wäre es nicht auch am Tag gegangen?«

»Wo denkst du hin?!« protestierte Dascha. »Erstens hätte man sie am Tag wahrscheinlich nicht zu Hause angetroffen. Und zweitens war auch das genau durchdacht. Jemand, der morgens um vier aus dem Bett geklingelt wird, öffnet die Tür in Unterhosen, in Pantoffeln oder gar barfuß. Die Mädchen haben gesagt, was zu sagen war, und sie in ihrer Verblüffung zurückgelassen. In der Unterhose konnten sie ihnen ja schlecht hinterherlaufen. Außerdem schlafen die meisten Menschen um vier Uhr morgens sehr tief, und wenn sie geweckt werden, dauert es eine Weile, bis sie zu sich kommen. Das hat sich alles deine Schwester so ausgedacht. Sie ist schrecklich gescheit!«

»Und die drei gleichen Mädchen hat sie sich auch ausgedacht?« fragte Sascha träge, während er sich auf den Rücken drehte und seinen Körper in die bequemste Lage brachte.

»Ja, natürlich. Die Idee war von ihr, die Ausführung von mir. Zuerst ging es ja darum, einen Mann so herzurichten, daß er aussah wie der Lustmolch aus der Metro. Und während ich ihn schminkte, fragte Anastasija Pawlowna mich, ob es auch möglich sei, aus drei verschiedenen Frauen drei gleiche zu machen. Ich sagte, das sei ganz einfach. Man muß die Leute nur so zurechtmachen, daß ihre äußere Aufmachung von den Gesichtern ablenkt. Es ist zwar möglich, drei Frauen mit ähnlichen Gesichtern zu finden, aber ganz einfach ist es nicht. Deshalb mußten wir die drei verschiedenen Frauen so zurechtmachen, daß ihnen niemand ins Gesicht schaut. Weißt du, es gibt Gesichter, die sich besser für ein Farbfoto eignen, und solche, die man schwarzweiß fotografieren muß. Beim Schwarzweißfoto ist es wichtig, daß die Gesichtszüge der Person ebenmäßig und schön sind. Wenn eine Frau zum Beispiel Augen und Haare von auffallend schöner Farbe hat, aber alles andere an ihr eher gewöhnlich ist, wird sie auf einem Schwarzweißfoto uninteressant aussehen. So eine Frau muß man unbedingt in Farbe fotografieren, um das Schöne an ihr hervorzuheben und das Gewöhnliche oder Unschöne zu verstecken. Und umgekehrt. Wenn eine Frau sehr schöne Gesichtszüge hat, der Rest aber eher unscheinbar ist, wird sie auf einem Schwarzweißfoto sehr viel vorteilhafter aussehen, weil hier die Konturen besser zur Geltung kommen. In unserem Fall mußten wir auf Farbe setzen, um die Konturen zu verbergen. Verstehst du? Leuchtend rotes Leder zieht sofort die Aufmerksamkeit auf sich, es wirkt aggressiv und aufreizend. Stell dir so eine Gestalt vor: von Kopf bis Fuß in rotem Leder, die oberen Blusenknöpfe stehen offen und zeigen den Brustansatz. Kein einziger normaler Mann sieht einer solchen Frau ins Gesicht. Wir haben ihnen die gleichen Perücken aufgesetzt, die Augen schwarz geschminkt und allen dreien mit einem grellen Lippenstift denselben Mund gemalt, das ist ganz einfach. Zuerst wird das ganze Gesicht einschließlich der Lippen grundiert, dann malst du mit dem Konturenstift darauf, was du willst und verwendest einen möglichst grellen Lippenstift, das ist das ganze Geheimnis. Du kannst dich darauf verlassen, daß an so einem Gesicht niemand mehr irgendwelche Besonderheiten erkennen wird. Zumal die Typen ja Angst hatten, und der Person, vor der man Angst hat, sieht man nie ins Gesicht. Jedes Mädchen hat hinterher erzählt, daß keiner von den dreien die Augen höher gehoben hat als bis zu ihrem Ausschnitt. Genau darauf hat Anastasija Pawlowna gesetzt. Und deshalb auch bei allen dreien der gleiche Anhänger mit der fehlerhaften Stelle.«

»Sag mal, warum nennst du sie eigentlich immer Anastasija Pawlowna? Sie ist doch keine Fremde für dich, sondern meine Schwester.«

»Aber wie könnte ich …!« Dascha verschluckte sich fast vor Empörung. »Sie ist so … sie ist fast der beste Mensch der Welt. Ich könnte sie niemals einfach beim Vornamen nennen.«

»Was meinst du mit fast?« fragte Sascha argwöhnisch und hob den Kopf ein wenig vom Kissen. »Gefällt dir irgend etwas nicht an ihr?«

»Aber nein, Sascha. Der beste Mensch der Welt bist du, und Anastasija Pawlowna ist der zweitbeste. Soll ich dir Tee bringen?«

»Ja, bring mir welchen«, sagte Sascha mit einem Gefühl der Dankbarkeit. Er konnte nicht aufhören, sich über seine Blindheit und sein Glück zu wundern.

Bevor er die Wohnung verließ, umarmte er Dascha und fragte zögernd:

»Dascha, wirst du warten, bis ich meine Familienangelegenheiten geklärt habe? Ich verspreche dir, daß ich die Sache nicht in die Länge ziehen werde. Bitte warte solange, und verlaß mich nicht!«

»Natürlich warte ich«, antwortete Dascha mit einem Lächeln. »Nimm dir soviel Zeit, wie du brauchst. Ich habe keine Eile.«

2

Der Raum war erfüllt von gleichmäßigem, halblautem Stimmengewirr, wie immer bei Dienstvorbereitungen. Keiner hörte keinem wirklich zu, jeder tat nur seine Schuldigkeit und saß die Zeit ab, nutzte sie dazu, sich mit befreundeten Kollegen zu unterhalten, zu lesen, irgendein längst fälliges Schriftstück aufzusetzen oder einfach nachzudenken.

Nastja saß in der letzten Reihe und unterhielt sich im Flüsterton mit ihrem Kollegen Jura Korotkow über die Wechselfälle seiner letzten Affäre, die sich bereits seit zwei Jahren hinzog, was für den Frauenhelden Jura ein wahrhaft olympischer Rekord war.

»Ihr Mann setzt ihr zu, weil sie keine Lust hat, mit ihm auf die Datscha zu fahren«, teilte Korotkow in tragischem Flüsterton mit.

»Warum hat sie denn keine Lust?«

»Weil man zwei Stunden mit der Bahn fahren und dann noch eine halbe Stunde zu Fuß gehen muß. Es gibt kein fließendes Wasser, keinen Strom. Was soll sie dort?«

»Warum hat sie denn eine Datscha gekauft, wenn sie sie nicht nutzen will?«

»Die hat nicht sie, die hat ihr Mann gekauft. Und jetzt zwingt er sie, ihm dort Gesellschaft zu leisten.«

»Das verstehe ich nicht«, sagte Nastja.

»Was verstehst du nicht?«

»Ich verstehe nicht, wie man eine erwachsene Frau zu etwas zwingen kann, das sie nicht will. Sie wollte die Datscha nicht und hat das Recht, zu Hause zu bleiben. Sie sollte ihrem Mann einen Tritt in den Hintern geben und damit basta.«

»Du hast leicht reden, du warst immer unabhängig«, seufzte Korotkow. »Wärst du verheiratet, dann wüßtest du, daß es nicht so einfach ist mit dem Tritt in den Hintern. Besonders dann, wenn du weißt, daß du schuldig bist, daß du heimlich sündigst.«

»Dann soll sie sich nicht beschweren. Entweder Datscha oder Verhältnis, eins von beidem. Paß auf, gleich wird Muraschow anfangen, uns in die Mangel zu nehmen.«

Das Podium betrat Anatolij Nikolajewitsch Muraschow, der Hilfsreferent des Verwaltungsleiters. Sein Steckenpferd war die Disziplin, und er ließ keine Gelegenheit aus, sich vor Zuhörern über dieses Steckenpferd auszulassen.

»Es wird Zeit, die Stirn zu runzeln und unsere Kollegen von der Abteilung für Personalarbeit zu fragen, warum die Logik in die Sackgasse geraten ist.«

Der Raum belebte sich. Oberst Muraschow war allen für seine ungewöhnlichen Redewendungen bekannt. Er war eine Seele von Mensch und engagierte sich aufrichtig für die Sache, aber mit der russischen Sprache hatte er unüberhörbare Schwierigkeiten. Am amüsantesten daran war, daß er selbst es nicht merkte, sondern sich für ungewöhnlich redegewandt hielt. Seine Stilblüten waren keine versehentlichen Entgleisungen, sondern das Resultat großer sprachlicher Anstrengung bei der Vorbereitung seiner Reden.

»... Am letzten Freitag haben wir eine Kommission zur Überprüfung des Zustandes der Sporthalle gebildet. Das, was wir dort gesehen haben, übersteigt alle Möglichkeiten der Auswertung und des Grauens ...«

Nastja mußte sich beherrschen, um nicht loszuprusten. Das müßte Bokr hören, dachte sie, das wäre ein Fest für ihn.

Der Gedanke an Bokr zog sofort den Gedanken an Wladimir Vakar nach sich und ließ Nastja in die gewohnte freudlose Grübelei verfallen. Wie sollte sie beweisen, daß Jerochin Kostja Maluschkin umgebracht hatte, wenn der starrsinnige

General weiterhin die Aussage verweigerte? Und wie konnte sie Vakar davor bewahren, einen weiteren Mord zu begehen?

»Ich sehe, daß die Leute in Zivilkleidung zu den Dienstvorbereitungen erscheinen. Das ist nicht in Ordnung, Genossen. Ohne Uniform dürfen nur schwangere Frauen herumlaufen oder solche, die zum Beispiel ein Bein in Gips haben. Ich bestehe darauf, daß ohne Uniform nur schwangere und gebrochene ...«

»Jura«, flüsterte Nastja, »du solltest die Stirn runzeln und deine Ludmila fragen, warum ihre Logik in die Sackgasse geraten ist.«

»Wie meinst du das?«

»Sie sollte ihrem Mann sagen, daß sie schwanger oder gebrochen ist und deshalb nicht mit ihm auf die Datscha fahren kann.«

»Du mit deinen ewigen Witzen! Etwas anderes fällt dir nicht ein.«

»Stimmt. Und du mit deinem ewigen Weltschmerz. Dir fehlt der Humor. Weißt du überhaupt, was das ist?«

»Ungefähr.«

»Humor entsteht, wenn ein Mensch sich einem bodenlosen Abgrund genähert hat, vorsichtig nach unten blickt und dann leise zurückgeht.«

»Ist das von dir?«

»Nein, von Fasil Iskander. Aber ich kenne zu diesem Thema noch einen ganz wunderbaren Gedanken: ›Es gibt keine unlösbaren Probleme. Es gibt nur unangenehme Lösungen.‹«

»Auch Iskander?«

»Nein, Born. Schäm dich, Jura, wie kann man nur so ungebildet sein. Liest du denn gar nichts?«

»Aber natürlich lese ich«, erwiderte Korotkow beleidigt. »Ich merke mir nur nicht alles. Aber du hast den Kopf voller Müll. Dich kann man fragen, was man will, du weißt immer alles.«

»Du bist ja ein richtiger Sherlock Holmes«, bemerkte sie spöttisch.

»Was tut hier Sherlock Holmes zur Sache?«

»Er war der Meinung, daß man sich den Kopf nicht mit Müll verstopfen darf, sonst findet man zwischen dem ganzen Plunder die Information nicht mehr, die man braucht. Das Wissen darum, daß die Erde sich um die Sonne dreht, nannte er zum Beispiel auch Plunder, denn durch dieses Wissen würde sich die Zahl der Diebe in London nicht verringern. Sag bloß, du erinnerst dich auch daran nicht mehr? Das gehört doch zur Klassik! Es ist eine Schande.«

Nach der Dienstvorbereitung kehrte Nastja in ihr Büro zurück und versuchte zu arbeiten, aber sie war nicht bei der Sache. Ihr ging der starrsinnige Vakar nicht aus dem Kopf, sie konnte sich nicht konzentrieren. Schließlich gelang es ihr doch, sich in den Fall zu vertiefen, mit dessen Lösung sie gerade beschäftigt war. Es ging um eine Serie von Vergewaltigungen in der Gegend des Bitzewskij-Parks. Die Vergewaltigungen wurden in regelmäßigen Abständen verübt, nach der Handschrift zu urteilen, handelte es sich immer um denselben Täter.

Ihre Gedanken wurden vom Läuten des Telefons unterbrochen. In der Leitung erklang das Stimmchen von Soja aus der Anmeldung.

»Kamenskaja, du hast Besuch.«

»Von wem?« fragte Nastja mechanisch, ohne von der Skizze des Bitzewskij-Parks aufzusehen, die vor ihr lag. Sie hatte die Stellen, an denen die Verbrechen begangen wurden, mit Kreuzchen gekennzeichnet, es schien ihr, als sei sie gerade einer bestimmten Gesetzmäßigkeit auf der Spur, und sie fürchtete, diese Spur wieder zu verlieren.

»Vakar, Wladimir Sergejewitsch. Soll ich einen Passierschein ausstellen?«

»Wer?«

»Vakar. Kennst du so einen?«

»Soja ...« Nastja flatterte vor Aufregung. »Du ... er ...«

»Was ist mir dir, Nastja?« fragte die phlegmatische Soja verwundert.

»Er ... ich fürchte, er wird mich nicht finden. Ich komme gleich selbst hinunter. Soja, bitte, laß ihn nicht weggehen. Ich bin schon auf dem Weg.«

Sie sprang auf, stürzte hinaus auf den Korridor und vergaß sogar, ihre Tür abzuschließen. Während sie die Treppe hinunterstürmte, sah sie in ihrer Vorstellung den General vor sich, wie er mit den Schultern zuckte und wieder ging, weil er es sich anders überlegt hatte. Beim Überspringen der Stufen verknackste sie sich den Fuß, aber trotz des stechenden Schmerzes im Knöchel lief sie weiter.

Endlich erblickte sie den General, der draußen vor der Anmeldung stand, und stürzte keuchend, mit rotem Kopf und zerzausten Haaren, auf ihn zu.

»Guten Tag«, sagte sie mit erstickter Stimme.

Vakar sah sie schweigend an.

»Sie rauchen zuviel«, sagte er schließlich. »Sie können ja gar nicht mehr laufen, ohne außer Atem zu geraten. Schämen Sie sich nicht?«

»Doch«, sagte sie, »ich schäme mich.« Sie war bereit, allem auf der Welt zuzustimmen, wenn er nur nicht wieder ging. »Ich werde mich bessern, Ehrenwort. Möchten Sie mit mir sprechen?«

»Wenn Sie nichts dagegen haben.«

»Gehen wir.«

Sie brachte den General in ihr Büro und schloß die Tür von innen ab, damit niemand sie stören konnte. Wladimir Sergejewitsch saß sehr aufrecht auf dem Stuhl, aber in seiner Haltung war keinerlei Anspannung zu erkennen. Er war vollkommen ruhig.

»Anastasija Pawlowna, ich möchte eine Aussage gegen Jerochin machen.«

Das war's also, dachte Nastja mit einem Gefühl unerklärlicher Traurigkeit. So einfach ist es.

Sie holte wortlos ein Protokollformular aus dem Safe und begann, es auszufüllen. Sie brauchte Wladimir Sergejewitsch keine Fragen zu stellen, in den letzten Tagen hatte sie sich lange genug mit seiner Biographie beschäftigt und kannte seine Daten alle auswendig.

»Am 29. September 1994 um 18.25 Uhr beobachtete ich, wie der Bürger Igor Petrowitsch Jerochin an einen Mitarbeiter der Miliz herantrat, der im Gebäude der Metrostation ›Taganskaja‹ seinen Dienst versah ...«

Nastja schrieb seine Aussage flink mit, ohne ihn zu unterbrechen, nur ab und zu stellte sie eine kurze Zwischenfrage zur Präzisierung des Sachverhalts. Sie begriff, daß Vakar nicht aus einer Augenblickslaune heraus zu ihr gekommen war. Er hatte seine Entscheidung sorgsam durchdacht und abgewogen, hatte den Text seiner Aussage mehrmals in Gedanken formuliert. Seine Sätze waren kurz, knapp und stereotyp amtlich, sie enthielten kein einziges überflüssiges Wort.

»Nachdem Jerochin das Areal der Baustelle verlassen hatte, erblickte ich durch eine Einstiegsöffnung im Bauzaun den Milizionär, mit dem zusammen Jerochin die Metrostation verlassen hatte. Der Sergeant lag auf der Erde, seine Haltung und die vorhandenen Blutspuren ließen darauf schließen, daß ihm eine Schußverletzung beigebracht worden war.«

Nachdem Vakar seine Aussage beendet hatte, schwieg er. Nastja hätte nicht zu sagen gewußt, ob er Erleichterung verspürte oder ob er überhaupt nichts empfand.

»Wladimir Sergejewitsch, sind Sie sich über die Konsequenzen Ihrer Aussage im klaren?«

»Welche Konsequenzen meinen Sie?«

»Der Untersuchungsbeamte wird Sie auf jeden Fall bitten, Jerochin zu identifizieren, und er wird Sie fragen, ob Sie wirklich ganz sicher sind, daß es dieser Mann war, den sie an der Metrostation gesehen haben. Sie werden ihm sagen müssen, daß Sie sich nicht getäuscht haben können, da Sie Jerochin gut kennen. Daraufhin wird man Sie fragen, woher Sie ihn kennen. Wenn Sie dazu nichts sagen, wird es vermutlich Jerochin tun. Er wird Sie vielleicht nicht erkennen, aber Ihr Name ist ihm natürlich bekannt. Ist Ihnen klar, was das bedeutet?«

»Ja, über alles das habe ich nachgedacht.«

»Und?«

»Ich bin zu allem bereit. Ich sagte Ihnen schon, daß ich für alles, was ich getan habe, die Verantwortung übernehme, sofern Sie Beweise gegen mich haben. Ich werde zur Beweisaufnahme nichts beitragen, aber ich werde ihr auch nicht im Weg stehen und nicht versuchen, mich zu entziehen.«

Nastja hatte den Eindruck, mit einem Automaten zu sprechen. Eine völlig monotone Stimme, ein leidenschaftsloses Gesicht, eine unbewegliche Gestalt, die vor ihr auf dem Stuhl erstarrt war. Aber es handelte sich hier nicht um einen Automatismus, der innerer Kälte und Gleichgültigkeit entsprang. Es handelte sich um die Ruhe eines Menschen, der die wichtigste Entscheidung seines Lebens getroffen hatte und der wußte, daß es kein Zurück mehr gab.

Sie begleitete Vakar zum Ausgang. Eine Weile standen sie schweigend im kalten Herbstregen, Nastja schlug die Arme um ihren Oberkörper, zitternd vor Kälte in ihrem dünnen Pullover. Sie wollte dem General danken, aber sie wußte nicht, ob es angebracht war, einem Menschen zu danken, der sich soeben der Möglichkeit ausgeliefert hatte, hinter Gittern zu landen. Sie wollte nicht taktlos sein und wußte nicht, mit welchen Worten sie ausdrücken sollte, was sie fühlte. Schließlich streckte sie einfach ihre Hand aus. Vakars Händedruck war knapp und fest.

3

Bokr folgte mit seinem Wagen aufmerksam dem weißen Shiguli des Generals. Zum Glück hatte Vakar an diesem Tag ganz offensichtlich nicht vor, sein unheilvolles Vorhaben zu verwirklichen. Es war bereits fast Mitternacht, und er fuhr in die Richtung seiner Wohnung.

Gewöhnlich stellte Wladimir Sergejewitsch sein Auto im Hof ab, unter den Fenstern seiner Wohnung. Bokr wußte das bereits und folgte ihm nicht bis in den Hof. Als der Shiguli hinter der

Toreinfahrt verschwunden war, stellte Bokr seinen Moskwitsch ab und begab sich unauffällig zu der Stelle, von der aus, wie er bereits wußte, der Eingang des Hauses zu sehen war, in dem die Vakars wohnten. Er würde sich davon überzeugen, daß der General in seinem Haus verschwunden war, und dann so lange hier stehen und den Eingang beobachten, bis ihn die Nachricht erreichen würde, daß auch Jerochin zu Hause eingetroffen war. Er mußte wissen, daß das potentielle Opfer sich in der Sicherheit seiner Wohnung befand, erst dann konnte er die Beschattung des Jägers für heute beenden.

Er stand da, an die Hauswand gelehnt, ein kleines Männchen in einem langen grauen Mantel und einer grauen Skimütze. In der Dunkelheit war er vor dem Hintergrund der schmutzigen Mauer nicht einmal aus drei Metern Entfernung zu sehen. Vakar schloß sein Auto ab, rüttelte noch einmal an der Tür, überprüfte, ob der Kofferraum abgeschlossen war, holte eine Zigarettenpackung aus der Tasche und schnippte mit dem Feuerzeug. Selbst in diesem Moment stand er aufrecht da, bewegungslos, mit militärisch gespannten Schultern. Er rauchte und blickte hinauf zu den erleuchteten Fenstern seiner Wohnung.

Dann warf er die Zigarettenkippe weg und wandte sich zum Hauseingang. In diesem Moment erblickte Bokr zwischen den zahlreichen anderen Autos im Hof einen milchkaffeefarbenen Mercedes. Es war genau der, den auch Viktor Kostyrja fuhr. Bokr riß sich von der Hauswand los und schoß wie ein Blitz in den Hof. An dem Mercedes erkannte er die ihm bekannte Autonummer.

»Bleiben Sie stehen!« rief er dem General hinterher, während gerade die Haustür hinter ihm zufiel. »Warten Sie! Vakar! Warten Sie!«

Er rief sehr laut, wahrscheinlich hörte ihn der General, aber er kam nicht mehr dazu zu reagieren. Es fiel ein Schuß, und in der nächsten Sekunde stürzte Jerochin aus dem Hauseingang. Es fiel noch ein Schuß und noch einer.

Mit aufheulendem Motor schoß der Mercedes hinaus aus

dem Hof, auf die dunkle Straße. In dem menschenleeren Hof, auf dem schmutzigen, nassen Asphalt, lag ein kleines Männchen in einem langen grauen Mantel.

4

»Er liegt im Sterben«, erklärte der Arzt, dem Nastja durch den langen Krankenhauskorridor folgte. »Es wäre an der Zeit, daß die Verwandten erscheinen. Sonst ist es zu spät. In welchem Verhältnis stehen Sie zu ihm?«

»In gar keinem. Das heißt, ich wollte sagen, daß ich nicht mit ihm verwandt bin.«

»Das ist mir klar«, sagte der Arzt mit einem finsteren Lächeln. »In seiner Brusttasche haben wir einen Zettel gefunden. ›Im Notfall bitte eine dieser Nummern anrufen ...‹ Eine der zwei Nummern war Ihre. Sind Sie von der Miliz?«

Nastja nickte, es kam ihr nicht einmal in den Sinn, den gesprächigen Arzt zu fragen, woher er das wußte.

»Wir können ihn leider nicht operieren, er würde die Narkose nicht überleben. Die Verletzung ist sehr schwer, er hat enorm viel Blut verloren. Wir können nichts mehr für ihn tun. Aber er hält sich sehr gut, ist noch bei Bewußtsein und hat sogar mit dem Ermittlungsbeamten gesprochen. Kaum hatte man ihn eingeliefert, war auch die Miliz schon da. Aber Sie gehören nicht zu denen, habe ich das richtig verstanden?«

»Nein, ich komme aus anderen Gründen. Er ist mein Freund.«

Im Zimmer war es hell und sonnig. Aus irgendeinem Grund schien ausgerechnet heute zum ersten Mal seit Wochen die Sonne. Warum heute? fragte Nastja sich wie aus weiter Entfernung zu sich selbst. Warum scheint ausgerechnet an dem Tag, an dem er stirbt, die Sonne? Irgendein seltsamer Unsinn.

In dem großen leeren Krankenzimmer wirkte das kleine Männchen noch kleiner. Nastja sah ihn zum ersten Mal ohne Mütze, sah zum ersten Mal, daß er langes dunkles Haar hatte, das am Hinterkopf zu einem Pferdeschwanz zusammengebunden war. Die eingefallenen Schläfen und hervortretenden Backenknochen waren aschfahl und von kleinen Schweißperlen bedeckt. Nastja warf einen Blick auf die Krankentafel am Fußende des Bettes, und ihr blieb das Herz stehen. Am oberen Rand der Tafel stand in großen, deutlich lesbaren Buchstaben: Sergej Eduardowitsch Denissow.

Der ehemalige Sträfling und Virtuose der russischen Morphologie.

Der »Goldjunge«.

Der Sohn von Eduard Petrowitsch Denissow.

Sie trat näher an das Bett heran und nahm Bokrs Hand.

»Sergej«, sagte sie. »Serjosha.«

Er öffnete die Augen und versuchte zu lächeln.

»Tut mir leid«, flüsterte er kaum hörbar. »Es war ein anderes Auto ... ich habe es zu spät gemerkt. Tut mir leid.«

»Warum haben Sie es mir nicht gesagt?« fragte Nastja vorwurfsvoll.

»Was?«

»Daß Sie Denissows Sohn sind.«

»Wozu? Ich bin unehelich ... Was sollte ich mir darauf einbilden? Ich bin kein Sohn, ich bin ... ich bin für mich allein.«

»Das ist nicht wahr, Serjosha. Er liebt Sie. Er schätzt Sie. Er hat mir ausdrücklich aufgetragen, auf Sie aufzupassen. Er nennt Sie seinen Goldjungen. Und nun habe ich doch nicht genug auf Sie aufgepaßt. Aber Sie dürfen nicht aufgeben, Sie müssen wieder gesund werden, ja?«

»Ich kann nichts versprechen ... Ich verspreche nie etwas, wenn ich nicht sicher bin ...« Er rang plötzlich krampfhaft nach Luft, dann schloß er erschöpft die Augen. Nastja wollte ihn nicht mehr beunruhigen und schwieg.

»Warum weinen Sie?« frage er nach einer Weile mit leiser Stimme.

»Woher wissen Sie denn, daß ich weine? Sie haben doch die Augen geschlossen«, versuchte sie zu scherzen, während sie sich die Tränen von den Lippen leckte.

»Ich höre es ... Ja, ich war Verbrecher, ich war Zeuge ... Und jetzt ... jetzt bin ich Geschädigter. So geht es im Leben. Was für eine Epidersion, ein richtiges Perdimonokel ...«

Seine dünnen Lippen verzogen sich zu einem schwachen Lächeln und erstarben. Nastja begriff nicht gleich, daß sie für immer erstorben waren. Erst als eine Hand sie plötzlich zur Seite schob, wurde ihr klar, daß der Arzt die ganze Zeit hinter ihr gestanden hatte.

Nachdem die hektischen Aktivitäten am Bett, in dem der »Goldjunge« lag, wieder verebbt waren, trat sie erneut zu ihm hin. Sie bückte sich, küßte ihn vorsichtig auf die Stirn und schloß zum Abschied mit einer Handbewegung die Lider über seinen erstarrten Augen.

»Auf Wiedersehen, Serjosha«, sagte sie mit leiser, tränenerstickter Stimme. »Verzeih mir.«

5

Das Schrillen des Telefons riß sie aus ihrer Erstarrung. In der Leitung erklang die schroffe Stimme von Viktor Alexejewitsch Gordejew.

»Kamenskaja, bitte kommen Sie in mein Büro.«

Wenn er sie Kamenskaja nannte, ging es um etwas Amtliches. Nastja warf einen Blick in den Spiegel. Dunkle Augenränder, rote, geschwollene Lider, rote Flecken auf der fahlen Gesichtshaut. Warum gab es Bücher, in denen die Heldinnen noch schöner wurden, wenn sie weinten? Was für gewissenlose Lügen!

Sie öffnete ihre Handtasche, holte ihr Kosmetiktäschchen heraus und schminkte sich provisorisch. Sie bedeckte die unschönen allergischen Flecken mit Make-up, trug etwas Lidschatten auf, um die Schwellung zu vertuschen und kämmte sich. Sie war bereits an der Tür, blieb aber plötzlich stehen und sah hinab auf ihre Füße. Ganz offensichtlich erwarteten sie in Knüppelchens Büro fremde Besucher, und sie war in Jeans,

Pullover und Turnschuhen. Nein, so konnte sie sich dort nicht blicken lassen.

Sie schloß hastig die Tür ab, streifte die zwanglose Zivilkleidung ab, die sie so liebte, und holte ihren Uniformrock und die Bluse mit den Schulterstücken aus dem Schrank. So ist es besser, sagte sie sich, während sie tastend den Verschluß der dunkelgrauen Krawatte im Nacken suchte. Die schwarzen Schuhe waren unbequem und drückten unbarmherzig, aber für kurze Zeit war es auszuhalten.

In Gordejews Büro erblickte sie drei fremde Männer. Zwei von ihnen saßen an dem langen Konferenztisch, der dritte stand am Fenster, dort, wo Knüppelchen selbst gern zu verweilen pflegte, wenn er nachdachte. Der Oberst saß hinter seinem Schreibtisch, mit undurchdringlichem, kaltem Gesichtsausdruck.

»Darf ich bekanntmachen, Genossen«, preßte er zwischen den Zähnen hervor. »Majorin Anastasija Pawlowna Kamenskaja. Und das, Anastasija Pawlowna, sind unsere Kollegen von der Spionageabwehr.«

»Rastjapin.« Einer der zwei am Tisch sitzenden Männer machte eine Bewegung, als wolle er sich erheben, blieb aber mit dem Hintern am Stuhl kleben.

»Kuzewol.« Der zweite Beamte sprang auf und spannte sich wie eine Saite, während er sich vorstellte. Nastja verblüffte sein sehr junges, offenes Gesicht mit dem verlegenen Lächeln. Offenbar war ihm die Unhöflichkeit seines Kollegen Rastjapin peinlich.

Der dritte, der am Fenster stand, wandte sich um und ging ein paar Schritte auf Nastja zu.

»Anatolij Alexejewitsch Grischin«, sagte er laut und deutlich und streckte seine Hand aus, die Nastja phlegmatisch drückte.

Mit halbem Ohr hörte sie den Ausführungen der Kollegen von der Spionageabwehr zu. Gordejew unterbrach sie nach jedem zweiten Satz. Er war ganz offensichtlich verstimmt, stellte böse, giftige Fragen und machte unfreundliche Zwischenbemerkungen.

»Im Grunde begann alles in dem Moment, in dem wir Steinberg aus den Augen verloren haben«, erklärte Grischin. »Er wollte schon vor langer Zeit ausreisen, bereits 1980, als er noch Aspirant war. Damals sagte man ihm, daß er sich das aus dem Kopf schlagen könne, solange er an wissenschaftlichen Projekten in der Rüstungsindustrie mitarbeiten würde. Steinberg tat das, was damals Tausende von Leuten taten, die man aus Geheimhaltungsgründen nicht ins Ausland ausreisen ließ. Er kündigte seine Stelle und nahm einen Posten als Hauswart an, um nach fünf Jahren, wenn die Geheimhaltungsfrist abgelaufen wäre, ausreisen zu können. Doch im Gegensatz zu vielen anderen wollte er nicht nur einfach ausreisen, sondern im Ausland seine wissenschaftliche Arbeit fortsetzen, deshalb hat er die Zeit nicht nur Höfe kehrend und schlafend verbracht, sondern nebenbei sehr zielstrebig seine Absichten verfolgt. In dem wissenschaftlichen Forschungsinstitut, aus dem er ausgeschieden war, hatte er noch viele Freunde, und die gaben ihm gegen alle Verbote regelmäßig die neue wissenschaftliche Literatur zu lesen und führten in den Labors sogar kleine Experimente für Steinberg durch. Anfang 1985 reichte er erneut einen Ausreiseantrag ein, doch der KGB reagierte sehr unwillig. Man zog die Sache in die Länge, so gut es ging, aber im letzten Jahr erhielt er schließlich doch die Ausreiseerlaubnis. Es erschien ausgeschlossen, daß ein Mensch dreizehn Jahre lang illegal wissenschaftliche Studien betreiben könnte, ohne Zugang zu den entsprechenden Bibliotheken zu haben, zu den Labors, zur wissenschaftlichen Basis überhaupt. Aber für alle Fälle beschloß man, ihn im Auge zu behalten und gab deshalb der Außenstelle in Israel eine Order. Von dort erfuhren wir, daß Michail Markowitsch Steinberg die Zollkontrolle passiert hatte und danach spurlos verschwunden war. Er wurde gesehen, wie er das Flughafengebäude zusammen mit einem Mann verließ, dessen Beschreibung durchaus auf einen uns gut bekannten ausländischen Agenten paßt. Schließlich, nach längerer Zeit, stellten wir fest, daß Steinberg sich in Asien befindet, in einem der moslemischen Staaten.«

Morgen kommt Denissow, um die Leiche seines Sohnes abzuholen, dachte Nastja. Wie soll ich ihm in die Augen sehen? Ich habe ihn um einen kleinen Gefallen gebeten, und was ist daraus geworden? Gott, es tut so weh! Ich habe Bokr drei Wochen gekannt, ganze drei Wochen, und es tut mir so weh, als hätte ich einen nahen Freund verloren. Und Vakar... Wie schrecklich das alles ausgegangen ist.

»Der Einsatz seismischer Waffen«, fuhr Grischin fort, »kann für religiöse Fanatiker von großer politischer Bedeutung sein. Ein künstlich hervorgerufenes Erdbeben zu einem genau vorhergesagten Zeitpunkt und an einem genau vorhergesagten Ort ist ein mächtiges Mittel im Kampf um Wählerstimmen...«

Nastja bedauerte, daß sie sich nicht an den Konferenztisch gesetzt hatte, sondern in ihren Lieblingssessel in der Ecke des Büros. Hätte sie am Tisch gesessen, hätte sie unauffällig die drückenden Schuhe abstreifen und ihren schmerzenden Füßen Erleichterung verschaffen können.

»Wir mußten annehmen, daß Steinberg für seine Arbeit einige seltene Erdmetalle in geringer Menge benötigen würde. Für Getter, Spezialglas etc. Doch wir konnten einfach nicht herausfinden, über welchen Kanal das Material in das illegale Labor gelangte. Und nun haben Sie durch Ihre Ermittlungen im Mordfall Maluschkin diesen Kanal ganz zufällig aufgespürt. Wir brauchen von Ihnen unbedingt sämtliche Informationen, die Sie über Resnikow und sein Umfeld besitzen.«

Ihr Interesse gilt nicht dem jungen Kostja Maluschkin, begriff Nastja. Seine Eltern und die Brüder sind ihnen völlig egal. Wer ist schon Kostja für sie! Ein Nichts. Ihnen geht es darum, daß ein Kilo irgendeines stinkenden Metallpulvers nicht über die Grenzen unseres erhabenen Staates gelangt. Daß in irgendeinem entfernten moslemischen Staat nicht Kräfte an die Macht kommen, die uns feindlich gesonnen sind. Wer große Ziele und globale Aufgaben im Auge hat, gibt sich nicht mit Kleinigkeiten ab, solchen zum Beispiel wie ein Menschenleben. Für sie ist Kostjas Tod ein großes Glück, er ermöglicht ihnen, den dunklen Kanälen für den Absatz von Gallium, Scandium und Indium auf die Spur zu kommen. Die können mich mal ...

»Anastasija Pawlowna, dürfen wir darauf rechnen, daß Sie uns alle Ihnen zur Verfügung stehenden Unterlagen über Resnikow aushändigen?«

Ich werde euch was husten, antwortete sie in Gedanken, aber nach außen blieb sie höflich.

»Natürlich gebe ich Ihnen alles, was ich habe. Und ich möchte hinzufügen, daß die Auslieferung des Materials nach meinen Erkenntnissen kurz bevorsteht. Resnikow ist in großer Eile, deshalb bleibt nicht mehr viel Zeit.«

»Woher haben Sie solche Erkenntnisse?« fragte Rastjapin argwöhnisch. Er ließ sich endlich dazu herab, sich mit dem Gesicht zu Nastja umzudrehen.

Vom Weihnachtsmann, antwortete sie ihm innerlich. Jerochin hat den Mord an Wladimir Vakar Hals über Kopf begangen, in einem ungünstigen Moment und an einem ungünstigen Ort, an dem er vor Zeugen nicht sicher sein konnte, so daß er gezwungen war, einen zweiten Mord zu begehen und den aus dem Nichts aufgetauchten Bokr zu beseitigen. Jerochin machte nicht den Eindruck eines dummen oder unbedachten Menschen, und wenn er sich zu so einer Handlungsweise hinreißen ließ, heißt das, daß er gewichtige Gründe dafür hatte. Er hat Vakars Absicht erkannt, aber anstatt den Jäger ins Abseits zu locken und ihn dort aus dem Weg zu räumen, tötet er ihn direkt im Hauseingang, wo er jeden Augenblick damit rechnen muß, gesehen zu werden. Das bedeutet, daß er Vakar nicht nur als Mörder fürchtete, sondern auch als Zeugen, der jeden Augenblick neben ihm auftauchen und etwas sehen konnte, das nicht für seine Augen bestimmt war.

»Ich habe diese Erkenntnisse, das muß Ihnen genügen«, sagte Nastja kaltblütig und verstummte zum Zeichen dafür, daß sie nicht gewillt war, sich auf weitere Diskussionen einzulassen.

»Aber können wir sicher sein, daß Sie uns wirklich ALLES zur Verfügung stellen, was Sie an Information haben?« hakte Rastjapin aufsässig nach.

»Verdächtigen Sie mich schon im voraus der Unzuverlässigkeit?« versetzte sie mit einem maliziösen Lächeln. Dieser Rastjapin hatte ihr von Anfang an nicht gefallen. Ein unverschämter Trampel, der keine Ahnung hatte, wie man sich einer Frau gegenüber benahm. Dich müßte Vakar mal sehen, dachte sie, der war bereit, mich spätabends nach Hause zu begleiten, einfach nur deshalb, weil ich eine Frau bin, der war ein Offizier und ein Mann. Und du, Rastjapin, bist eine fettarschige Kanaille.

Beim Gedanken an Vakar bildete sich in Nastjas Hals wieder ein Klumpen, die Tränen schossen ihr in die Augen. Sie schluckte den Klumpen standhaft hinunter und atmete tief durch, um sich zu beruhigen.

»Nicht doch, Anastasija Pawlowna«, sagte der diplomatische Grischin vorwurfsvoll und warf Rastjapin einen vernichtenden Blick zu. »Jurij Viktorowitsch wollte Sie keinesfalls beleidigen. Er hat sich einfach nur ungeschickt ausgedrückt. Ich möchte, daß Sie verstehen...«

Es folgte wieder ein Wortschwall über die Verteidigungsfähigkeit des Landes, strategische Rohstoffe, die kriminelle Plünderung der nationalen Schätze, die internationale politische Arena, die Interessen Rußlands in der moslemischen Welt. Alle Worte waren verständlich und richtig, aber sie gaben keine Antwort auf die Frage, wie man damit fertig wird, wenn man geliebte Menschen verliert. Wie sollte das Leben für Kostjas Familie weitergehen? Was würde mit Vakars Familie geschehen? Wie würde Eduard Petrowitsch Denissow mit dem Tod seines Sohnes fertigwerden? Und wie sollte sie selbst, Nastja Kamenskaja, ihren Schmerz bewältigen? Jeder Mensch hatte seine eigene Wahrheit. Die Wahrheit der Leute von der Spionageabwehr bestand darin, daß es auf der Welt nichts Wichtigeres gab als die Interessen des Staates. Die Wahrheit von Nastja Kamenskaja bestand darin, daß es nichts Wichtigeres gab als ein Menschenleben, auch wenn es das Leben eines einstigen Kriminellen war oder das eines Generals, der zum Mörder geworden war. Weil der Tod etwas

Unumkehrbares war, weil sich hier nichts mehr wiedergutmachen ließ.

»Sie können gehen, Anastasija Pawlowna, wir brauchen Sie nicht mehr«, sagte Gordejew trocken. »Aber entfernen Sie sich bitte nicht vom Arbeitsplatz, ich muß Sie noch sprechen.«

Nastja verließ erleichtert das Büro ihres Chefs. Sofort nachdem sie die Tür hinter sich geschlossen hatte, noch auf dem Korridor, streifte sie ihre Schuhe ab und ging barfuß weiter. Durch die Strumpfhose an ihren Füßen spürte sie den kalten Fußboden unter sich, die Feuchtigkeit und den Schmutz, den die vielen Schuhe und Stiefel von der Straße hereintrugen.

6

Etwa zwei Stunden später erschien Gordejew in Nastjas Büro. Die Kollegen von der Spionageabwehr waren nicht allzuweit gekommen mit ihm. Er war ihren Fragen so gut wie möglich ausgewichen, hatte verschwommene Antworten und nebelhafte Versprechungen gegeben und ganz nebenbei versucht, so viel Information wie möglich aus ihnen herauszuholen. Nachdem er die Gäste verabschiedet hatte, rief er die Kamenskaja nicht an, sondern kam selbst in ihr Büro.

»Wie steht's, Nastja«, fragte er sanft.

»Schlecht, Viktor Alexejewitsch. Mir passiert so etwas zum ersten Mal.«

»Macht nichts, Mädchen, halt die Ohren steif. Ich will nicht sagen, daß du dich an solche Dinge gewöhnen mußt, an so etwas sollte man sich nie gewöhnen, aber mit der Zeit wirst du lernen, besser damit fertigzuwerden. Was hört man von Jerochin?«

Sie machte eine wegwerfende Handbewegung.

»Jerochin ist flüchtig. Seit heute morgen wissen wir, daß er verschwunden ist. Einer von Denissows Leuten hat ausgesagt, daß es Jerochin war, der sowohl auf Vakar als auch auf ihn selbst geschossen hat. Die Miliz ist sofort zum Tatort gefahren, aber natürlich war er spurlos verschwunden. Doch das hat nichts zu sagen, Viktor Alexejewitsch, er entkommt uns nicht.«

»Woher weißt du das so genau?«

»Erstens kann er nicht lange auf den Kontakt zu Resnikow verzichten.«

»Warum?«

»Ich weiß selbst nicht, woher ich das weiß«, erwiderte sie gereizt. »Ich weiß es einfach. Wenn es anders wäre, hätte Jerochin sich mit dem Mord an Vakar nicht so beeilt. Wenn Vakar eine Gefahr als potentieller Augenzeuge darstellte, hätte Jerochin ja den Ort meiden können, an dem das geschehen sollte, was nicht für Vakars Augen bestimmt war. Aber Jerochin kann es sich aus irgendeinem Grund nicht leisten, einen bestimmten Ort zu meiden, er muß diesen Ort dringend aufsuchen, und deshalb mußte er Vakar so schnell wie möglich beseitigen, um ihn nicht am Schwanz hinter sich herzuziehen.«

»Und zweitens?« fragte Knüppelchen.

»Zweitens verfolgt einer von Denissows Männern Jerochins Spur. Ich hoffe, daß er ihm nicht durch die Lappen geht.«

»Es ist gut, daß du hoffst«, seufzte Gordejew. »Ich wollte es dir nicht sagen, aber nun werde ich es doch tun. Es ist grausam, ich weiß, zumal du es wahrscheinlich selbst verstehst. Aber ich muß sicher sein, daß du es wirklich verstehst.«

Er verstummte und spielte mit den Bleistiften und Kulis, die auf dem Schreibtisch lagen.

»Du hast mir gesagt, daß Denissow in deiner Schuld ist und daß du dich deshalb moralisch berechtigt fühltest, ihn um einen Gefallen zu bitten. Er hat dir diesen Gefallen getan und dabei seinen Sohn verloren. Jetzt bist du seine Schuldnerin geworden, und diese Schuld kannst du nicht abtragen. Niemals und durch nichts. Du mußt dir darüber im klaren sein, daß du, solange Denissow am Leben ist, wegen deiner Fahrlässigkeit seine Schuldnerin bleiben wirst.«

»Das weiß ich«, erwiderte Nastja mit tonloser Stimme. Und innerlich fügte sie hinzu: Ich bin bereit, die Verantwortung für alles zu übernehmen, was ich getan habe, wie General Vakar sagte. So ungeheuerlich es auch klingt, aber Sie, Wladimir Sergejewitsch, sind in gewisser Weise zum moralischen Vorbild für mich geworden. Ich danke Ihnen. Und verzeihen Sie mir.

7

Die Trauerfeier fand im Festsaal der Akademie des Generalstabes statt. Eduard Petrowitsch Denissow hatte darauf bestanden, mit Nastja zusammen hierherzukommen.

»Ich möchte den Menschen sehen, dem mein toter Sohn das Leben retten wollte«, sagte er entschieden.

Sie standen nebeneinander in der Menschenmenge, zwischen den vielen, die gekommen waren, um sich von General Wladimir Vakar zu verabschieden, die bleiche, unglückliche Nastja und der hochgewachsene, grauhaarige Denissow, dem nichts von seiner inneren Verfassung anzumerken war. Neben dem Grab erblickten sie Vakars Ehefrau und seine Tochter, neben ihr stand Dmitrij Sotnikow. Lisa war schrecklich anzusehen, sie schien nicht zu verstehen, was vor sich ging, warum ihr Vater hier lag und irgendwelche Leute ihm Abschiedsworte sagten. Ihr verfinstertes Gesicht war gezeichnet von Verzweiflung und Irrsinn. Immer wieder knickten ihre Beine ein, und Dmitrij mußte sie stützen. Jelena hingegen stand in strenger, feierlicher Haltung da, mit einem lichten Ausdruck der Genugtuung im Gesicht, so als würde sie einem Engelschor lauschen, der nur für sie sang.

»Wir, die Soldaten der Luftlandedivision unter dem Kommando von Generalmajor Vakar, werden uns immer daran erinnern, daß wir unser Leben nur ihm verdanken. Er brachte den Mut auf, die Ausführung eines Befehls zu verweigern, der auf veralteter Information basierte, er hat alles riskiert und uns dadurch vor dem sicheren Tod bewahrt ... Wir sind fünfundsechszig Soldaten, und wir sind hierher gekommen, um zu sagen, daß Wladimir Sergejewitsch in jedem einzelnen von uns weiterleben wird, in fünfundsechzig Leben, die er gerettet hat. Solange es uns gibt und solange wir uns an ihn erinnern, wird auch er am Leben sein.«

Nastja blickte in das erschütterte Gesicht des jungen Mannes, der diese Worte gesprochen hatte, dann wandte sie ihre Augen zu den anderen, die hinter ihm standen. Fünfundsechzig junge Gesichter, fünfundsechzig Augenpaare, die Abschied nahmen von ihrem Abgott. Was würde mit ihren Seelen geschehen, wenn sie erfahren würden, daß sie ihr Leben einem Mörder verdankten?

Nein, sagte sich Nastja, um keinen Preis. Ich werde es niemals jemandem sagen. General Vakar soll als Held sterben. Diese fünfundsechzig jungen Menschen sollen ein langes und glückliches Leben leben, sie sollen ein Vorbild haben, an dem sie sich messen können. Niemand wird jemals die Wahrheit erfahren, und niemand bedarf dieser Wahrheit.

»Anastasija!« Denissow berührte Nastjas Schulter. »Warum lächelt diese Frau so seltsam?«

»Sie ist der Meinung, daß die Gerechtigkeit triumphiert. Irgendwann, vor vielen Jahren, hat man ihren kleinen Sohn umgebracht, und sie wollte ihren Mann davon überzeugen, daß er sich an den Mördern rächen muß. Sie war der Meinung, daß die Seele des Kindes keine Ruhe findet, solange die Unholde noch auf dieser Erde herumlaufen. Immerzu machte sie ihrem Mann Vorwürfe, weil er sich der Sache nicht annahm. Nun hat Gott selbst ihn gerichtet.«

»Was für ein Wahnsinn. Ist diese Frau psychisch krank?«

»Nein, sie ist einfach eine religiöse Fanatikerin. Die Tochter ist in der Tat schwer krank. Können Sie sich vorstellen, in welcher Hölle dieser Mensch gelebt hat?«

»Wie lange hat das alles denn gedauert?«

»Neun Jahre.«

»Er ist nicht zu beneiden.« Eduard Petrowitsch schüttelte den

Kopf. »Vielleicht ist es gotteslästerlich, so zu denken, aber es sieht so aus, als wäre das, was geschehen ist, das Beste für ihn. Eine Erlösung.«

»Vielleicht«, sagte Nastja traurig, »vielleicht.«

»Und der Verbrecher? Ich meine den, der den General und meinen Jungen erschossen hat. Weiß man, wer er ist?«

»Ja. Wir sind drauf und dran, ihn zu fassen. Im übrigen helfen uns Ihre Leute sehr bei der Suche nach ihm, Eduard Petrowitsch. Ich rede wahrscheinlich Unsinn, aber vielleicht wird Sie das ein wenig trösten. Wenn wir ihn fassen, dann nur dank Ihnen und Ihren Leuten.«

»... Ein Musterbeispiel für Standhaftigkeit, innere Festigkeit und Prinzipientreue. Wladimir Sergejewitsch war ein höchst anständiger Mensch, er hat nie jemandem etwas Schlechtes getan, nie Böses mit Bösem vergolten. Wir, die jungen Offiziere, haben uns immer ein Beispiel an ihm genommen, er war unser aller Vorbild ...«

Niemals würde es jemand erfahren.

Alexandra Marinina
Auf fremdem Terrain
Anastasijas erster Fall
Aus dem Russischen von Felix Eder und Thomas Wiedling
Band 14313

Eigentlich wollte Anastasija Kamenskaja, die erfolgreiche Moskauer Kriminalistin, im Sanatorium ihr verschlepptes Rückenleiden auskurieren und Ordnung in ihr verworrenes Gefühlsleben bringen. Doch in dem trügerischen Idyll der Kleinstadt, fernab der russischen Metropole, gehen seltsame Dinge vor sich ...

>»Alexandra Marinina gesellt sich zu
Donna Leon und Ingrid Noll.«
ZDF-aspekte

Fischer Taschenbuch Verlag

Alexandra Marinina
Mit verdeckten Karten
Anastasijas dritter Fall
Aus dem Russischen von Natascha Wodin

Band 14312

Zwei Morde und die Zusammenarbeit mit Wirtschaftsverbrechern werden dem Kriminalbeamten Platonow zur Last gelegt. Seine Flucht kommt einem Schuldbekenntnis gleich. Doch Anastasija gelingt es zu beweisen, dass nichts so ist, wie es auf den ersten Blick erscheint.

»Die Autorin aus Moskau
ist eine faszinierende Entdeckung.«
Frankfurter Rundschau

Fischer Taschenbuch Verlag

Marcia Muller
Spiel mit dem Feuer
Roman
Aus dem Amerikanischen
von Cornelia Holfelder-von der Tann
Band 14775

Ein Ermittlungsjob auf Hawaii – das klingt nach einer idealen Möglichkeit, Arbeit und Vergnügen miteinander zu verbinden. Und in der Hoffnung auf ein kleines erotisches Intermezzo lässt Sharon McCone sich von ihrem langjährigen Freund Hy Ripinsky begleiten.

Doch vom Moment ihrer Ankunft auf Kauai an spürt Sharon die eigentümlich bedrohliche Atmosphäre der atemberaubend schönen Insel. Und was sie dann erlebt, entwickelt sich bald zu einem Albtraum: Bei ihren Nachforschungen an den heimnisvollen heiligen Stätten der Ureinwohner kommt sie einer mörderischen Familientragödie auf die Spur ...

Fischer Taschenbuch Verlag

Marcia Muller
Das gebrochene Versprechen
Roman
Aus dem Amerikanischen
von Cornelia Holfelder-von der Tann

Band 14889

Sharon McCone, Ermittlerin im sonnigen San Francisco, erfährt dass ihr Schwager, der Countrysänger Rick Savage, seit einiger Zeit Drohbriefe erhält, die ihn zunehmend beunruhigen. Er möchte Sharon engagieren, um ihn auf einer Tournee zu schützen. Seine Ehe mit Sharons Schwester Charlene steht vor der Scheidung. Doch erst als auch die sechs Kinder der beiden von dem anonymen Briefschreiber bedroht werden, ist Sharon bereit, den Fall zu übernehmen. Eine gefährliche Familienangelegenheit ...

»Für Fans des Hard-boiled-Krimis ein weiblicher Humphrey Bogart: Sharon McCone ist Amerikas erste weibliche Detektivin, die echte No. 1! Strandkorbfaktor: Pazifisch gut!«
Cosmopolitan

Fischer Taschenbuch Verlag

Marcia Muller

*Die Reihenfolge
entspricht der Chronologie der Serie*

Dieser Sonntag hat's in sich
Kriminalroman
Aus dem Amerikanischen von Gabriele Graf
Band 14713

Mord ohne Leiche
Kriminalroman
Aus dem Amerikanischen
von Monika Blaich und Klaus Kamberger
Band 14541

Tote Pracht
Kriminalroman
Aus dem Amerikanischen von Gabriele Graf
Band 14542

Niemandsland
Kriminalroman
Aus dem Amerikanischen
von Monika Blaich und Klaus Kamberger
Band 14543

Fischer Taschenbuch Verlag

Marcia Muller

Letzte Instanz
Kriminalroman
Aus dem Amerikanischen
von Monika Blaich und Klaus Kamberger
Band 14544

Wölfe und Kojoten
Kriminalroman
Aus dem Amerikanischen
von Monika Blaich und Klaus Kamberger
Band 14545

Feinde kann man sich nicht aussuchen
Kriminalroman
Aus dem Amerikanischen
von Cornelia Holfelder-von der Tann
Band 14714

Ein wilder und einsamer Ort
Kriminalroman
Aus dem Amerikanischen
von Cornelia Holfelder-von der Tann
Band 14546

Das gebrochene Versprechen
Kriminalroman
Aus dem Amerikanischen
von Cornelia Holfelder-von der Tann
Band 14889

Fischer Taschenbuch Verlag

Marcia Muller

Am Ende der Nacht
Kriminalroman
Aus dem Amerikanischen
von Cornelia Holfelder-von der Tann
Band 14352

Wenn alle anderen schlafen
Kriminalroman
Aus dem Amerikanischen
von Cornelia Holfelder-von der Tann
Band 14537

Spiel mit dem Feuer
Kriminalroman
Aus dem Amerikanischen
von Cornelia Holfelder-von der Tann
Band 14775

Fischer Taschenbuch Verlag